新装版

赤い人

吉村 昭

講談社

目次

赤い人

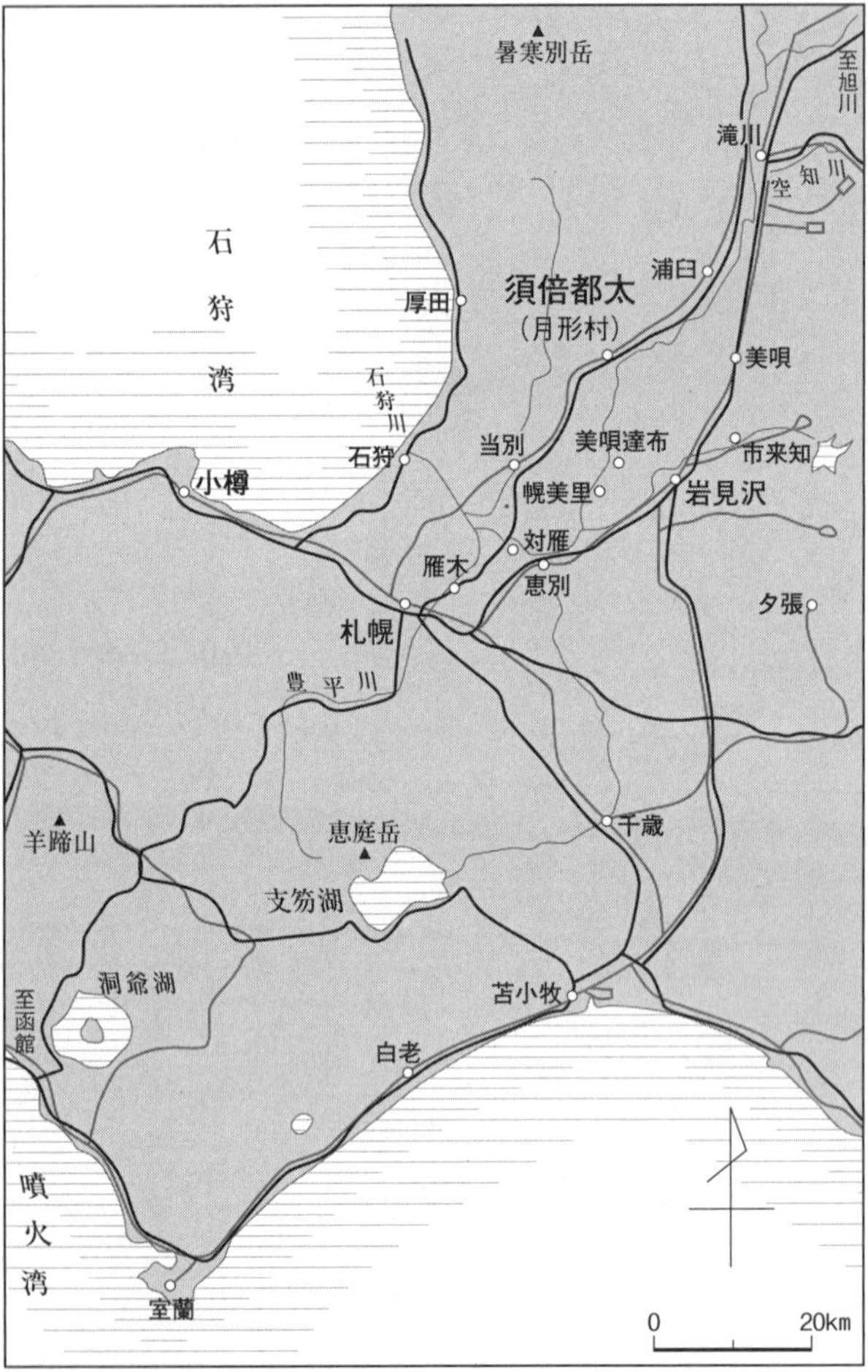
暑寒別岳
至旭川
滝川
空知川
石狩湾
浦臼
須倍都太
（月形村）
厚田
美唄
石狩川
当別
美唄達布
石狩
市来知
小樽
幌美里
岩見沢
対雁
雁木
恵別
夕張
札幌
豊平川
千歳
羊蹄山
恵庭岳
支笏湖
洞爺湖
苫小牧
至函館
白老
噴火湾
室蘭
0
20km

一

明治十四年四月下旬——

東京府下小菅《こすげ》村に置かれている東京集治監《しゅうちかん》の柵門から朱色の衣服を着た人の列が流れ出てきた。

筒袖の着物を着、襦袢を身につけているが、すべて赤い。わずかに襟に縫いつけられた長方形の布のみが白く、番号が墨書され、それは第壱《いち》号から四拾号におよんでいた。

両足首に鎖がむすばれ、その鎖が、腰にまわされた綱から垂れた小さな鉄製の環につながられている。その連結部分は、集治監の朱印が押された紙で封印されていた。

鎖の長さは五尺、重さは五百匁で、しかも二人ずつ鎖でつながれているため、かれらの歩みは緩慢だった。

深い編笠をかぶせられているので顔はみえないが、手鎖をはめられた手や襟からのぞく胸もとの皮膚は青白い。それは、かれらが陽光に無縁の獄舎で長期間すごしてきたことをしめしていた。

二人ずつつながれた囚人の腰縄は、縄取りと称される押丁《おうてい》がとっていた。押丁は黒い饅頭笠をかぶり、紺色の筒袖の法被《はっぴ》と股引を身につけ、腰に捕縄を垂らしていた。さらに列の両側には、サーベルを帯び、黒い制服・制帽の看守十三名が付き添い、二本の赤い筋の入った帽子をかぶった一等看守と平服を着た男が、少しはなれて歩いていた。

囚人の列は、集治監をはなれ、小道をすすんでゆく。前方には、雑草におおわれた小高い堤がのびていた。早朝の空気は澄み、囚人の中には深く息を吸いこむ者もいた。かれらは痩せていたが、骨格の逞しい者ばかりであった。

かれらが他の監獄署に移されることを看守から告げられたのは、前日の夕刻であった。理由は、かれらにも容易に推察できた。かれらの収容されている東京集治監は、二年前の明治十二年に設置されたが、集治監は維新後起った江藤新平の佐賀の乱、神風連の乱、萩の乱、つづいて西南の役によって逮捕された国事犯を収容するためにもうけられた獄舎で、さらに終身懲役囚、労役を課す徒刑囚、流刑囚がくわえられた。そのため、集治監には定員をはるかに越えた囚人がつめこまれ、監視態勢も危機におちいっていた。そうしたことから、かれらが東京集治監から地方の監獄署に移されることも当然の成行きだった。収容されている囚人の数が多いため、囚人の感情は険悪で、その年の三月に終身刑で服役していた囚人ほか十三名が脱獄し逃走したのをはじめ、六月に四名、七月に十名が獄を破り、看守に重傷を負わせて姿をかくす事件まで起っていた。

移監を告げられた囚人たちは、東京集治監に収容されていることを不満に思っていたが、他の監獄署に移されることに不安もいだいていた。獄舎の設備が東京集治監のそれよりも好ましいものであるという保証はないし、新しい囚人たちとの接触も気がかりであった。囚人たちには、環境の変化をおそれる気持が強かった。

その日、夜明け前に起されたかれらは、それぞれ獄房から出されて一室に集められた。その時になって、初めて移監される者が四十名というかなりの数であることを知った。国事犯の者が約三分の一で、他は殺人を主とした罪歴をもつ終身懲役囚ばかりであった。かれらの中には脱獄をかさねた者もいて、背丈の低い者もまじっていたが、共通していることは体が頑健で建築関係の仕事に器用であることだった。東京集治監では、開設と同時に小菅村におかれていた小菅煉瓦製造所を所有者である肥前の大村家、川崎八右衛門、深沢勝与の三名から買い入れ、広川則修の指導で囚人に煉瓦を焼かせ販売していたが、煉瓦を焼くことに熟練した者も数名まじっていた。

かれらは、自分たちの移監が単なる収容人員をへらすためのものではないことに気づいた。いずれかの地で建物の築造がはじめられていて、その作業に服すため自分たちがえらばれ移送されるのだろうと推測した。

早目の朝食をすませたかれらは、新しい朱色の獄衣に着かえさせられ、手足に押送用の鎖がはめられた。鎖でつながれた二人に一人の押丁がつき、一等看守以下十四名の看守がつくことになった。重罪人であるかれらの押送には当然の処置であり、厳重な警戒態勢は、かれらの囚人としての矜持《きようじ》をみたすものであった。

かれらは、両側に雑草のしげる小道を歩きながら、久しぶりに嗅ぐ草と土の匂いに満足したように、編笠の中から視線を空地にむけたりしていた。かれらは、堤の傾斜をのぼった。足もとで朝露に濡れ光った小さな雨蛙がしきりにはね、囚人の中には足をのばして蛙をふみつける者もいた。

朱色の列は、堤の傾斜をくだった。岸には、十一艘の和船がもやわれていた。

囚人たちが岸につくと、一等看守の指示で、一艘の船にそれぞれ囚人四名、押丁二名、看守一名が乗り、他の一艘に平服の男と一等看守、看守二名が乗った。囚人たちは、船の中央部に集められ、坐らされた。

一等看守が、立って囚人たちに訓告をあたえた。

「逃走をくわだてるような不心得者は、容赦せぬ。水中に飛びこんでも手足の自由はきかず溺れ死ぬ。救い上げることなどせぬ」

囚人たちは、身じろぎもせず坐っていた。

かれらは、平服の男が自分たちを移送する責任者であることを知っていた。囚人の移監の折には、必ず内務省から官吏が派遣されて諸手続をおこなう仕来りになっていた。

国事犯の囚人たちは、編笠の編目窓から看守たちに蔑みにみちた眼をむけていた。看守たちは、明治新政府に従属した旧藩の小禄の者やその子弟で、警視庁所属の獄吏となり、明治十二年七月内務省に監獄局が創設されてから局員としての待遇をうけている。それとは対照的に、国事犯の囚人たちは、同じ士族でありながら新政府に反抗したため捕えられ、獄舎につながれる身になっている。囚人たちは、看守たちが時代の流れに巧みに便乗して官職を得ていることに、憎悪に近いものを感じているのだ。

かれらは、編笠の中から時折り平服の男に視線をむけていた。四十名の重罪囚を移送する任にあたっているかれは、中堅官吏らしい自信にみちた眼をしている。鼻下に濃い髭をたくわえたかれは、看守たちにも尊大な態度で接していた。

一等看守の指示で、囚人を乗せた十艘の船が一列になって動き出し、最後尾に平服の男と一等看守らを乗せた船がつづいた。川幅はせまく、鉢巻をしめた水主たちは櫓《ろ》や棹を使って船をすすめる。水中には小魚の鱗のひらめきがしきりで、藻が流れをふちどっていた。

川が三つ叉になった個所をすぎると、川幅の広い綾瀬川《あやせがわ》に出た。船の列は、舳を右にむけて川をくだってゆく。水主たちは棹を捨て、二人がかりで櫓をあやつった。

囚人たちは、久しぶりに眼にする獄外の風光を興味深げにながめているらしく、しきりに編笠が左右にうごく。船が木橋をくぐると、左手に稲荷社の鳥居の列がみえ、右手に寺院らしい大きな屋根が見えてきた。

再び木橋をくぐると川が右に弧をえがいてのび、川幅もひろくなった。船は流れに乗ってすすみ、やがて本流の隅田川に出た。

水主たちが、一斉に帆をあげた。帆は風をはらみ、船脚がはやまった。川の両側には田畠が遠くまでひろがり、農家が点在している。西方に、富士山が淡く浮んでいた。

しばらくすると、右手に市内の家並がみえてきた。船の往来も次第に増し、漁をする小舟も眼にとまった。橋場町、今戸町の家並がつづき、浅草一帯の密集した家々が川岸にすき間なくならびはじめた。町の雑多な騒音が川面にも流れてきて、時折り甲高い物売りの声がし、太鼓や鉦を鳴らす音もきこえてきた。

編笠は右手の町並にむけられていたが、左手に本所一帯の家並が近づくと、編笠は左右にうごいた。

水主が帆をおろし帆柱も倒して、櫓あつかいで吾妻橋をくぐり、厩橋《うまやばし》の下も通過した。川岸に立つ者や、通りすぎる船の者たちが、囚人を乗せた船の列を見つめている。新しい獄衣の朱色は鮮かで、深い編笠を眼にしたかれらは、それが囚人を移送する船の列であると気づいているようだった。

国事犯の囚人たちの市街にむけられる眼には、沈鬱な光がうかんでいた。新政府が生れて以来、各地で紛糾がつづきはげしい争乱まで起ったが、かれらが捕えられた後、いつの間にか国内情勢は安定化し、欧米先進国の文物がさかんに導入されて目まぐるしい発展をしめしているらしい。新たに入獄してくる者たちの口から、鉄道の敷設、電信線の開通等をはじめ自転車、紙巻煙草、アイスクリーム、林檎水、麦酒など耳にしたこともない言葉が洩れ、それらが町にあふれているという。そうした変革の中で、自分たちだけが獄舎にとじこめられ、時代の流れに大きく取り残されているのを感じていたが、活気にみちた市街を眼にしていると一層堪えがたい苛立ちにおそわれた。

船の列は両国橋、新大橋をくぐった。大きな蔵が川岸にならび、荷の揚げおろしをする船が多くみられた。

永代橋《えいたいばし》をすぎると船は再び帆をあげ、隅田川の川口にある佃島《つくだじま》の入江に入り、岸につながれた。押丁がたずさえてきた麦まじりの握飯と漬物を囚人にくばり、水主が陸からはこんできた水をあたえた。

小憩の後、船は再び一列になって海岸沿いをすすんだ。船は、わずかに揺れた。

夕刻近い頃、船の列は横浜港に入り、船着場についた。すぐに平服の男が岸にあがり、港の事務所におもむいた。やがて、かれは職員ともどってくると、囚人を陸に揚げるよう命じた。

押丁に縄をとられた囚人たちが、船着場にならんだ。一等看守は、囚人の衿につけられた第壱号から四拾号までの数字を確認し、港の職員の案内で波止場につながれた一隻の汽船の前に近づいた。夕闇が濃くなり、看守たちは提灯に灯をいれた。丸い提灯に、東京集治監と朱書された文字がうかび上った。

囚人たちは、しばらくその場に立っていた。提灯の灯に照らされた朱色の獄衣と編笠の列に、港の人夫たちの視線がそそがれていた。むろん囚人たちは、どこへ移送されるのか知らなかった。が、集治監は東京以外に宮城県下小泉村に設置されている宮城集治監しかなく、海路で仙台に送られるのだろうと推測していた。

提灯を梶棒につけた大八車が三台つらねてやってくると、積まれた荷がおろされた。梱包の蓆《むしろ》には、東京集治監と書かれ、囚人たちは自分たちとともにはこばれる荷であることを知った。

かれらは、荷が余りにも多量であることをいぶかしんだ。移監の折にはわずかな私物を携行するだけで、荷物が同時に移送されることはない。海路をたどる時は船で食事が提供されるし、陸路を押送される時も各県の警察署から警察官が出張してきて、食糧も用意してくれるので携行品は必要ない。そうした前例からみて、大八車三台に積まれた荷の量は不可解だった。

荷が船艙にはこばれはじめると、一等看守は囚人の乗船を看守たちに命じた。提灯の灯がうごき、囚人たちはつらなって船内に入り、せまい階段をくだって船艙の隅におりた。そこには荒蓆が敷かれ、薄い掛ぶとんが積みあげられていた。

二人ずつ連結していた鎖がはずされ、編笠も除かれた。かれらの頭は毬栗頭《いがぐり》で、髭も剃られていた。顔色は青白く、眉毛が妙に毳立《けば》ってみえた。

提灯が三個、柱にしばりつけられ、その明りのもとで、握飯と漬物が囚人たちにくばられた。かれらは、蓆の上に坐って無言で口をうごかしていた。

押丁が、水を入れた桶と椀を持ちこみ、他の押丁が便器を船艙の隅においた。それらは、監獄で使用されているものと同種のもので、すべて木製であった。

しばらくすると、看守は囚人たちに就寝を命じた。かれらは、ふとんを一枚ずつ手にすると、それをかけて身を横たえた。看守と押丁は、三交代で不寝番に立ち、船艙の入口附近で囚人たちを監視した。坐ると眠るおそれがあるので、かれらは立ったままであった。

囚人たちの中から、早くも荒い寝息が起りはじめていた。

翌日の未明、船内に蒸気機関の始動する音が起った。

やがて、船が岸をはなれる気配がし、船腹に海水のあたる音がきこえはじめた。囚人たちの中には眼をさました者もいたが、寝返りをうつと再び寝入ってしまった。船が港外に出たらしく、船体がゆったりと揺れはじめ、外洋に出ると動揺は増した。

看守の甲高い声で、かれらは起床しふとんをたたんだ。足から腰につなげられた鎖のふれ合う音がつづいた。

かれらは正坐してならばせられ、一等看守の指示をうけた看守が、かれらの襟に縫いつけられた番号をたしかめて異常のないことを一等看守に報告した。

船内の生活が、はじまった。

船艙には陽光がさしこまず、内部の明りはひんぱんに蠟燭をかえてともされる三個の提灯の灯のみであった。時間の感覚はうしなわれ、ただ一日三回の食事によってその経過を知るだけであった。内部には、堪えがたい異臭がただようようになった。木製の便器には糞尿があふれ、船酔いの者の吐瀉物で床はよごれた。看守の監視のもとで、鎖につながれた囚人たちは、交代でそれらの処理をした。

二日目の夕食が終った頃から海が荒れはじめたらしく、船がはげしく揺れるようになった。横になったかれらの体は、右に左に大きくかたむく。ころがらぬように床に手をついていたが、堪えられずに半回転する者もいた。嘔吐する者が続出し、吐瀉物が流れる。看守や押丁も悪寒におそわれ、腰を落し、肩をあえがせていた。その夜は眠れぬ者が多かった。

船の動揺は、翌日の午後までつづいた。囚人たちは、汚穢にみちた船内の生活に辟《へき》易《えき》し、目的地に早く着くことをねがったが、船は依然として外洋を走りつづけているようであった。

かれらの顔に、いぶかしげな表情がうかびはじめた。横浜を出港した船は、二日目かおそくも三日目には宮城県下の港に達するはずであったが、船が港に入る気配はない。

不審感は増し、かれらは、夜、ふとんをかけて身を横たえると、看守や押丁に気づかれぬように低い声で船の行く先についてささやき合った。船は、宮城県に向っているのではないようだという意見が、大半だった。予想していた方向とは逆に、船は近畿以西の四国、九州、もしかすると琉球方面に針路を向けているのではないか、という者もいた。また、伊豆七島に流されるのではないかということを口にする者もあった。江戸時代それらの島に流罪の者が流されたが、明治維新後も、明治三年に稲田騒動で捕えられた徳島藩士中、十一名が新島へ、六名が八丈島に、さらに四年には八丈島に六名、新島に三名の流刑者が送られていた。しかし、船の行先が伊豆七島であるなら当然、船はすでにいずれかの島についているはずであった。

翌朝になっても船の速度は変らず、外洋を航行中らしく動揺をつづけている。かれらの疑惑は、不安に変った。

その日、便器の始末をした囚人の一人が、縄をとる押丁にひそかに船の行先を問うた。が、押丁は、かすかに頭をふっただけで返事をしなかった。押丁は囚人と会話をかわすことを厳禁されているので答えを得ることはできるはずもなかったが、囚人は、押丁の表情から察して押丁もどこの地におもむくのか知らされていないようだと思った。

その日も、船は走りつづけた。不寝番の交代で船艙に入ってくる看守や押丁は、内部によどんだ臭気に堪えられず、顔をしかめ、鼻をおおった。

五日目の朝をむかえ、囚人たちの不安は一層つのった。再び波が強まったらしく、船の動揺がはげしくなった。かれらの体からは、異様な臭気がただよい出ていた。船酔いで午食をとらず、身を横たえている者も多かった。船腹に波のあたる音が、船艙内にひびいていた。

午食後二時間ほどたった頃、船の動揺は少くなり、やがて揺れが消えた。その変化は、船がいずれかの湾に入ったことをしめしているように思えた。囚人たちは顔を見合わせ、船内の気配をうかがった。

そのうちに機関の音がおだやかになり、船の速度もおとろえた。突然、汽笛が鳴り、さらに船は減速したようであった。囚人たちは、船が港に入ったことを知った。

船の動きがわずかになり、やがて停止した。錨のおろされる音が大きくひびき、それがやむと物音が絶えた。

看守の命令で、囚人たちは便器を洗い、吐瀉物でよごれた床を清拭した。そのうちに隣接の船艙から積荷をおろす騒がしい物音がし、人声もきこえてきた。囚人たちは正坐を命じられ、人員調べをうけた。そして、一時間ほど待たされた後、二人ずつ鎖でつながれ、編笠をかぶされて船艙のせまい階段をあがった。新鮮な外気が快く感じられたが、温気のこもった船艙にとじこめられていたかれらには、空気がひどく肌寒く、くしゃみをする者もいた。

甲板にあがったかれらは、待ちかねていたように周囲に視線を走らせた。町が、眼前にあった。蔵が海岸にならび、その後方に低い家並のひろがりがみえる。木造の桟橋は千尺以上の長さで、築造されてから間もないらしく木肌が新しく、大きな蒸気船が二隻つながれていた。湾口には岬が突き出ていて、右方向にはそびえ立つ峰々が望見できた。

風光は美しかったが、囚人たちの関心事はその地がどこであるかであった。海の色の濃さと気温の低さから、北国の地のように思えた。移送される土地の自然環境が、囚人たちの将来を強く支配するだけに、かれらはその港町がどこであるかを知りたかった。囚人たちは町並や港に視線をそそいでいたが、地名を知る手がかりは見出せなかった。

囚人の一人が堪えきれぬように、

「ここはどこです」

と、看守に声をかけた。

看守は振返ったが、声を発したことをなじるような鋭い眼を囚人に向けただけで答えなかった。

「オタルナイだ」

町並に視線を据えていた平服の男が、看守を無視したように大きな声で言った。

「オタルナイ？」

囚人が、いぶかしそうにつぶやいた。

「北海道後志《しりべし》国の小樽だ」

男が、薄笑いしながら答えた。

「北海道？」

囚人たちの中から悲痛な声があがった。

かれらは、体を硬直させ、町を凝視した。かれらの大半は、近畿以西の出身者で、北海道は異国にもひとしい遠隔の地であった。維新後、北海道と改称されたが蝦夷《えぞ》という旧地名は一般にのこされ、それは容易に人の生存を許さぬ酷寒の地の称でもある。

江戸時代に幕命で北辺守護のため各藩から藩兵が蝦夷にも派せられたが、寒気と野菜不足で多くの死者を生じるのが常であった。維新後、朝廷等に反抗した藩の藩士らが集団で北海道に入植したが、それは死を賭しての流亡に似た行為とされている。それらの入植者は、政府の北海道開拓政策による補助のもとに生活環境をととのえて寒気とたたかいながら開拓事業をすすめたと言われている。が、囚人の収容される獄舎は冬期に火気も許されず、そうした中での生活は肉体をむしばみ、労役は激しい消耗を強いるはずであった。

囚人たちは身じろぎもせず立っている。かれらの中には、膝頭をふるわせている者もいた。

「下船」

一等看守の甲高い声に、押丁が縄を振って囚人たちをうながした。

足をすくませていた囚人たちは押丁に肩を突かれ、よろめくように船からおりた。かれらは、鎖のふれ合う音をさせながらおぼつかない足取りで長い桟橋をすすんだ。

港に働く男や浜で魚を籠に入れている男や女が、おびえたような眼をして囚人たちの列を見つめていた。

囚人たちは、船着場を出ると看守に誘導されて港の船改所裏の空地に坐らされた。土の冷たさが腰につたわり、かれらはあらためて北辺の地に来たことを感じた。

平服の男が一等看守をともなって家並の間を縫うようにすすみ、小樽の郡役所におもむいた。その日は小樽泊りとし、翌朝以後便船をもとめて石狩にむかう予定であった。

平服の男は戸長に会うと、囚人の宿泊所の斡旋と石狩への便船の有無をしらべて欲しいと依頼した。宿泊所は、護送費の節約のため空き倉庫などが好ましい、とつたえた。戸長は諒承し、すぐに二人の吏員を呼んで手配するように命じた。

戸長の部屋で小樽をはじめ他の地域の開発状況をきいたりして待っていると、やがて吏員たちが前後してもどってきた。かれらの報告によると、便船は明日午前中に出港予定の帆船があることを確認できたが、空き倉庫は皆無だという。実際には倉庫に余地のあるものもあるのだが、港に朱色の衣服をつけ編笠をかぶった囚人が四十名も上陸したことはすでに町の話題になっていて、倉庫の持ち主も顔色を変えて貸すことを拒否していると言った。

平服の男は、困惑したように顔をしかめた。官によって支給される護送費は、囚人一人あたり一泊二食で日に十三銭とさだめられている。北海道は内地よりも物価が高く、それでは下級の旅宿にも泊れない。たとえ護送費をやりくりして宿泊費を捻出してみても、常識的に旅宿が囚人の宿泊を承諾するとは思えない。まして民家で家を提供し食事をととのえてくれるはずもなかった。五月に入ったとは言っても、北海道の夜間の気温はかなり低下し、囚人を野宿させるわけにもいかない。平服の男に課せられた責任は、囚人を事故もなく目的地に送りとどけることであった。

かれは、無駄とはわかっていたが、あらためて戸長に旅宿や民家に折衝してもらった。が、予想した通り旅宿は満員だと口裏を合わせたように断わり、むろん民家で応ずる者はいなかった。町の人口は二千人足らずで、船の出入りは多くなってきていたが漁師町であることに変りはなく、四十人の囚人すべてを収容できる余地のある家はない。大きい建物といえば金曇町と新地町の娼家である貸座敷程度であるという。

平服の男は思案していたが、戸長に娼家各戸の規模を詳細にたずね、一人で郡役所を出た。かれは、道をたどって金曇町の規模の大きい貸座敷におもむいた。戸長の話によると、その遊女屋には最盛期に使う大きな部屋が裏手にあって、平常は予備のふとんや行灯《あんどん》が置かれているという。

かれは、貸座敷の主人に会うと、遊女を揚げる代金をたずねた。主人は、一円と答えた。その年の四月一日、東京の吉原で遊女揚代金細見が発表されていたが、それによると最高一円から最低二十五銭までの五段階で、それに比して辺境の小樽での揚代金はかなりの高額であった。

かれは、主人に裏座敷を宿泊所として使わせて欲しいと申しこんだ。人数は五十四名で遊女を揚げることはせず、ただ夜と朝の二食を提供するだけでよいと告げ、値段の交渉をした。主人は、遊んでいる裏部屋を利用でき、しかも人数も多いので一人三十八銭で承諾した。護送囚人賄料の予算を大幅に越えた額だが、便船が翌日にあって、数日間船待ちで小樽逗留を余儀なくされるにちがいないと覚悟していただけに、二十五銭の余分の出費もやむを得なかった。

かれは戸長の家にもどると、貸座敷を宿泊所とすることになったとつたえた。戸長は、呆れたようにかれの顔を見つめていた。

平服の男は、一等看守とともに船改所裏にもどった。すでに、日が西にかたむき、風が起っていた。その中で、囚人たちは、身を寄せ合って坐っていた。

かれらは立ち上り、一列になって家並の中に入った。前方から歩いてくる者たちは顔色を変えて露地に身を避けたり、うろたえて引き返してゆく。家の中からおびえた視線が囚人たちにそそがれた。

囚人の列が金曇町に入ると、遊里は騒然となった。人が走り、客引きの男は遊女屋に身をひそめる。格子窓の中に坐る女たちは、朱色の獄衣と編笠の列に甲高い叫び声をあげて家の奥に駈けこんだ。囚人の編笠は、しきりに左右の遊女屋にうごき、二階から呆気にとられて見下す女たちにも向けられた。編笠の中から、忍び笑いももれた。看守や押丁たちも意外な場所へ足をふみ入れたことをいぶかしみながら顔に苦笑をうかべていた。鎖のふれ合う音が、遊里の中をすすんだ。

平服の男は、目的の貸座敷の前で足をとめ、裏手にまわると広い廊下にあがり、大部屋の戸をあけた。看守たちは戸惑っていたが、囚人をとりかこみながら部屋に入った。遊女屋の内部には、はげしい混乱が起っていた。女の悲鳴に似た声や男の叫び声が交叉し、廊下を走る音もきこえている。なぜかわからぬが、水を汲んでいるらしく、荒々しいつるべの音も起っていた。

しばらくすると、貸座敷の主人が二人の男とともに部屋の入口に姿をみせた。囚人たちの腰から腰にわたされていた鎖はとかれ、編笠ものぞかれていた。囚人たちは、薄笑いしながら部屋の内部を見まわしていた。

主人に眼をとめた平服の男が、部屋の入口に近づくと、夕食の用意を命じた。

主人と男たちの顔には、血の気がなかった。主人は、なにか口にしようとしているらしかったが、適当な言葉が見出せぬようだった。代金は前金として受け取っているし、たとえ囚人たちであっても客であることに変りはなく、追い立てることはできない。それに、鋭い眼をしサーベルをおびた看守たちに宿替えを頼んでもきき入れてくれるはずはなく、逆に威嚇されるにちがいなかった。また囚人たちも、宿泊を拒否されれば、どのような行為にでるかも知れない。軽い罰をうけた懲治人が浅黄色、既決囚が朱色の獄衣を着用するさだめになっていることは、主人も知っていて、囚人たちが押送されてきた重罪人であることに気づいていた。

「なにか用か」

平服の男が主人に言うと、主人は男たちとともにおぼつかない足どりで廊下を去っていった。

家の中に人声は絶え、静寂がひろがった。やがて、二人の男が顔をこわばらせて部屋に入ってくると、行灯に灯を入れた。戸外には、夕闇が濃くなっていた。

しばらくすると、女や男が食事をはこびこんできた。膳は高脚膳で、食器も花模様をちらした漆器類と瀬戸物類であった。囚人たちは手鎖をはずされ、厚い座布団に坐って膳にむかった。かれらの顔には、思わぬ扱いをうけることに対する驚きの色と照れ臭そうな表情がまじり合ってうかんでいた。

「食え」

一等看守の声に、かれらは箸を手にした。飯櫃の傍に坐る男や女たちは、かたく口をつぐんで囚人の差し出す茶碗に飯を盛っていた。

その夜、かれらは分厚いふとんに身を横たえた。ふとんの柄は派手で、四隅に金色の房がついている。脂粉の匂いがふとんや枕からただよい出て、部屋の中になまめかしい雰囲気がひろがっていた。

部屋の入口附近に、不寝番の看守と押丁たちが立って、行灯の灯にうかぶ華美なふとんの列を見守っていた。


翌朝、戸長が昼食用の握飯を持ちこみ、石狩行きの船の出港時刻をつたえてくれた。

囚人たちは朝食をとると、鎖でつながれ編笠をかぶせられて貸座敷を出た。朱色の列は、家並の間を縫うようにすすみ、港に出た。船は室蘭からの不定期船で、石狩に米をはこんでゆくという。囚人たちは乗船すると、再び船底に押しこめられた。

やがて、船は出港し東へすすんだ。石狩までは海路八里で、正午頃には石狩川の川口に到着した。

数艘の小舟が岸からやってきて、囚人たちは分乗して小さな船着場にあがった。そこには、内務省の役人が常駐し、仮建築の倉庫も建っていた。その敷地は囚徒仮拘置所と諸物品を貯蔵する倉庫の建設予定地で、七百坪の敷地に標石が打ちこまれていた。

囚人は、倉庫の内部に押しこめられた。かれらは、小樽からさらに奥地へ来たことに不安をつのらせていた。港に沿うた場所には倉庫や鮭漁小舎がならび、町の中には郡役所も置かれている。囚人たちは、その町にとどめられて労役に服すのかと思った。平坦地であったが風は強く、冬の寒気が想像された。

倉庫は高い所に小さな窓があるだけで、大きな曳き戸をしめると内部は闇になった。警察署から巡査が応援に来て、倉庫の警戒にあたった。横浜で積みこまれた荷物も陸揚げされて囚人の収容されている倉庫にはこびこまれた。囚人たちは、この地が監禁される地であることを信じはじめていた。

かれらは、失望していた。北辺の地に押送されてきたかれらは、再び内地に帰ることは不可能だと思った。終身刑に処せられたかれらの唯一の望みは、恩赦による減刑で釈放されることであった。が、北海道の冬の寒気と強制労働で、その折まで肉体を維持できそうには思えなかった。

その夜は風が強まり、岸にくだける激浪の音が倉庫の中の空気をふるわせていた。かれらは絶望的な気持になっていたが、翌朝、それは恐怖に変った。

朝食をすませた後、倉庫の荷物がはこび出されると、かれらは手鎖をかけられて倉庫の外に引き出された。かれらの眼に、川岸につながれた数十艘の丸木舟が映った。それらの舟にはアイヌが二名ずつ乗っていて、半数近くの舟に横浜からはこばれてきた荷が積みこまれていた。

囚人たちは、この地に監禁されるのではなく、丸木舟でさらに奥地に移送されることを知った。丸木舟が用意されていることは、目的の地が川の上流方向で、しかも陸路ではたどりつけぬ道も通じていぬ場所であることにも気づいた。かれらは、立ちすくんだ。舟に乗ることは、死を意味しているように思えた。

かれらは、押丁にうながされて川岸に近づいた。舟には囚人が二人ずつ乗り、それに看守、巡査、押丁が付き添った。また、一艘の丸木舟には平服の男と一等看守が乗った。

「出発」

一等看守が、声をあげた。

丸木舟は一斉に岸をはなれ、上流方向に舳を向けてうごき出した。アイヌたちは櫂《かい》をあやつり、舟は一列になってすすんでゆく。川の両側に家並がひろがり、岸に町の者たちが立って朱色の衣服をつけた囚人たちの乗る丸木舟を見つめている。

舟の群は、広い川面を上流にむかって動いていった。

二

北海道に集治監設置の議が起ったのは三年前の明治十一年で、「全国の罪囚を特定の島嶼《とうしょ》に流し総懲治監とす」という元老院決議にもとづくものであった。

江戸時代、幕府直轄地では獄門等の死刑以外に遠島刑があり、伊豆七島、薩摩、五島、隠岐、壱岐、天草、佐渡などに罪人が流された。明治元年正月十五日、明治天皇の大赦令によって流人のほとんどが赦免されたが、流罪刑はそのまま残された。しかし、伊豆七島等は流刑地として不適という声が支配的で、元老院決議の「……島嶼」とは未開の北海道をさすものであった。

明治維新後、政府部内での対立の激化による争乱で四万三千人におよぶ者が賊徒としてとらえられたが、東京と宮城両集治監では収容しきれず、必然的にかれらを監禁する大規模な獄舎を北海道に設置しようという機運がたかまった。こうした事情を背景に、明治十二年九月十七日、新しい刑法の草案が元老院内の刑法草案審査局から太政官に提出されたが、その折り内務卿伊藤博文は、北海道に集治監をもうけるべきであるという伺書《うかがいしょ》を出した。無人の地にひとしい北海道に罪人を送りこみ、原野を開墾させ鉱山労働にしたがわせて満期放免の後もその地で開拓に従事させれば、好結果をまねくというのだ。

この伺書は、そのまま受けいれられた。罪人を遠隔の地である未開の北海道に送りこむことは、政府に反感をいだく国事犯を隔離し、反省をうながすことも期待できる。それらは、治安維持に効果があり、内地の獄舎の収容能力を恢復させるはずであった。

さらに、かれらを開拓に使役できることは、政府にとって願ってもないことであった。それまで政府は、北海道開拓事業推進のため積極的に移民をつのり、かれらを送りこむことにつとめていた。が、気候風土その他生活上の障害が多く、移民の定着ははかどらない。その上、かれらに多額の扶助金その他をついやしていて、それが国家財政に大きな負担になっていた。そうした移民政策に腐心していた政府にとって、ほとんど経費を必要とせず強度の労役を課すことのできる囚人を送りこむことは、開拓事業推進の上に大きな力になると判断された。

明治十三年二月、太政官から内務省に対して北海道に集治監を建設する計画を推しすすめるようにという指令が出され、建設地の選定については北海道開拓をつかさどる開拓使長官と協議するよう指示された。開拓使長官は明治七年八月以来陸軍中将黒

田清隆が就任していて、黒田は内務卿からの依頼に対して、開拓使庁内で検討させた結果、

一　石狩国樺戸《かばと》郡　石狩川上流須倍都太《すべつぶと》

二　胆振《いぶり》・後志《しりべし》国の境界辺にある羊蹄《ようてい》山麓

三　十勝川沿岸

の三候補地の中からえらぶべきだ、と回答してきた。

内務卿伊藤博文は、調査団の派遣を決定し、人選の末、団長に内務省御用掛権少書記官月形《つきがた》潔を任命した。

月形は、弘化四年六月二十七日福岡藩士の長男として生れ、明治新政府に官途を得、明治七年には佐賀の乱の指導者江藤新平の裁判のため佐賀におもむく内務卿大久保利通に随行し、多くの者の糾明にあたった。また、同年八月、秋田県人田島秀親がロシア人を殺害した事件について大検事岸良兼養に同行して函館におもむき、事件の処理にあたった。その後、大審院、東京、鹿児島の各裁判所属をへて内務省御用掛を仰せつけられ、集治監建設地調査の命をうけたのである。

調査団は、その年の四月に編成された。月形以下海賀《かいが》直常、守口如瓶、小田為孝、佐藤甫、中井美俊、吉川貞夫、筑紫寛亮の八名であった。

一行は、明治十三年四月十八日早朝、横浜を汽船で出立し、二十一日朝、函館に上陸した。

函館は火災の多い町で、明治に入ってからも二年五月に五稜郭の戦火で八百七十余戸が焼かれ、ついで四年九月に千百余戸、六年三月に千三百余戸、八年四月に四百三十余戸、十一年十一月に九百五十余戸を焼失する火災がつづいて起った。さらに前年の明治十二年十二月六日にも堀江町から火が発し、三十三ヵ町、二千二百四十五戸が焼失するという大災害に見舞われていた。

月形らは、函館支庁、函館監獄署の者たちの出迎えをうけ、所々に残焼物の放置されたままの町の中を通って旅宿に入った。

函館支庁の者は、月形たちに船旅の疲れをいやすためその日は休息をとることをすすめたが、月形は、函館支庁の北方四里半にある七重《ななえ》村におもむき、そこにもうけられている勧業試験場の主任官湯地定基権少書記官に会うよう手配して欲しいと言った。集治監建設地の選定調査の使命を課せられた月形は、東京を出発する折に北海道の事情に通じているといわれる湯地の意見をきくことを予定していたのである。

支庁の者は諒承し、すぐに馬の手配をしてくれた。

午食後、月形らは、函館支庁の吏員の案内で馬をつらねて北への道をたどった。道の両側は草原がつづいていて、一時間近くたった頃、前方に樹木のひろがりが見えてきた。それは七重勧業試験場で、樹木は植樹された杉、椴《とど》松、梨、梅、桃、林檎等であった。

月形らは、樹林を背にして立つ試験場事務所の前で下馬した。

試験場主任官湯地定基は一行を歓待し、試験場内を案内してくれた。牧場は三百町近い広さで、多数の牛馬が飼育され、西洋産の種馬もみられた。植物園には苗木が植えられ、穀類、豆類などが栽培され、麦、玉蜀黍、馬鈴薯はすべて外国種で、月形たちの眼にしたこともない蔬菜類もあった。

湯地は、洋風の大牧舎、水車場等を案内した後、官舎に招じ入れてくれた。

月形は早速用件に入り、伊藤博文内務卿から集治監建設予定地の選定調査を命じられて出張してきたことを告げ、黒田清隆開拓使長官から回答のあった三候補地の名をあげて、それらの地についての意見をもとめた。

湯地は、候補地の名を耳にすると、いずれも妥当な地だと述べながらも、それらの地について意見を述べた。まず、石狩国樺戸郡石狩川上流須倍都《すべつ》太《ぶと》については、附近数里にわたって平坦な沃野があり、集治監を建設し囚人に開墾させるのに適している。が、開拓使庁のある札幌から三十里もへだたっていて、途中に道はなくしかも囚人の押送、資材・食糧その他の物資の運送に障害があり、庁との連絡も円滑を欠くと述べた。

胆振・後志の境界辺にある羊蹄山麓と十勝川沿岸の二候補地を比較してみると、距離的にみて札幌西方十五里にある羊蹄山麓の地が好ましい。その地には、七、八里四方のきわめて肥沃な原野があり、樹木も生いしげっていて開墾地として最適である。……結論として湯地は、羊蹄山麓の地を選定すべきだと言った。

月形は、湯地が候補地の実情について豊富な知識をもっていることに感嘆し、建設地が決定した後の獄舎建設と開墾事業について協力を乞うた。

月形たちは湯地の官舎を辞し、帰路についた。一行が函館の町に入ったのは、人家に灯がともされた頃であった。

その夜、月形は団員たちと協議し、羊蹄山麓を最適地とし、第二に十勝川沿岸地方、第三に石狩国樺戸郡須倍都太とすべきであるという結論を得た。

翌日、函館監獄署から迎えの者がやってきて、月形は団員の守口如瓶、吉川貞夫らとともに監獄署におもむいた。かれは、北海道の集治監設置の予備知識を得るため現地の監獄を見学することを希望していたのである。

監獄署では、樋口監獄長の案内で獄舎を巡視した。前年末の在監者は男百六十六名、女八名で、六名の脱獄者があった。内地の監獄と異なる囚人に対する待遇は、冬期に綿入れの着物を貸与することであった。囚人にあたえる米の量は、一日につき男囚が四合五勺、女囚三合六勺、男女とも十歳以下四歳までの入獄者二合七勺。朝の味噌汁の味噌の量は、男女囚一人につき十五匁、十歳以下十匁、朝食の漬物と味噌汁の実は一人につき八厘などとさだめられていた。その他、塵紙は一人一日に一枚、ふとんは一枚、入浴は月に三度、天長節、紀元節には獄舎内に手桶一杯の湯があたえられるなど細かく規定されていた。

看守への支給品は、内地と同じように夏・冬服上下、帽子、長・短靴各一足、雨着、捕縛縄、呼子笛、鉄杖、手帖で、休暇は一年勤続者は年に二十五日、二年で五十五日、三年で八十五日、四年で百十五日であった。

最近の監獄内の動きとしては、前々年の十一月に起った函館の大火で、囚人百四名を消火作業にあたらせ、際立った働きをした八十四名の囚人の罪一等を減じた。また、前年の十二月には、江差《えさし》の第四支署から受刑者を函館監獄署に護送しようとしたが、豪雪のため護送できず、特例として懲役百日以下の者を江差で笞刑に処し、放免したという。

月形は、それらの囚人・看守の諸規則を団員に記録させた。

月形ら一行は、三日間にわたって地図、食糧その他を集めて内陸部へ入る準備をすすめ、二十六日午前十時、馬で宿を出立し森村に通じる道をすすんだ。その道路は、開拓顧問ケプロンの実地踏査にもとづき火薬を用いて明治五年七月に開通した道路で、馬車の通行も可能であった。

一行は北へと馬をすすめ、七重村をすぎ、一里ほどで藤山村に着き、さらに一里の行程で嶺下村《とうげしたむら》に入った。村といっても入植戸数は五、六戸で、村人は農業のかたわら炭焼きをしてそれを函館にはこび売っているという。

道は山間部にかかり蓴菜沼《じゅんさいぬま》村に達した。四方の峰々には雪が残っていたが、鶯の囀りがしきりで、宿野辺《しゅくのへ》村までの二里半の山道には、楢、桂等の大樹の密生がみられ、山林資源の豊かさをしめしていた。その日は、噴火湾に面した森村に達し、阿部重吉という入植者の家に泊った。

翌朝、月形らは港におもむいた。港には、長さ百四十一間、幅三間余の洋風埠頭があった。それは、中判官榎本武揚の助言にもとづいて明治六年十一月に防腐剤としてアスファルトを使用し築造されたもので、そこに辛未丸という汽船が横づけされていた。

辛未丸は東にむかってすすみ、午後四時三十分、室蘭に入港した。室蘭は天然の良港として知られていたが、人家はわずかに百四十余戸にすぎなかった。

船着場には、二人の男が出迎えてくれていた。一人は、旧仙台藩の支藩であった亘《わた》理《り》藩家老田村顕允であった。

仙台藩は、奥羽越列藩同盟の盟主として戊辰《ぼしん》の役に新政府軍と戦って敗れた。いわば朝敵官賊の藩で、藩主は実高百万石以上といわれる領地を没収され、その後実高二十八万石の地を下賜され、家臣の知行地のすべてが取りあげられた。

亘理藩主伊達《だて》邦成は仙台藩一門の筆頭で、二万四千余石の知行地を有していたが、明治維新によって邦成はわずかに五十八石五斗の扶助をうけるだけになり、藩主自らの生活も維持できず、むろん家臣を養うことなどできなかった。亘理藩家中は千三百余戸、七千八百余人で、かれらはたちまち生活の方途をうしなった。

家老田村顕允は邦成とはかって、家中の者を救済する方法として明治二年蝦夷地に入植することを新政府に嘆願した。北海道開拓のため入植者をつのっていた政府は、極寒の地に入植を希望する者がほとんどないことに苛立っていたので、顕允の嘆願をいれ、伊達邦成に対し、「……自費ヲ以《もって》漸次移住、屹度《きっと》実効相立候様尽力可レ致」として「胆振国之内有珠《うす》郡、右一郡其方支配ニ被仰付」という辞令を渡した。

移住第一陣は、伊達邦成以下家臣とその家族二百五十名で、かれらは父祖伝来の鎧、兜、弓、鉄砲、茶器等すべてを売りはらい、南京米二百五十俵を購入して、陸前寒風沢《さぶさわ》港（宮城県七ケ浜町）から汽船「長鯨丸」に乗って故里をはなれた。

四月六日、船は室蘭についたが、五十センチの積雪で、アイヌの小舎が三軒あるだけの荒涼とした地であった。かれらは、藩主をかこむようにして雪の上に蓆を敷き、弁当を食べた。老人は涙ぐみ、女や子供は突っ伏して泣いた。

やがて小屋がけがはじまり、翌年第二陣の七百八十八人が移住してきた。しかし、農具を積んだ船が到着せず、食糧も尽きた。わずかに口にできるのは、人参、ごぼう、ふきで、茶碗がわりに使っていた帆立の貝殻で、子供たちは口をきって血を流した。「粒食せざること数旬、百方策つきほとんど餓死せんとす」と、伊達邦成は書きのこした。その後の移住は九回におよび、移住者数は二千六百余人に達した。

月形は、そうした亘理藩の凄惨な入植事情をつたえきいていて、邦成とともに入植を指導した元家老田村顕允の名も耳にしていた。顕允は室蘭郡長の任にあると言い、傍に立っている男を戸長の渋谷雄と紹介した。

月形は、明治維新による変革を顕允にみる思いだった。顕允たちは、朝敵の汚名を着せられ、飢えを避けるために北海道に集団入植した。開墾に成功し生活も安定しているのだろうが、それまでの苦しみは想像を絶したものであったにちがいない。かれらとは対照的に、自分は朝廷軍に参加した福岡藩の藩士の子として生れ、新政府にも官途を得て、内務省御用掛権少書記官の任にある。一藩士の子弟にすぎぬ自分が旧家老の顕允に礼を以て迎えられていることが皮肉に思えた。

月形らは、顕允たちに案内されて宿舎の山中万次郎宅に入った。

夕闇が落ちると、行灯のかわりにランプが部屋にともされた。顕允の特別なはからいで、かれが持っていたものをはこばせたのだという。接待の女中たちは、その明るさに眼を輝やかせていた。

やがて顕允が渋谷戸長、室蘭港船改所四等属をともなって月形を訪れてきた。田村ら三名は、開拓使庁からの連絡で月形一行の使命を十分に知っていた。

月形は、かれらに集治監選定の三候補地を述べ、囚人の開墾・耕作に適した地について問うた。かれらは、すでに開拓使から中央政府に回答した候補地も知っていて、口をそろえて羊蹄山麓が最も適していると答え、持参してきた地図をひろげ、広大な沃野がある位置をしめした。その地は、田村が行政を託された胆振郡と隣接の後志《しりべし》郡にまたがっている地域で、田村郡長は集治監を自分の行政区に誘致したいと強く望んでいるようであった。

田村たちはその地が好適であることを力説し、実地調査をして欲しいと懇願した。月形は、七重勧業試験場主任官湯地定基もその地を推薦していたので、田村の言葉をいれ、調査団を二分し、海賀直常、守口如瓶、小田為孝の三名を羊蹄山麓一帯の調査にあたらせ、自らは他の団員四名をともなって、石狩川上流の須倍都太にむかうことに決した。また、海賀は、羊蹄山麓の調査を終えた後、十勝川沿岸も踏査して札幌で月形らと落合い、結論を出すことになった。

翌二十八日、月形らは海賀たちと別れ、午前九時すぎ室蘭を出立、札幌への道をたどった。その道は札幌本道と称され、難工事の末、明治六年に開通したのである。

月形たちは馬をすすめたが、人家はほとんどなく、午後四時半、白老《しらおい》村に着いた。さらに、海沿いの道を東にむかい、荒い磯にさえぎられて馬を曳いて歩いたが、沖から冷い烈風が吹きつけ歩行が困難になった。それに夕刻もせまり不安になったが、日没後ようやく苫小牧《とまこまい》村にたどりつくことができた。

翌朝、一行は午前七時三十分に宿を出て、札幌本道をすすんだ。両側に桂、ドロと俗称される白楊樹、楢などの樹木が密生し、右方に湖がみえた。

五里ほど馬をすすめると、植苗《うえなえ》という小さな村に達した。そこには野生の鹿の肉を鑵詰《かんづめ》にする官営の鑵詰製造所があった。案内の者の話によると、鹿が狩猟で激減したため生産される鑵詰の量も少くなっているという。鹿を飼ってもいるらしく所々に柵があって、鹿種蕃息所という標識が立っていた。

一行は道を北へいそぎ、千歳村に入った。その附近には鶴が多く、人家で昼食をとり、午後一時同村を発した。二里ほど行くと中山久造という者の開墾地があった。林をひらき田畠を作っていたが、土地が平坦で開墾に適しているようにみえながら地質がきわめて悪く、作物の育ちは好ましくない。月形は、開墾が困難な事業であることをあらためて感じた。

その地からさらに北へ三里半すすみ、島松村に達した。そこで馬に水を飲ませ飼料をあたえ、五時三十分に出発して札幌への道をいそいだ。道の両側は、巨木が絶え間なく高々とそびえていて暗い。遠景を望むことはできなかった。

ようやく札幌へ一里ほどの距離に近づいた頃樹林がきれて平坦地に出たが、日はすでに没して遠くの景観をながめることはできなかった。

提灯に灯が入れられ、かれらは馬をいそがせた。夜十時にようやく豊平川にかかった橋を渡って札幌の町に入った月形らは、小田部三郎兵衛宅に宿をとった。

翌三十日、朝食をすませた後、小田部の家を出た。かれらは、馬上から好奇にみちた眼で市街をながめた。

札幌の建設は、石狩地方担当判官の島義勇の指揮で明治二年末に着手されたが、「会計出入成算至って疎洩」という費用濫費のかどで島が辞任させられた後、判官岩村通俊が担当官に着任した。当時、札幌に本籍を置き居住していた者は、わずかに九戸十三人であった。

明治四年、岩村の指揮で中川源左衛門を大工棟梁として奥羽、東京からつのった職人、人夫によって都市建設工事が開始された。同年四月には、仮庁舎が出来て開拓使本庁が函館から移され、つづいて官舎、病院、各種倉庫、農村移民家屋二百余棟が完成した。市街は、一区間六十間、道幅十一間の碁盤目の区画割りとし、南北の中間に幅六十間の大通りがもうけられた。それらの建設にはお雇い外人の建言がとりいれられ、道路、官営建物は欧米方式によった。また、工事に従事する職人や人夫の定着をはかる方策として、市の南方二町四方に遊廓をもうけた。その地は土塁でかこみ、創成橋附近の娼家を残らず移転させ、官金で東京楼という大きな遊女屋も建築した。そこは、薄野《すすきの》遊廓と名づけられた。岩村は、補助金を支出して一般住民に本建築をすすめ、人口も徐々に増した。

市街には、杭にふちどられた広い道路が縦横に通じ、点々と洋風の建物が立っている。しかし、広大な土地に建設された札幌は、形態だけととのえながらまだ都市らしい落着きをそなえていなかった。

月形は、団員とともに開拓使本庁におもむいた。庁舎は三階建の洋風建築で、広い敷地には多くの樹木が植えられていた。

かれは、開拓使大書記官調所広丈《ずしよひろたけ》と権大書記官鈴木大亮に面会し、集治監建設地調査のために出張してきた挨拶をした。そして、三候補地について意見を乞い、七重勧業試験場長湯地定基、胆振郡長田村顕允から羊蹄山麓を最適地として推薦されたことを告げた。

それに対して、調所と鈴木は、石狩国樺戸郡石狩川沿岸の須倍都太が農耕に適する沃地をそなえ、また石狩川を利用した運輸も可能なので、須倍都太を推す旨の回答があった。地図を前に詳細な質疑がかわされ、須倍都太が候補地として指定されているかぎり同地におもむいて調査すべきだという結論に達した。

翌五月一日、月形たちは本庁と須倍都太の実地調査について具体的な打ち合わせをした。

石狩川上流は、人跡稀《まれ》な地であった。文化年間、幕命をうけて近藤重蔵、間宮林蔵らが上流を踏査し、安政四年には、蝦夷地山川地理取調御用に任じられた松浦武四郎が川口から遡行、「石狩日誌」を著した。明治に入って上流の開発を意図した開拓使札幌担当判官岩村通俊は、明治五年高畑利宣に石狩川踏査を命じた。高畑は丸木舟に乗って川を遡り、大函、小函附近まで達し、地図と報告書を岩村に提出した。明治七年にはお雇い外人である地質学者ベンジャミン・スミス・ライマンが、開拓使出仕佐藤秀顕らとともに通訳、人夫をともなって上流に達し、測量した。さらに明治九年には大判官松本十郎が通弁亀石熊五郎とアイヌ七名とともに踏査して水源をきわめたが、黒田長官と意見の対立があり、その調査報告は開拓使に提出されなかった。

これらの調査によって石狩川の概要は知られていたが、依然として上流地域は未知の地であった。

そうした石狩川を遡行するには、むろんその方面に知識をもつ案内人が必要であった。須倍都太は中流というよりは上流の沿岸にあって、その地に足をふみ入れた者は皆無であった。

開拓使本庁内には石狩川上流までさかのぼった者はいなかったが、下流に精通しアイヌ語にも通じている開拓使八等属の船越長善が案内人として適しているという結論を得た。

調所は、ただちに船越をまねいた。船越は二十七歳で体格がすぐれ、挙措動作に誠実さがみられた。

船越は、調所の質問に要領よく答え、アイヌの協力を得れば須倍都太に案内することは可能だ、と自信にみちた態度で答えた。

月形は、船越に案内を託すこととし、団員の吉川貞夫らに船越と出発準備について打ち合わせるよう命じた。

「出発日は？」

船越の問に、

「天候良好ならば明日にも……」

と、月形は答えた。

月形は、調所のすすめで札幌に設置された諸機関の見学をすることになり、本庁を馬に乗って出た。

初めに調所は、札幌監獄署に案内し監獄長に引き合わせてくれた。監獄長は、監獄の沿革について説明した。それによると札幌に牢屋をもうけたのは明治三年十二月で、用度庫を修理し、札幌牢と称した。翌年三月、囚人が増したため牢屋を増築、囚人が外で労働する折には首環でつらねさせていたが、現在では二人ずつ鉄鎖でむすびつけ労役に従事させているという。その後、獄舎は手狭になり、明治八年十一月に雨竜通りに本格的な獄舎を完成、十一年に札幌監獄署と改称し現在に至っている。また、苗穂《なえぼ》村の官有地四十七万三千二十六坪を監獄署建設地に決定、すでに工事を開始しているとも言った。

月形は、獄舎を見学した。それは木造平屋建で、放射線状の西欧の獄舎方式がとられていた。獄舎は既決、未決、女監三舎に分れ、政府が明治五年にお雇い外人の意見等をいれてさだめた監獄則にもとづく典型的な建築であった。

監獄署を出て、開拓使本庁工業局におもむき、局長の長谷部辰造の案内で工業局と物産局の管理工場を見学した。水車器械所は二階建の大きな建物で、創成川からひいた水で水車が回転され、その動力で各種の鋸、鉋の機械や製粉機が運転されていた。

月形は、長さ二丈、一尺五寸角の木材がまたたく間に切断されて板になってゆくのに驚嘆した。その一廓には製粉所、箪笥等の家具をつくる木工所、ストーブ、錠等の諸器具を鋳造する製鉄所、鍛冶所、製網所などがあった。殊に月形が興味をいだいたのは紡織場で、製糸、紡織の機械が設置され百名以上の女子工員が仕事に従事していた。長谷部局長の説明によると、富岡の製糸場の指導で、外国製機械を導入して能率化をはかっているという。

ついで、雁木《かりき》通りにまわって麦酒醸造所を見学した。醸造法はドイツ式で、ホップをアメリカから輸入していたが、札幌で外国品に劣らぬものが栽培できるようになり、現在ではすべて札幌産を使用しているという。

月形は、未開の地に建設された札幌に、積極的に欧米の技術が導入され、試験的段階ではあるが着実に成果をあげているのを感じた。

かれは、帰途、豊平館と称される洋風の宿舎を見にいった。それは、札幌にきた賓客を迎える開拓使庁直営の宿舎で、完成寸前にあった。

その建物の前で月形たちは調所と別れて宿舎にもどったが、市街をまわって印象的であったのは官員の態度だった。東京でも官員は庶民を軽視する傾きが濃かったが、札幌ではそれが一層いちじるしいようだった。ほとんど二十歳代の男たちだが、傲然とした表情で市街を馬に乗ったり歩いたりしている。かれらは内地の官吏よりも高給で、開発途上の北海道で活動する商人たちから金品を得ることも少くないという風評もあった。

月形は、田村顕允を思い出した。亘理藩以外にも朝敵の烙印を押された多くの藩の藩士たちは、故郷を捨てて北海道にぞくぞくと入植し、辛うじて飢えをまぬがれている。維新以来十年以上が経過しているが、依然として政変の影響は残されているように思えた。

翌朝、船越長善が四頭の馬をひいて宿舎にやってきた。携行品物は、地図二枚、磁石二個、短銃二梃、鎌五梃のほか毛布、雨具、遠眼鏡、マッチ、提灯、ローソク等で、さらに船越の指示で全員の数だけの手袋と寒冷紗《かんれいしゃ》でつくった被面衣もくわえられた。それらは蚊、虻等をふせぐためのもので、内陸部に入るには必要な物であった。また、避熊器と称されるブリキ製の小箱も二個用意された。それは羆《ひぐま》の来襲をふせぐ道具で、勢いよく振ると異様な音を発し、羆が近づかぬといわれているという。米、味噌、塩等の食料は、途中で入手することになった。

月形たちは身仕度をととのえ、船越の用意したアイヌの常用するホシという丈夫な脚絆をつけた。

大書記官調所広丈が、従者二人をともなって馬でやってきた。月形たちは、調所らとともに馬をつらねて前夜の雨にぬかった道を進んだ。

調所は、遠く立つ二階建の洋風建物が札幌農学校で、明治九年開校以来校長を兼任していると言った。初代教頭は、アメリカのマサチューセッツ農科大学学長クラークで、一年間の賜暇を得て着任し、八ヵ月間教鞭をとって帰米、その後はクラークと同道してきたベンハローが教頭職にあるという。

月形は、集治監建設の折に囚人に開墾させる目的があるので、農法について今後札幌農学校関係者の指示を仰ぎたいと調所に依頼した。

札幌をはなれ二十二町ほど馬をすすめた頃、豊平川に面した雁木《かりき》村に着いた。そこには、すでに調所の部下が大型の丸木舟三艘を用意し、九名のアイヌを雇い入れて待っていた。

調所はそこから札幌へ引返すことになり、月形は見送りをしてくれたことを謝し、調所は道中の無事を祈って別れの挨拶をかわした。

馬からおろした荷と村内で買いととのえた米、味噌、醬油が丸木舟にのせられると、舟は岸をはなれ、豊平川をくだった。船脚は早く、アイヌのあやつる櫂で滑るようにすすんだ。

月形は、舟の上から景観をながめた。川の両岸には、おびただしい柳がつらなり、川の流れをふちどっている。春らしいおだやかな風光で、舟遊びをしているような悠長な錯覚にとらえられた。両側にひろがる原野は、さえぎるものもなく平坦で、萌え出た草が果しなくつづいている。

月形が、思わず開墾に適した大地だとつぶやくと、傍に坐った船越は同意しながらも、

「ただ惜しいことに、融雪期にはげしく増水して氾濫することが難です。沿岸一帯が三尺五、六寸も水につかることさえあります」

と、顔をしかめた。

月形は、あらためて緑のひろがる原野をながめた。原野は地味豊かであるが、それも例年の氾濫によって肥えたものかも知れぬ、と思った。と同時に、北海道開拓も例外なく治山、治水による努力がなければ果されず、その業も容易ではないことを感じた。

舟の中で弁当をひらき、午後四時、対雁《ついしかり》村に着いた。そこで荷を揚げ、人夫に手当をはらって舟を帰し、村内に入った。

宿所は駅逓取扱人の小笠原長吉という者の家であった。駅逓所は、宿泊、人馬の継立、通信文の逓送などを兼ねたもので、北海道内の要地に置かれている。その経営は困難であったので、開拓使から給与をあたえて維持しているのである。

月形は、小笠原の案内で村内をまわった。かれの眼に、おびただしい家の集落が映った。かれは、それらが樺太から移住したアイヌの家であることを知った。

明治八年五月、ロシアとの間に締結された樺太千島交換条約によって、日本は千島列島すべてを領土とする代りに樺太全島をロシアに譲渡した。その折、樺太に住むアイヌは、両国のいずれに帰属するか自由であったが、日本政府は、条約締結前に領有していた地域のアイヌを北海道に移住させるべきだとして、開拓のすすんでいた石狩平野に移そうとこころみた。

しかし、アイヌたちは日本移住に消極的で、もしも移住するなら故郷の樺太を望むことのできる北海道北端の宗谷地方を希望した。

そのため開拓使は、かれらを宗谷に移したが、その地方は産物が乏しく生活上困難が多く、またかれらが故郷の恋しさのため樺太にもどることがあれば、越境事件として日露間の紛争に発展するおそれもあった。開拓使は、かれらに石狩平野へ移住するよう説得し、官船「玄武丸」に大砲を据え、宗谷沖で発砲して威嚇し、強制的に「弘明丸」に乗船させて石狩平野の恵別《えべつ》、対雁村附近に移住させたのである。

開拓使は、かれらに移住費、家の建築費、三年間の食料を支給し、石狩川沿岸の四ヵ所に鮭漁場、厚田郡に三ヵ所の鰊《にしん》漁場をそれぞれかれらの専門漁場とし、漁業資金も貸しあたえた。また、女性には製網所をもうけて日給を支払い、耕地を譲渡し、かれらを定住させることに努力した。

アイヌの家は、熊笹で屋根をふいた小舎で、家の近くに耕地もある。小笠原の説明によると、全部で百八戸で、男たちの大半は小樽や石狩港の近くの海で漁をしているという。月形は、かれらのための小学校も見学した。教師は一人で生徒は四十人であるというが、教師が医師を兼ねているので休校が多い。就学奨励のため生徒には学用品が支給され、一人につき一ヵ月米九升、塩五合があたえられているという。

同村には、石狩川の水量を測る水測所ももうけられていた。

その夜は早く就寝し、翌朝五時三十分に小笠原が仕立ててくれた馬をつらね、石狩川沿いに恵別村へむかった。樺太から移住したアイヌの家が点在し、そこから出てきた子供が学校へ連れだってやってくるのに出会った。子供たちは、礼儀正しく月形たちに頭をさげ、月形は会釈をかえした。

二十五町ばかりで恵別村に入った。その地は、月形も聞き知っていた屯田兵村で、一分隊が編成され、指揮官は準少尉栃内源吉であった。

月形たちは、栃内の家で小憩をとった後、馬で村内を巡視した。屯田兵は一戸ごとに一万二千坪の土地を譲渡され、地質が肥えているので作物の収穫もよく、殊に麻の発育がよい。栃内は、軍装をしサーベルを帯びていたが、足袋に草鞋《わらじ》をはいていた。村の生活は軍隊式で、朝四時半にラッパの音で起床し、開墾のかたわら軍事訓練もさかんで、昼食、終業、夜の点呼、就床等をすべてきびしく規定されているという。所々に赤い小旗が立っていたが、それは各戸の耕地の境界をしめすものであった。小舎は丸太で組まれた洋風のもので、各戸に牛と馬が飼われていた。農具と農法は、札幌農学校の教頭であったクラークや開拓使顧問ケプロンに協力したエドウィン・ダンの意見で、西洋方式が採用されていた。

巡見の間に船越の手で四艘の丸木舟が用意され、雇い入れたアイヌ八名の手で携行品が積みこまれた。月形は、栃内から小銃一梃と遠眼鏡を借用した。

舟は岸をはなれ、石狩川を遡行しはじめた。川幅は広く、水量は豊かでしばしば屈曲している。両岸には平坦な原野がひろがり、柳、はん、ドロ、楡などが密生している。アイヌは、櫂をあやつって舟をすすめた。

やがて四里ほどのぼると、川の分岐点に達した。右方は夕張山系を源とする幌向《ほろむい》川で、舟は左方の本流をたどった。両岸に柳がつづき、鶯をはじめ小鳥の囀りがきこえてのどかな気分であった。が、柳に亀虫がむらがり舞っていて、それが舟の上にも降りかかってきた。その体から発する異臭に、月形たちは辟易した。

午前十一時五十分、舟は幌向太《ほろむいぷと》村に着岸した。その地には、人家がわずか三戸しかなかったが、近く開坑される幌内炭山への入口にあたる要地であった。

月形たちはその地に上陸して午食をとり、アイヌにあたえる手当をさだめた。船越がアイヌと話し合い、食料を支給する以外に一日一人につき米一升と三十銭をあたえることをつたえた。アイヌはその報酬に喜びの色をみせた。

休憩している間に、アイヌたちは柳の枝を切って舟べりにむすびつけて曲げ、屋根状のものを作り、その上に蕗の葉をのせた。

午後一時、舟は幌向太村をはなれ、上流へとむかった。流れが次第に急になり、アイヌたちは三人がかりで精力的に櫂をあやつる。かれらの顔には汗が光っていたが、呼吸も乱れず休みなく櫂をうごかしていた。

舟の進度は鈍り、三里ほど遡行すると、夕闇がひろがりはじめた。アイヌの指示にしたがって舟を岸に寄せ、その地で野宿することになった。

天幕が舟からおろされ、岸に張られた。その間にアイヌたちは森の中から枯枝を集めてきて火をたき、川の水をくんだ。鍋で飯を炊き、たずさえてきた魚の干物を焼いた。アイヌたちにも酒がくばられ、夕食がはじまった。

その頃から濃霧が湧いてきて、白い壁につつまれたようになった。霧が炎にあおられてみだれ合う。森の中で、野鳥の鋭く鳴く声が時折り起っていた。

翌日は夜明けに起き、ただちに天幕をたたみ毛布などとともに舟に積みこんだ。霧ははれず、人の姿もにじんでいた。霧の中から野鳥の囀りと石狩川の流れの音がきこえていた。

朝食をすませ、丸木舟を岸からはなした。川はいつの間にか二尺以上も増水し、流れもはげしくなっていた。アイヌと話をしていた船越は、浦志内《うらしない》岳の雪の融水によるものだと通訳した。

舟は流れにさからってすすみ、二里余で幌美里《ぽろびり》という地を過ぎた。その附近は川幅が八間のせまさで、両岸に鬱蒼と巨木が生いしげり、さらに進むと森がきれ、西北に当別《とうべつ》山、東北に浦志内岳が見えた。いずれも残雪におおわれ、陽光を浴びて白金のような輝きをみせていた。

幌美里から二十五町ほどさかのぼると美唄達布《びばいたつぷ》と呼ばれる地があったが、その附近に達した頃、川の水はさらに増量し、流れも急になった。川は大きく曲り、川幅はせまくなって、水は白いしぶきを散らして走った。

アイヌたちは、力強く櫂をふるい、流れにさからって舟をすすめた。そのうちに舟の一艘が流れに押されて横向きになり、大きく傾いた。アイヌたちは、あわただしく櫂をあやつって顚覆を避け、舳を上流方向に向けた。他の舟も流れに押されてはげしく揺れる。月形たちは舟べりをかたくつかみ、アイヌたちも神に祈る言葉を口にしながら、櫂を動かしつづける。飛沫が絶えず降りかかり、舟の底には水がたまりはじめていた。

舟の動きは遅々としていたが、岬のように突出した岸をまわると川の合流点が前方にみえてきた。左方から須倍都川が流れこんでいる。その合流点が目的の須倍都太だが、船越の説明によるとスベップトのスベッツはアイヌ語で本流、プトは合流で、須倍都太は石狩川本流と須倍都川との合流地点をしめすものだという。

巨木が両側からのしかかり、あたりは暗かった。アイヌたちはたがいに声をかけて励し合い、辛うじて須倍都川の右岸にたどりつくことができた。その附近は、二十間以上の高さがあると思われる巨木が密生し、それに蔓がからまり、森の中は暗い。笹が地表をおおい、獣すら通ることもできそうにない。樹幹には苔がはりつき、茸類も附着している。太古の世界に身を置いているような錯覚にとらえられた。

アイヌたちの手で天幕が岸辺に張られ、火がたかれた。鬱蒼と巨木の林立する森の中から濃い霧が流れてきて、かれらをつつみこんだ。

すでに闇があたりをとざし、冷気がひろがった。

米を炊き、鹿肉の鑵詰をあけ、酒をくばった。アイヌたちは、

「ヤイライキ」

と言ったが、それは感謝をしめす言葉であった。かれらは米飯をうまそうに口にし、酒を飲んだ。

やがて霧がはれ、唐草模様のように交叉する樹々の梢の間から、星空がのぞいてみえた。

不意にアイヌの一人が、短い声をあげた。月形たちは、かれの視線の方向に眼を向けた。薄らいだ霧の中に、小さな火が見える。人影が、炎にかすかに浮び出ていた。アイヌたちが、口早に会話をかわした。船越は、かれらの話をきいていたが、アイヌが仮小屋を立てて野宿しているらしいと月形につたえた。さらに船越は、そのアイヌがこの地の事情に通じているにちがいなく、案内を乞うべきだと言った。

月形は、船越の意見に同意した。目的地にはたどりついたが、密生する樹木で視界はとざされ、調査の手がかりもつかめそうにない。思いあぐねていたかれは、船越の言う通り野宿しているアイヌに土地の事情をきくべきだ、と思った。野宿している場所は一町ほどへだたった岸辺で、船越が野宿しているアイヌを連れてくることになった。

船越は、三名のアイヌに二個の提灯をかざさせて焚火の方にむかって進んだ。岸づたいに歩けぬ個所も多いらしく、時折り提灯が川の中に踏みこむ。月形は、遠眼鏡で火の焚かれている場所を見つめていた。

やがて提灯が焚火の傍にたどりつくのが見えた。焚火の近くには円錐形の仮小屋が立ち、その附近に船越たちの姿が映っていた。

しばらくすると、提灯がもどりはじめた。その中に松明《たいまつ》の火が加わっていた。船越たちが、体格のすぐれたアイヌをかこむようにしてもどってきた。アイヌは、松明を土に突き刺すと、月形たちに頭をさげた。剛そうな髭におおわれた男の顔は精悍で、鋭い眼をしていた。

月形はアイヌになぜこのような地で野宿しているのだ、と問うた。船越がアイヌ語でその言葉をつたえると、アイヌは、

「私は、石狩港に近い生振《おやふる》村のレコンテという者で、猟のためにこの地に来ている」

と、答えた。狙う獲物は、羆、狼、鹿だとも言った。

月形は、須倍都太《すべつぷと》の事情に通じているかと問うと、数度この地に来て仮小屋をもうけ猟をしたと、答えた。月形は喜び、この地一帯の案内を依頼すると、レコンテは承諾した。

月形は、船越に命じてレコンテに酒をすすめた。レコンテは無表情に酒を飲み、他のアイヌたちと低い声で会話をかわした。そして、月形たちに無言で頭をさげると、松明を手に去っていった。

翌五月五日は霧も湧かず、川面に夜明けの気配がひろがっていた。

朝食の準備をしていると、岸づたいにレコンテがやって来て、昨夜の酒の返礼だと言って獲物の鴨を差し出した。月形は礼を述べ、朝食を共にするよう言ったが、レコンテはすでに食事をすましたと言って、川沿いの石に腰をおろして川面をながめていた。

月形たちは弁当をつくり、身仕度をととのえた。レコンテは、鉈《なた》を用意し、手袋と被面衣を身につけるように言った。

時計を見ると、午前五時十分であった。かれらは、レコンテの後について岸づたいに歩きはじめた。レコンテは、狩猟用の弓矢と先端に叉のついた山杖を持ち、腰に山刀を帯びていた。驚くほど足が早く、かれは時折り立ちどまっては月形たちを待っていた。

レコンテは須倍都川の岸から、樹林の密生した森に足をふみ入れ、北に向って進んだ。背丈以上の熊笹と樹木にからみつく蔓が、行手をさえぎる。レコンテは山刀で蔓をはらい、笹を分けていく。森の中は暗く、湿度が高い。倒れた巨木には茸や苔がはりついていた。山蛭《ひる》も落ちはじめ、首筋にはりつく。レコンテの指示で被面衣をかぶった。

沼地に突きあたり、レコンテは岸ぞいに迂回した。途中、微細な虫の群におそわれた。その数はおびただしく、周囲は白く煙った。虫の羽音が、かれらをつつみこんだ。アイヌたちは、ボロを綯《な》った縄を腰に垂らし、火をつけた。煙で虫よけをするためのものであった。

かれらは足を早め、丘陵をのぼった。虫の群は追ってきたが、頂きを越えると消えた。月形たちは息をあえがせて谷におりると、沢のほとりで少憩をとった。被面衣をとり汗を拭いたが、だれの顔にも刺された痕があり、出血していた。激しい痒みで、かれらは顔や首をかいた。

船越は、糠蚊《ぬかか》だと言った。露出した皮膚に糠を散布したようにたかることから出た名称で、その群におそわれると、口や鼻・耳の孔からも入りこみ、眼すら刺す。そのため呼吸困難におちいり、眼球まで腫れて昏倒することも多いという。月形たちは、あらためて北海道の自然の底知れぬ奥深さを感じた。

レコンテにうながされて、かれらは沢づたいにすすみ、急傾斜の山肌に突きあたった。その斜面も熊笹におおわれ、笹をつかんで這いのぼった。丘陵を越えると、樹林の中に入った。生いしげった樹木に陽光はさえぎられ、その中を時折り野鳥の鋭い声とはばたく音が起った。

三時間ほどして、ようやく小高い山の頂き近くに達した。レコンテの説明によると、それは須倍都山だという。

月形は、眼下にひろがる景観に眼をみはった。丘陵と丘陵の間に谷がきざまれ、大地がはげしく波打っているようにみえる。樹木が隙間なくおおい、まばゆい陽光を浴びて緑の色が鮮やかであった。丘陵の間に平坦地がはさまっていたが、丘陵の尽きた地点から広大な平原が果しなくひろがっていた。

随行の吉川ら団員たちも、壮大な景観に感嘆の声をあげた。平原は、須倍都山から当別《とうべつ》山の麓までひろがり、西北に山を背負い、東南は石狩川に面している。起伏のほとんどない平坦地で、開墾すれば大耕作地になることはあきらかだった。

月形は吉川たちと、地勢の素晴らしさを口にし合った。かれらには、眼前の光景が現実のものではないようにさえ思えた。月形は、筑紫寛亮に絵図を書かせ、中井美俊に附近一帯の樹木の種類を記録させた。須倍都川の畔からつらなる丘陵にみられる樹木は、楢、栓、桂、榊、ドロ、岩楓、椴《とど》等で、須倍都山には椴松が多かった。

かれは、平原の地質をしらべる必要を感じ、レコンテに平原へ案内するように言った。かれらは山をくだり、一時間ほどで平原のふちにたどりついた。その地は高さ六、七尺の熊笹が密生し、しらべると地味はきわめて肥えていることがあきらかになった。

月形は、再び山の中腹に引返し、須倍都太を見渡した。かれは、団員たちと声をはずませて意見を述べ合った。

集治監建設地としてこれにまさる地はおそらく道内にあるまいという月形の意見に、異論をさしはさむ者はいなかった。

平原は農耕の業をおこすのに適し、石狩川は交通の便をあたえてくれる。小汽船を運航させれば、石狩港への往復も容易で、石狩港から小樽港へ連絡できる。地図をみると、直線距離で五里の地点に当別村もある。道を開削し橋を架けて人馬の往来を可能にし、電信、郵便の便をひらくことができれば当別村との連絡もひんぱんになり、当別村から四里弱にある石狩港ともむすびつく。さらに須倍都山に密生する椴松をはじめ樹木を伐採すれば、獄舎の建築材に利用できる。またその材木を石狩川を利用して下流におろし、石狩港、小樽、札幌方面に販売すれば、その収入で集治監建設費もおぎなうことが可能だった。

月形は団員たちとそれらの利点を口にし合い、全員一致してこの須倍都太の地を集治監建設地とすべきだという結論を得た。

かれらは、レコンテの案内で山をくだった。そして、糠蚊におそわれた沼地方向を避け、丘陵の麓を迂回して熊笹におおわれた平原をすすんだ。その頃から天候が急変し、北西風が吹きつのり、空にも雲が走るようになった。熊笹は風にはげしくなびき、荒れた海を行くようであった。レコンテの指示で細綱がわたされ、それを手に熊笹を押しわけて進んだ。

ようやく須倍都川の岸にたどりついたかれらは、岸づたいに天幕の張ってある仮住地にむかった。川面は、吹きつける風に波立っていた。

須倍都川と石狩川の合流地点にたどりついたのは、正午過ぎであった。かれらは弁当をひらき、食事をすますとすぐに札幌へ帰る準備をはじめた。

月形は、レコンテに礼を述べ、米と酒を贈った。レコンテは、

「ヤイライキ、ヤイライキ」

と言って、初めて頰をゆるめた。

天幕、食料その他を丸木舟にのせた。川の水は、前日よりもさらに二尺余も増量し、流れも急になっていた。

舟に乗った月形たちは、岸辺に立つレコンテに手を振った。舟は、勢いよくくだりはじめた。両岸からのしかかるようにつらなる巨木が強風に大きく揺れ、樹皮や小枝が飛んでくる。アイヌたちは舟を巧みに進ませた。

川面は波立ち、飛沫が月形たちにふりかかった。舟は上下左右に揺れ、アイヌたち

は、舟の顚覆をふせぐために櫂を目まぐるしくあやつった。飛沫にぬれた体に風が冷く、月形たちは体をふるわせていた。

美唄達布《びばいたっぷ》をすぎた頃から雨がはげしく落ちてきた。川面は白く煙り、舟は飛沫と雨の中を進んだ。アイヌたちは疲れも知らぬように櫂を動かし、幌美里《ぽろびり》をすぎて午後五時には幌向太村《ほろむいぷと》に着岸した。往路では一日半を要した十四里の川を、わずか四時間余でくだったのである。

月形たちは、同村の白岩広次の家に泊った。夜になっても雨は降りやまなかった。

翌朝早く、一行は舟に乗った。雨は依然として強く、舟底に水がたまるほどであった。舟は流れをくだり、午前十時には対雁村《ついしかり》に着き、少憩の後、豊平川を遡行した。しかし、川は増水していて流れははげしく、舟は進まない。アイヌたちは櫂を置き、舟を岸に寄せて葦の生いしげる川のふちを棹で進ませた。が、一里半ほどさかのぼった地点で、舟で行くよりも歩いた方がよいということになり、月形たちは岸にあがった。船越一人が残り、荷物をのせた舟で札幌にむかうことになった。

月形たちは雨中を歩き、午後四時すぎに札幌の町に入った。

宿の小田部三郎兵衛の家に行くと、室蘭で別行動をとった海賀直常、守口如瓶、小田為孝の三人が、すでに胆振《いぶり》・後志《しりべし》の境界辺にある羊蹄山麓と十勝川沿岸の調査を終えて宿についていた。

月形は夕食後、海賀らから調査結果を報告させた。かれらは巡検録一巻を差し出し、詳細な説明をおこなった。それによると、羊蹄山麓は、たしかに開墾に適した広大な平坦地があり交通も便利だが、集治監の建設地としては人家が余りにも接近しすぎていて好ましくない。また、十勝川沿岸一帯は逆に交通が不便で道はなく、運送路ともいうべき十勝川も、海が遠浅で船を岸に寄せることができぬという難があると告げた。

それに対して、月形は須倍都太一帯の地勢を述べた。開墾に適した広大な平原と樹木におおわれた丘陵をそなえた須倍都太は、石狩川という天与の水路にめぐまれ、さらに人跡稀な地であるので囚人を収容させる基本的条件もみたしている。それらの細目について検討した末、月形たちは須倍都太が集治監建設地として最適であることに意見が一致した。

翌日、月形は、内務省への報告書の作成につとめ、須倍都太地方の略図に集治監用地の境界線を朱点でつらねた。また、開拓使本庁におもむき、調所広丈大書記官に面会して調査結果を説明した。

調所は、月形ら調査団がくだした結論を喜び、その土地を内務省の官有地として引渡す手続をおこなうようすすめ、すぐに関係係官をまねき、引渡しについてこれといった支障がないことをたしかめると、東京にいる開拓使長官黒田清隆宛にその旨をつたえる電報を打たせた。

月形は、須倍都太の実地測量を海賀らに命じた。海賀らは、開拓使御用係の測量師梁田政輔とともに須倍都太にむかうことになった。

かれらは、測量具等をたずさえ、五月十日札幌を出発した。そして、雁木《かりき》村から丸木舟で豊平川をくだり、対雁村で一泊した。

その地でかれらは二隊にわかれ、翌日、吉川、守口団員らは船越とともに石狩川を舟で須倍都太にむかい、海賀らは陸路を進んだ。海賀たちはその日の夕刻、当別村にたどりついた。当別村では、旧仙台藩岩出山支藩の家老であった吾妻謙の家に一泊、翌朝吾妻の案内で須倍都太にむかった。直線距離ではわずかに五里ほどであったが、密林や熊笹にさまたげられて遅々として進まず、四日たっても目的地にたどりつくことができない。携行食料もとぼしくなり、米を粥《かゆ》にし、山中の蕗や芹などを煮て飢えをしのぎ、ようやく翌日の夕刻、須倍都太の丘陵の一つにたどりつくことができた。その間、虻《あぶ》におそわれたり蝮《まむし》の棲息地に足をふみ入れたりして、結局、五里の距離を進むのに五日間を要したのである。

守口一行とは、たがいに狼煙《のろし》をあげて合流する約束になっていたが、すでに日が没したので火をたいてその場で野宿した。

翌朝、海賀たちは粥をすすって空腹をいやしたが、須倍都太の川岸方向に煙の立ちのぼるのがみえた。守口一行がその場にいることが確実になり、海賀たちは煙ののぼる方向へいそいだ。距離で三町ほどの地点であったが、そこに到達するまでに二時間余を要した。予測していた通り、守口一行は天幕を張っていて、海賀たちと合流した。

かれらは、その地に草葺《ぶき》、草かこいの小舎を建てて仮事務所とし、附近一帯の測量をはじめた。

月形は、開拓使と集治監設置についての打ち合わせをつづけ、六月三日午前十一時、団員守口如瓶と雇員三名とともに内務省へ復命のため札幌を出発、小樽にむかった。雇員にもたせた大型の鞄には、須倍都太附近の概要をしめす測量図と報告資料がおさめられていた。

帰京した月形は、内務卿松方正義に報告書と図面を提出した。

その中で月形は、

「(石狩国樺戸郡須倍都太ハ) 開墾スベキ地所凡《およそ》三千五百万坪余 (是ハ全ク概見ニ出タルモノニシテ実測完了ノ日ヲ待ザレバ現実ノ坪数確定シガタシ)、獄舎等建築スベキ地所拾壱万坪余 (既ニ実測済)」

と、その規模の大きさを説き、たとえ一万人の囚人を収容しても余裕があると述べ、「地質膏腴《こうゆ》　樹木繁密実ニ天然ノ良地ニ有ㇾ之　獄舎ヲ建築シ開墾　樹蓄　養蚕等ノ事業ヲ興サバ将来囚徒授産ノ道相立《あいたち》　幾多ノ公益ヲ得ベキ見込ニ付」として、須倍都太が集治監建設の最適地であると力説した。

内務省では、開拓使庁も須倍都太を強く推しているという報告を得ていたので、月形の調査報告通り、須倍都太を集治監建設地として正式に決定した。

内務省では、月形の意見を参考に三千人の囚人を収容する日本最大の規模をもつ大集治監の建設計画をまとめ、それに要する費用を算出した。総額十七万六千九百七十四円六厘で、第一年度は獄舎、官舎の三分の一強を完成させることとして六万千九百四十円九十銭二厘の予算を要求することになった。

松方内務卿は、八月五日に伺書を太政大臣三条実美に提出した。が、それに対する回答はかなりおくれ、十月三十日になってようやくもたらされた。予算は大幅に削減され、総額十万円でしかも現地に出張する官吏の月俸、旅費その他の費用も、すべてその中から支払うように指示されていた。政府は北海道開発その他の事業に巨額の支出をし財政状態が逼迫していたのである。

内務省では計画の縮小を余儀なくされ、第一年度予算として五万円の支出を要請し、太政大臣の許可を得た。集治監建設工事請負は、開拓使御用達商人大倉喜八郎の大倉組に決定した。

札幌に待機していた内務省七等属海賀直常は、十二月三十日、工事開始にさきがけ大雪の中を道案内のアイヌと人夫六名をともなって須倍都太にむかった。途中、妻子をつれた本間竜太という人夫が同行を懇請したのでそれを許した。

かれらは三尺余の雪を押しわけ、結氷した石狩川の川面をたどって進んだ。そのうちに氷の薄い部分もあって、まずアイヌが片足をふみこみ、ついで人夫が肩まで、他の人夫と海賀が氷をふみやぶって腰まで水中に落ちこむなどの苦難をなめ、一月二日夕刻、ようやく須倍都太に達した。

海賀は、掘立小舎の仮事務所をもうけ、国旗をかかげさせた。

海賀は、人夫五名をのこして札幌に引返し、大倉組に現地へ人夫を送りこむよう命じた。積雪期に建築用の伐り出しをおこない、建設予定地にはこぶ作業をおこなわせたかったのである。

大倉組では、人夫たちに資材を背負わせて現地にむかわせた。

その頃、月形は、内務卿に集治監設置以前に囚人の第一陣を須倍都太に押送し、獄舎建設の労役を課すべきだと建言した。無報酬の労働力を使用できるという経済的利点があると同時に、囚人を試験的に送りこむことは押送方法の研究になり、また現地に送りこんだ囚人の精神状態を観察することもできるというのである。

その意見は採用され、東京集治監に対し、建築関係の技術をそなえ、しかも悪環境の中での重労働に堪え得る身体強健な囚人を四十名選抜するよう命じた。

小菅村の東京集治監から北海道に向った者たちは須倍都太への押送第一陣の囚人で、移送指揮にあたった平服の男は、札幌から本省にもどっていた海賀直常であった。

三

石狩川を丸木舟で遡行した囚人たちは、途中、川岸で野宿をつづけ、三日目の午後、須倍都太《すべつぶと》の石狩川左岸に到着した。

岸にあげられたかれらは、動こうとしなかった。北海道に送られただけでも恐怖を感じていたかれらは、丸木舟で二昼夜以上も川を遡行せねばならぬ地に送りこまれたことにほとんど虚脱状態におちいっていた。石狩川の川口をはなれてから川の両岸に人家を眼にしたことはなく、ただそびえ立つ巨木がつらなるだけで、時折りそれがきれると草原のかなたに雪をいただく峰々がみえた。かれらは、川岸一帯が人の住まぬ地であることを知った。

須倍都太には霧がながれ、薄暗かった。樹皮と土の湿った匂いがまじりあって漂っていた。

看守と押丁の怒声に、かれらは二人ずつ鎖でつながれたまま歩きはじめた。獄衣は波しぶきと霧に濡れて、朱の色が一層濃くみえた。

途中野宿した地と異なって、その地には多くの足跡が印され、踏みかためられた道に似たものものびていた。かれらは、一列になって鬱蒼と生い繁る樹林の中のゆるい斜面をのぼっていった。前方に沼がみえ、道が右に屈曲しながらつづいている。草鞋をはいたかれらの足は草露で濡れ、獄衣の裾は泥でよごれた。

樹林がきれ、平坦地に出た。小舎が数戸建っていて、その附近に丸太が積み上げられている。左方に倉庫らしいものが三棟あり、四、五十名の人夫がモッコで石をはこんでいた。

前方に山がそびえ、雪が所々に残っている。風がひどく冷たかった。

囚人の列は、倉庫にむかって進んだ。かれらの足取りは重かった。遠島刑に処せられた罪人が流される地は伊豆七島などだが、囚人たちが送りこまれたのはそれらの島以上のきびしい条件をそなえた流刑地に思えた。人家の集落から遠く隔絶され、山岳、森林、川、沼沢などにかこまれている。たとえ脱獄しても、あてもなく彷徨することを余儀なくされて餓死の憂目をみるにちがいなかった。

かれらは、押丁に肩を突かれながら、倉庫の中に入っていった。それは仮獄舎ともいうべきもので、天井に近くうがたれた窓にはすべて鉄格子がはめられ、建物は丸太で組まれている。用便は倉庫の中ですませられるように、木製の便器が四個入口の近くに置かれていた。

新しい生活が、はじまった。

かれらは二分されて、その一は獄舎建設の基礎作業、他は開墾作業を命じられた。獄舎建設は、冬の積雪期に材の伐り出しをすべて終え、基礎作業がはじめられていた。囚人たちの両足首と腰縄の間には鎖が渡され、しかも二人ずつ鎖でむすばれた。

囚人たちは、セメントと小石の運搬作業に従事した。工事請負の大倉組の事務所は石狩川岸にあって、隣接の倉庫に石狩から丸木舟ではこばれたセメント俵がおさめられていた。囚人たちは、それらを背負って獄舎建設地へとはこんでゆく。また、他の者は、石狩川で小石を集め、それを俵につめてはこんだ。

かれらは、人夫たちの手でセメントと石がまぜられ、獄舎建設地にはられてゆくのをながめた。異常なほどの厚さで、床を破って逃亡することは不可能にみえた。囚人たちは、奇妙な感慨にとらえられた。かれらが従事している作業は、自分たちを閉じこめる獄舎の建築で、自らの自由をうばうために働いていることになる。その皮肉な立場に、かれらは苛立ちを感じた。

セメント、石の運搬は肉体的な苦痛をあたえたが、農作業についていた者たちは、一層過激な労働にあえいでいた。作業現場は石狩河畔で地質は肥えていたが、大きな石が多く樹木も土中に深く根をはっている。開墾は、樹木の伐採と根起しからはじまり、さらに石の除去にすすんだ。それらは川岸にはこばれ投棄された。

囚人が送りこまれてから十日後、月形潔が書記二名を連れて丸木舟で須倍都太にやってきた。かれは、新たに設置される須倍都太の集治監の責任者である典獄就任が内定していた。

かれは、集治監に収容される囚人には主として開墾の労役を課すべきだと考えていた。須倍都太は肥沃な地にめぐまれ、それを耕地とすることは、推しすすめられている北海道開発政策に合致する。収穫にめぐまれれば、集治監の囚人の食糧の自給もできるし、余剰が生ずれば売却して監費をおぎなうことも可能になる。そうした構想をいだいていたかれは、須倍都太に着くと部下の海賀直常に須倍都太の地に適した農作物の研究を命じた。

海賀は、須倍都太に最も近い当別村の農作物を調査することが月形の意図をみたすにちがいないと思った。当別村は、仙台藩岩出山支藩の藩主伊達邦直が明治五年四月に家臣とその家族とともに入植した地であった。戸数百四十、人員約六百で、樹を倒し根を起し、石を除去して耕地をひらいた。それは苦難にみちた事業であったが、営々と努力をかさねた結果、耕地も八十町歩にひろがっていた。

海賀は、屈強な人夫三名とともに出発し、山を越え谷を渡って途中野宿した後、辛うじて当別村にたどりついた。

当別村で栽培されている農作物は、麻、大麦、小麦、大豆、小豆、粟、蕎麦《そば》で、桑も植えられ養蚕もおこなわれていた。最も多く栽培されていたのは麻で、三十数町歩の畠が使用され、収穫量は五千貫に達していた。それにつづいて大麦が三十町歩の畠で栽培され、年平均五百石の収穫をあげていた。また養蚕も年を追うごとにさかんになっていて、百石以上の繭《まゆ》を出荷するまでになっていた。

海賀はそれらを記録し、耕作者の意見も聴取して須倍都太にもどり、書類にまとめて月形に提出した。

囚人の労役は、連日つづけられた。起床から就寝までの時間は、札幌監獄署の規定がそのまま適用されていた。それは、月ごとにわずかながら変えられていて、五月は起床五時、朝食後六時から作業、午前九時に三十分、午食時に一時間三十分の休憩があたえられ、午後五時に作業を終える。実働九時間であった。

それまでかれらが従事してきた労働は、獄舎内の軽作業が主であったが、須倍都太の作業は経験したこともない苛酷な労働であった。重量物をはこぶ者たちの肩や手足の皮膚はやぶれ、化膿する。休憩時刻になると、かれらは鎖につながれた足を投げ出し、体を横たえて荒い息をついていた。

作業以外にかれらを悩ませたのは、虻と蚊であった。昼間、作業中に虻がむらがって所かまわず刺す。耳の付け根を刺されて、顔が大きく腫れ、高熱を発した者もいた。朝と夕刻には、糠蚊の群がきまったようにおそってきた。囚人たちの露出した顔や手足は微細な蚊でおおわれる。看守たちも同様で、看守たちは囚人を蚊の来ない風通しのよい地へ急いで移動させたりした。

そうした中で、獄舎の土台が据えられコンクリート張りの基礎もかたまり、その上に建物の築造がはじめられていた。

囚人たちは、堅牢な構造に視線を据えていた。建物の外壁は、直径一尺の丸太を横に積み上げる、いわゆる丸太組み構造で、さらにその内側に厚さ八分《ぶ》の板が隙間なくはられていった。建物の中央には通路がもうけられ、両側に太い角材の格子の組まれた監房がならべられている。房に窓はなく、内部は、囚人を確実に監禁するのに十分な堅牢さをそなえていた。

開墾地では、根や石の掘り起しがつづいていた。雨天の日も休むことはなく、囚人たちは獄衣から水をしたたらせながら作業をすすめた。

六月下旬、一町歩の土地が耕地になった。海賀は、石狩から取り寄せた麻、豌豆、大麦と野菜類の種を囚人にまかせた。そして、桶で糞尿と石狩川の水を耕地にはこばせた。

やがて、耕地一面に発芽がみられ、それらは順調に茎や葉をのばしていった。

七月一日、札幌本庁の開拓大書記官調所《ずしょ》広丈の名で、

「当庁管下石狩国樺戸《かばと》郡シヘツ川口へ　左ノ通村名相設候条此旨布達候事」

として、須倍都太を月形《つきがた》村とさだめるという通達があった。

この件については、前年の十二月二十一日に、開拓権大書記官鈴木大亮から、須倍都太に集治監が開設されれば当然人家も増し、「戸籍調査上其ノ他ニ就テ差閊《さしつかえ》ノ義」も生じるので、須倍都太を集治監建設地に選定した月形潔の姓をとって月形村としたい、という伺書が開拓使長官黒田清隆に提出された。むろん、それは月形が初代典獄に就任が内定していることをふくんだもので、黒田もそれに同意したのである。

その布達は現地にもつたえられ、月形は海賀らから祝辞を受けた。

それから数日後、囚人の一人が病死した。開墾地で作業をしていた背の高い国事犯だったが、雨中の作業を終えて倉庫にもどってから高熱を発し、激しい咳をして呼吸困難におちいった。医師もいず、解熱剤などをあたえたが、翌日の夜、意識昏濁のまま死亡したのである。囚人が死亡した場合は、遺族が二十四時間以内に下附を申し出

れば渡すさだめになっていた。が、遺族が遠隔の地にある時は、仮埋葬をして後日引き渡す。病死したその囚人の場合は後者にあたるので、仮埋葬をすることになった。

翌朝、遺体は、布につつまれて角型の坐棺におさめられた。監獄則で遺体は丁重に扱うことに定められていて、棺の前に線香が立てられ、白紙で四華花《しけばな》も作られた。

埋葬地について、月形は海賀らと話し合った。今後、死者がつづいて出ることが予想され、縁故のない死者は本埋葬しなければならず、埋葬地を決定しておく必要があった。月形たちは、地図をひらいて獄舎建設地の南方にある平坦地を埋葬地にえらんだ。

棺に縄が十文字にかけられ、丸太にむすびつけられた。囚人二名が丸太をかつぎ、看守一名が四華花を手に付き添って埋葬地にむかった。その地は一面に熊笹でおおわれ、囚人は鍬をふるって土を掘りおこし、坐棺を埋めた。

死者が出たことは、囚人たちを動揺させた。東京集治監で屈強な者のみがえらばれたのに、わずか二ヵ月余で早くも病死者が出たことは、かれらの将来を暗示するものに思えた。季節としては最もすごしよい時期で、冬期になれば死亡者が続出するにちがいなかった。

気温は上昇していたが、内地の夏とは異なって暑い日でも摂氏二十八、九度にしかあがらなかった。が、労働するかれらの獄衣は汗でぬれ、顔や手足は黒く日にやけた。それに、虻や蚊の数も一層増し、かれらの皮膚には至るところに刺された痕があった。

八月十日、内務省は獄舎建設がすすめられている石狩国樺戸郡月形村の集治監を樺戸集治監と命名し、開拓使本庁から内務省直轄にすると発表した。典獄は月形潔、副典獄に内務省二等属桜木保人、看守長に海賀直常らが正式に辞令をうけた。

建築工事はすすみ、雑居房獄舎一棟、官署官舎、倉庫等が続々とその外形をととのえた。開墾場の作物の発育は予想以上であったが、野鳥がむらがってついばむ。それでも、野菜類はかなりの収穫を得て、囚人の副食物にあてられた。

八月中旬頃から連日雨が降るようになり、附近一帯は雨と霧で白く煙って、その中で囚人や人夫は作業をつづけていた。気温も低下し、豆や麦の結実をさまたげた。

八月二十一日の朝は、かなり激しく雨が降っていた。

点呼の時刻になって、看守が倉庫の戸を開けた時、不意に一人の囚人が飛び出した。男は、雨中を樹林の方向に走った。看守たちは怒声をあげ、倉庫の戸をとざすと抜刀して男を追った。囚人は、朱色の獄衣の裾をひるがえしながらかなりの速さで森の中に走りこんだ。

看守の報告で、月形は雨合羽をつけて現場におもむいた。集治監開設前に早くも逃亡者を出したことに、月形は表情をくもらせていた。

西南の役以後、収容者の激増にともなって東京、宮城両集治監をはじめ各監獄署では脱獄事件がしきりに起っていた。明治十年に一三〇一人、十一年一〇九八人、十二年一三六四人、十三年一六二〇人とその数はおびただしく、その防止が内務省の重要課題になっていた。

月形たちは、倉庫の前に集って脱走者を追っていった看守からの報告を待った。雨は一層はげしく、樹林はかすんでいた。

かれらは、一人の囚人の顔を思いえがいていた。脱走したのは、その男にちがいないと想像していた。

東京集治監から押送されてきた四十名の囚人の中に西川寅吉という囚人がふくまれていることを知った月形は、看守らに厳重な監視をおこたらぬよう特に注意をうながしていた。看守たちも、すでに寅吉のことを熟知していて、絶えずかれに監視の眼を向けていた。寅吉は安政元年に三重県下に生れ、明治元年十四歳の折に、叔父に危害をくわえた博徒の家へ報復のため押しかけ、博徒を殴打し、放火した。火はすぐに消しとめられたが、闘殴罪、放火未遂罪によって無期徒刑に処せられ、三重監獄署に投じられた。しかし、かれは獄を破って逃走、すぐに捕えられたが、再びきびしい監視の眼をぬすんで脱獄した。その後、また捕えられ、秋田監獄署に収容されて日をすごしたが、そこでも巧みな手段で獄を脱走、消息を絶った。

かれは、ひそかに博徒として賭場荒しをし、静岡県下で金銭的な争いを起し殺人をおかした。警察では多数の巡査を動員して探索につとめ、かれの隠れ家をつきとめて包囲した。それに気づいた寅吉は屋根から飛びおり、木片から突き出た五寸釘を踏みぬいてしまった。釘は足の甲まで刺しつらぬいたが、背後に巡査がせまっていたので寅吉はそのまま走った。三里ほどへだたった地点でかれは巡査たちにとりかこまれ取りおさえられたが、その折も足に五寸釘が貫いたままであった。その一挿話は新聞に報道され、西川寅吉は五寸釘寅吉として看守たちの間にもその異名がひろがった。東京集治監からの囚人移監についての書類の寅吉の欄にも、「全国的ニ有名（五寸釘寅吉）ナル強賊」と記されていた。

月形たちは、過去に三度脱獄をはかった寅吉が、北海道の奥地に送りこまれ苛酷な労役を課せられていることに苛立ち、脱走したにちがいないと想像した。

追っていった看守がもどるまでの間に、海賀は倉庫内の囚人をしらべることを思い立ち、看守たちに抜刀させて扉をひらかせた。庫内は暗く、囚人たちは蓆の上に坐っていた。海賀は獄衣の襟についた番号札をたしかめながら囚人たちを点検していったが、倉庫の壁ぎわに小柄な若者が坐っているのを眼にして、自分たちの推測がはずれていたことに気づいた。それは寅吉で、物憂げな眼を海賀に向けていた。

海賀は、大雨なので囚人の作業を中止させ、看守たちに逃走した囚人の捜索に専念することを命じた。看守たちは蓑《みの》を身につけ、二人一組になって囚人の逃走した方向に散った。雨で足跡はわからず、終日捜索したが発見することはできなかった。

翌日は雨もあがったので、早朝から捜索にかかった。囚人たちは、月形村が北海道のどこに位置するのか知るはずもない。かれらが知っているのは、石狩川をくだれば石狩に出られることだけであった。

海賀は、脱走囚が川づたいに川下へ逃げたにちがいないと推定した。ただし、川は連日の降雨で増水し、水泳の巧みな者であっても渡ることはできるはずもなく、逃走範囲は石狩川の右岸に限定してよいと判断した。

海賀も看守たちと行動を共にしたが、あらためて月形村から囚人が逃亡することは至難であることを強く感じた。密生した樹木にはさまざまな蔦がすき間なくからみ合い、熊笹も生いしげっていて進むにはかなりの労力と時間を必要とする。それに、石狩川も支流の須倍都川もしばしば屈曲していて、水の流れる方向をたしかめなければ上流にむかって歩いているのか下流に足を向けているのか判断がつかない。さらに、沢や沼が随所にあって、地勢を一層複雑なものにしている。磁石がなければ、迷うことは確実だった。

その日の夕方疲れきった表情でもどってきた看守たちは、一様に囚人の姿を眼にすることができなかったと報告した。

海賀は、その日歩いてみた経験で囚人が遠地に逃亡したとは信じられず、附近を彷徨しているにちがいないと推測した。それが的中しているとすれば、囚人の姿をわずかでも眼にした者がいてもよいはずで、もしかしたら囚人は川を泳ぎ渡ろうとして溺死したのかも知れぬ、とも思った。

翌日は、川筋一帯を探ることに方針をさだめ、海賀は部下を二隊にわけ、それぞれ石狩川の上流と下流方向に出発させた。囚人の捕縛と同時に水死体の発見をもかねていたのである。

上流方向にむかった一隊は、前方に密生する樹の梢からかすかに煙が立ちのぼっているのを眼にした。看守たちは、アイヌの猟師が焚火をしているのかと想像し慎重に川筋をたどった。

やがて川岸で焚火をしている男の姿がみえた。衣服は、朱色だった。看守たちは抜刀し、森林の中に足をふみ入れ、ひそかに進んだ。囚人は看守たちの接近に気づかず、小枝に突き刺した茸を焼いていた。獄衣は背中まで泥の飛沫があがっていた。看守たちは、周囲からおそいかかり、囚人をねじ伏せて縄を打った。

午後になって、囚人は獄舎建設地に引き立てられてきた。海賀が、囚人に訊問した。囚人は脱走後休むこともせず走り、夜も四、五時間眠るだけで星の光をたよりに歩きつづけたという。密林地帯をたどることは辛く、生傷も至る所に出来たが、かれはひたすら南へと進んだ。かれの推測によると、少くとも二日間に三里以上は逃げのびることができたはずであった。

追手の気配もないので安堵し川岸に出たが、たまたまアイヌが残していったらしい焚火の跡があり、息を吹きかけると残っていた火が枯葉についた。かれは火を起し、樹林の中からとってきた茸を焼いて空腹感をいやそうとしていたのだという。

かれは、捕えられた場所が余りにも獄舎の建設地に近いことに呆然としていた。その場所は、わずか五町ほどの地点で、かれが複雑な地形に錯覚し、獄舎建設地の近くの地域をいたずらに彷徨していたことをしめしていた。

海賀は、囚人の陳述を月形に報告し、その地が集治監建設地として適していることをあらためて確認し合った。たとえ破獄する者があっても、川、沢、沼が逃亡者の感覚を狂わせ、一定範囲外に出ることは不可能にちがいなかった。

海賀は、脱走した囚人に監獄則でさだめられた懲罰を課した。まず、脱走囚の両足に鉄棒を鎖でかたくまきつけ、立たせた。囚人は必死に立ちつづけているが、堪えきれずに倒れる。看守は、囚人を荒々しく引き起す。やがて囚人は立たせても倒れるようになった。その懲罰は半日で終ったが、両足首に鉄の重い玉をつけた鎖がむすびつけられた。

翌日から、かれは、脱走の罰として一年間鉄丸をつけたまま過さねばならないのだ。

かれは、他の囚人たちとともに鉄丸をひきずって作業についた。玉は一個八百匁の重さで、かれは苦痛に顔をゆがめながら労働をつづけていた。

獄舎は九分通り完成し、敷地の周囲に厚さ五寸、高さ十八尺の逃走防止の高塀が立てられた。

月形典獄は、獄舎建設の経過を内務省に報告、九月上旬、樺戸集治監の開設が可能であることをつたえた。それに対して内務省は、開監日に内務卿の代理として監獄局長石井邦猷を臨席させるとつたえてきた。

八月三十日、明治天皇は、軍艦扶桑《ふそう》で小樽に上陸、手宮をへて札幌に入った。北海道開発は政府の重要政策であり、天皇はその実情巡視のため北海道の地をふんだのである。

九月一日、政府は、太政官達第八十一号で監獄則の改正を公布した。維新以来、政府は、幕政時代の峻烈な罰則をふくむ刑法と因習にみちた牢獄制度を廃止し、寛刑主義をとった。それにともなって囚人の収禁組織の整備にもつとめ、明治五年にイギリスの監獄制度を参考に監獄則をさだめて公布した。その冒頭には、「獄は人を仁愛する所以《ゆえん》にして、人を残虐する者に非ず。人を懲戒する所以にして、人を痛苦する者に非ず」と述べている。

しかし、行刑関係の官職にある者は、天皇を擁して明治維新に成功した旧武士階級の者たちで、基本的に幕政時代の囚人に対する考え方が根強く、寛刑主義も官のほどこす慈悲とされ、行刑法は、刑が犯罪者を悔悟させるためのものだとしている欧米先進国のそれに大きく立ちおくれていた。

政府は、開港にともなって幕府が諸外国とむすんだ安政条約の改正を念願していた。日本に滞在している外国人の裁判権が駐日領事にあるという屈辱的な治外法権の廃止につとめていた。そのため、明治五年に岩倉具視が第一回の改正談判をおこなって以来、積極的な交渉がくりかえされていた。

しかし、条約改正をおこない在日外国人を日本の法律にしたがわせるには、まず行刑法を欧米先進国の水準にまでたかめなければならなかった。そのため、明治十二年に、監獄法について豊かな知識をもち、東京、宮城両集治監の建設も指揮した小野田元凞一等警視補を、大警視川路利良に随行させてヨーロッパに派遣した。小野田は各国を視察して翌十三年九月に帰国し、復命書を提出した。その年の監獄則改正は、かれの復命書を基礎におこなわれたものであった。

この獄則で、樺戸に設置される集治監には、徒刑、流刑、重懲役、終身刑に処せられたものを収容し、その他の集治監には、仮留監を設け、樺戸集治監に送る者を一時収容する所にした。

これによって、樺戸集治監は、全国の重罪人を集中的に収容する場所と規定されたのである。

四

明治十四年九月三日、樺戸集治監開設式がおこなわれた。

その日の朝、内務省監獄局長大書記官石井邦猷が、小樽、石狩をへて丸木舟で石狩川を遡行し月形村についていた。石井は大分県士族で維新の折には幕軍との戦いに参加して陸軍中佐に任ぜられ、その後、官を得て二年前から監獄局長の職についていた。

式は、石井の臨場を得て、月形典獄以下看守長、看守、書記、押丁が整列し、建設を請負っている大倉組関係者も参加した。かれの開設を祝う挨拶と獄則にしたがって囚人を厳重に収禁するよう強い語調の訓示があり、月形の答辞後、冷酒を酌み合った。

式を終えた後、石井は月形の案内で獄舎を視察した。獄内は木の香にみち、通路の高窓にはめこまれた鉄格子も光っている。丸太組の獄舎の堅牢さに、石井は満足そうであった。つづいて、倉庫に仮に収容されていた囚人三十九名を庫外に整列させ、新設の獄舎にむかって歩かせた。石井たちは、囚人が獄舎の中に入ってゆくのを見つめていた。

月形は、石井と官舎にもどった。

石井は、月形が囚人六百名余の収容が可能であることを口にすると、帰京後第二陣、第三陣の囚人を押送するよう手配させると言った。

月形は、三ヵ月ほど前、囚人護送費と冬期に囚人へ貸与する物品の改定を黒田長官を通じて申請していたが、認可されたか否かを問うた。石井が随員にただすと、随員は、

「護送費増額の件は、八月五日付で太政大臣から許可されております」

と、書類を眼にして答えた。

その申請は、六月二十四日に黒田から三条実美太政大臣に提出された。北海道は物品を内地から移入している関係で物価が高く、殊に奥地に入るとその傾向はさらにたかまる。護送囚人の賄料は明治八年にさだめられていたが、その頃とくらべると物価は、二、三倍に騰貴しているので、特に北海道の場合は賄料を増額して欲しいという趣旨であった。申請書には、護送囚人の一泊二食分の支給額十三銭を十五銭に、昼食代五銭を六銭に改正するという希望額が記されていた。

「それだけの増額ではかなり辛いのですが、幾分は楽になります」

月形は、安堵したように言った。

かれはさらに囚人の給与品についてたずねた。冬期での給与品が内地の囚人と同じでは、囚人たちは凍え死ぬおそれがある。囚人には足袋をはかせることが禁じられているが、明治十二年に宮城集治監から冬期の足袋の貸与許可願いが出され、内務省は特例としてそれを許している。月形は、その前例にならって開拓使庁に寒気をしのぐ物の支給を申請したのである。

新たに公布された監獄則では、冬期の寝具として囚人に薄い毛布一枚、蓆一枚が貸与されるとさだめられているが、毛布の代りに掛けぶとん一枚と藁を粗末な布でつつんだ敷ぶとん代用のもの一枚をあたえ、さらに、屋外での労役にそなえて獄衣と同じ朱色の手袋、足袋、股引きの支給を乞うた。開拓使庁ではその要請をうけて、七月二日、長官名で太政大臣宛に申請書が出されていた。

集治監は、開拓使庁から内務省に管轄が移ったばかりであったが、石井はむろん申請が出されていることを知っていた。

「その申請書は審議中で、許可は出ていない」

石井は、答えた。

月形は、うなずいた。囚人に防寒の処置をとっておかなければ、冬期の労役は困難になる。殊に足袋も股引きもはかせず雪中で作業をさせることは酷であった。

「足袋の件だが、本年に入って岩手県からも囚人に足袋を支給することを許可して欲しいという申《もう》し出《い》でがあった。宮城集治監で許可された前例によるものだ。しかし、省内では許可せぬ方針で、近々岩手県にも通達し、また、宮城集治監にも足袋貸与を中止するようつたえることになっている」

石井は、きっぱりした口調で言った。かれの表情にも語調にも、旧武士階級の者らしい峻厳さが感じられた。

かれは、月形に眼を据えると、

「全国の囚情は、まことに不穏だ。それを鎮静する方法は、囚人に決して弱みをみせぬことにつきる。集治監の目的はあくまで囚人を懲戒させることであり、重い労役を課して堪えがたい労苦を味わわせることにある。それによって、囚人に罪の報いの恐しさを教え、再び罪をおこさせぬようにすることである。宮城集治監と岩手県が足袋の使用許可をもとめてきたのは、監獄の基本である懲戒主義に反する」

石井の語気は、強かった。

月形は、石井が自分に訓告をあたえているのだと思った。かれは、石井の言葉が内務省のみならず政府部内の囚人に対する考え方を代弁するものであることを知っていた。毎年、千人をはるかに越えた破獄者を出している集治監、監獄署の実情に、当局者は徹底した強圧態度でのぞむことに一致している。そうした背景のもとで日本最大の規模が予定されている樺戸集治監の典獄に推された月形は、当然、懲戒主義の忠実な実践者でなければならなかった。

ただし、樺戸集治監は、囚人を駆使して北海道開発に貢献するという大きな目的をもつ点で、内地の集治監、監獄と根本的に性格が異なっている。いわば、労役が大きな比重を占めていて、足袋、股引きの使用は労働の能率をたかめるもので、宮城集治監、岩手県の単純な防寒のための申請とは別である、と月形は思った。

かれは、その旨を石井に話し、省内で検討して欲しいと要請した。

石井は、かすかにうなずいただけであった。

月形は、話題を変えるように、

「北海道にもう一つ新設される集治監の予定地は決定いたしましたか」

と、石井にたずねた。

政府部内では、激増する囚人を収容するため兵庫県下と九州地方に集治監の設置を内定、二十万円の予算を計上していた。これについて松方内務卿は、五ヵ月前の四月七日、三条実美太政大臣に、兵庫県下、九州の集治監設置をとりやめ、その予算を北海道の集治監増設にあてるべきだと建言した。樺戸集治監は三千人の囚人を収容する目的で十七万六千九百余円の予算を要求したが財政悪化のため十万円に削減され、囚人も千七百人程度しか収容できない。それをおぎなうためにも、北海道に新たに集治監を置くべきだというのだ。

その上申は、六月二十九日付で許可され、内務省は内務卿名で黒田開拓使長官に根室附近で五里四方の開墾可能な地をもち漁業などもおこなえる集治監新設に適した地を選定して欲しいと要請した。それに対し、黒田は、根室郡字厚別《あつべつ》、厚岸《あつけし》郡字ノコベリベツ、川上郡字カンチウチの三ヵ所を候補地として回答してきた。

このような経過は月形も知っていたが、一ヵ月前の八月一日、思いがけぬ人物の来訪をうけて集治監新設計画が具体的にすすめられていることを知った。訪れてきたのは、内務省で親しかった権少書記官渡辺惟精で、東京集治監看守長松平康平、同監御用掛片岡留八郎とともに丸木舟で石狩川を遡行してきたのだ。

渡辺は鹿児島県士族で、大久保利通の推挙で警視庁大警部になり、佐賀の乱では臨時裁判所判事をつとめ、鹿児島県警察署長から東京集治監初代典獄に転じた人物であった。かれが月形を訪れてきたのは、北海道に新設される集治監の建設地調査のためであった。

かれは、開拓使庁の選定した根室方面をえらぶことにきわめて消極的であった。かれは、北海道農業に精通している佐藤昌介博士の意見を乞うたが、根室地方は石狩国にくらべると作物の発育が十日おくれるという。それに、根室地方は札幌から遠くへだたっているので、石狩国とその周辺に適地をさがしたかったのだ。

月形は、渡辺を開墾地に案内し、作物の生育が予期以上に良好であることをつたえた。渡辺は、囚人たちの就労状況や獄舎建築作業現場を見てまわり、石狩川を去っていった。

「建設地はまだ決らぬが、根室方面はやめにし、岩見沢近辺が適当だと渡辺が報告してきている。渡辺は札幌にいるので、帰途、札幌に立ち寄り、その件で報告をきくことになっている」

石井は、答えた。

月形は、表情をやわらげた。岩見沢は、樺戸集治監の東南約五里の位置にある。近い場所に、新たに集治監が設置されるのは心強かった。

その日の午後、石井は部下とともに丸木舟に乗って石狩川をくだっていった。

獄舎は一棟だったが大きく、四百名の囚人の収容は可能で、一房の定員は五名とされていた。房内に偶数の囚人を収容することは、「猥褻ノコト有ル」とされ、一名、三名、五名とさだめられていた。房内には大桶と称する便器、飲料水の入った中桶、唾器の小桶がそなえつけられていた。

獄舎内には食堂があり、棟のはずれに浴場も作られていた。獄舎の外には、大きな炊室も建てられていた。井戸は自殺防止のため鉄格子のふたがかけられる定めになっていたが、炊室の傍に掘られた井戸は、土石で埋められてしまっていた。その地一帯はツンドラ状で、かなり深く掘ったのだが、飲用に適した水が出てこず埋めてしまったのだ。これは、月形にとって大きな誤算で、結局、水は囚人の手で川や沢からはこばねばならなかった。獄則によると冬期は十日に一回、囚人を入浴させることになっているが、それに要する水の確保が困難で、入浴は二十日に一度程度にさだめていた。

高塀には大門と裏門があり、門の傍に看守詰所がもうけられている。門の内側には仮官署が建てられ、門には樺戸集治監と書かれた大きな木の板が打ちつけられていた。

集治監の周囲には、仮小舎であったが看守、押丁らの舎宅がならび、その間に道らしいものも通じている。建築請負いの大倉組の事務所、倉庫、飯場もあり、所々に集治監や看守、人夫らに生活必需品を売る商人の仮店もできていた。

郵便局仮局舎の建築予定地もさだめられていた。集治監には二千名近い囚人と多数の看守たちが所属することが予定され、商人その他も集ってかなりの人口を擁する集落になると推定されている。むろん、集治監は重要な官署で、郵便局を設置することが内定していた。道内には郵便局が一等から五等まで、分局もあわせると百十局が業務をおこなっていた。三等局は江差《えさし》、福山、浦河《うらかわ》、苫小牧の四局、二等局は札幌、小樽、根室の三局、一等局は函館一局であったが、月形村におかれるのは一等局で、開拓使庁が樺戸集治監の重要性をみとめ、月形村の人口増を確定的なものとして予測していることをしめしていた。

集治監の正規の日課が、翌日からはじまった。

朝五時二十分、獄舎前に五十名の看守が集合した。かれらは、全員サーベルをおびていた。

看守長が鋭く笛を吹き鳴らし、看守たちは一列に整列した。気をつけ、の号令に、看守たちは姿勢をただし、張りのある声で番号をとなえた。

ついで、装具の点検がおこなわれ、

「剣」

看守長が甲高い声をあげると、看守たちはサーベルを手に左足の前にさし出す。看守長は、全員がサーベルをたずさえ、刃に曇りがないことを確認すると、

「収め——」

と、声をかけ、看守たちはサーベルを腰にもどす。

同じ方法で、看守たちは捕縄、呼子笛、手帖、帽と声をあげ、その都度看守たちはそれをさし出し、収めた。

点検が終ると、副看守長の号令で看守長に敬礼、看守長が答礼した。解散の声で、かれらは駈足で自分の部署に散っていった。

九月一日から囚人の起床は午前五時五十分になり、朝食後六時五十分から開墾場で作業についた。耕作物の一部には虫がついていたが、収穫量は予期以上であった。

月形典獄は、さらに須倍都川の南方の林を耕地とすることをさだめ、囚人にその地で樹木の伐採と根起しをはじめさせた。

紅葉が、石狩川の上流方向から雪崩れるようにひろがってきた。獄舎周辺の樹林も鮮かな朱色に染り、気温は低下した。雪が訪れれば開墾作業は中止される。看守たちは、囚人たちに荒い声を浴びせかけ、作業を督励した。作業の手を休めた者には、容

赦なく減食の罰がくわえられた。

九月二十四日には、初霜がおりた。

紅葉は去り、落葉がしきりになった。風が渡ると、森林から枯葉が小鳥の大群のようにどんより曇った空に舞いあがり、獄舎や官舎の屋根に降った。

その日の午後、丸木舟が相ついで石狩川の舟着場についた。乗ってきたのは朱色の獄衣に編笠をかぶった囚人と、護送してきた看守、押丁たちであった。囚人の数は二百名近かった。

月形典獄たちは、船着場におもむいた。

囚人たちの空気は険悪であった。かれらは、丸木舟に坐ったまま岸にあがることもこばんでいる。押丁や看守が腕をとると、その手をふりはらい、舟底に身をかがめる。看守たちの威嚇で、かれらはやむなく立ち上ると岸にあがった。

あきらかに国事犯らしい男が数名、編笠の中で声をあげている。かれらは、一様に北海道の奥地に押送されたことに不満を述べ、新政府に官職を得ている内務省関係者の囚人に対する非情さを非難していた。囚人たちは、看守たちの荒い言葉に列をつくると、二人ずつつながれて歩きはじめた。数名の男たちは甲高い声で演説をつづけていた。

森がきれて前方に獄舎がみえると、囚人たちは息をひそめるように沈黙した。荒涼とした原野と須倍都山を背景に高塀にかこまれた丸太組の獄舎を眼にしたかれらは、恐怖をおぼえたようだった。

かれらは大門をくぐり、獄舎の前にならべさせられた。押送してきた看守長の命令で、襟につけられた白布の番号が看守たちによって確認され、看守長に報告された。樹林からしきりに枯葉が舞いあがっていた。

やがて、かれらは獄舎の中に引き入れられた。その情景を、月形典獄は看守長らとともに見つめていた。

かれらとともに医師が助手一名を連れて赴任してきた。かれは、集治監御用掛の辞令を手にしていて、病監で囚人の治療にあたると同時に、看守たちの診療にもあたることになった。

夕刻の五時すぎに、労役に出ていた囚人三十九名がもどってきた。夕食が、くばられた。労役に出ていた囚人たちには、白米四、麦六の割合で七合、その日入獄した囚人たちには同じ率で四合の飯が木椀に盛られ、漬物二切れがそれぞれ添えられた。

その夜、獄舎に騒然とした空気がひろがっていた。国事犯の男が演説し、看守が制止すると、他の囚人が一斉に騒ぎだした。見せしめに数名の者を房外に引きずり出して鞭打ったが、それが逆に囚人たちを興奮させ、房の板壁を拳でたたく。騒ぎがしずまったのは、午後十時すぎであった。

月形典獄は、その日東京集治監から囚人たちを護送してきた看守長の押送報告をうけた。囚人たちは、出発時から反抗的で、護送するのに苦労したという。原因は、囚人たちが北海道へ送られることに対する恐怖からであった。

東京集治監内には、どこから情報がもれたのか、終身懲役の者と五年以上の刑をうけた国事犯の囚人が北海道へ送られるという説がながれ、囚人たちの間に一種の恐慌状態が生じていた。そうした折に、二百名近い囚人の移監がおこなわれたので、囚人たちははげしい動揺をしめした。殊に国事犯の者数名が、北海道の地に送られれば死以外にないとしきりに煽動し、他の者の恐怖を一層つのらせたという。

月形は、それら国事犯の者を独居房に移し、七日間・三分の一減食の懲罰をくわえることを命じた。

翌日、独居房に移された者は演説をすることはしなくなったが、囚人たちの空気は依然として不穏だった。労役につかせても、大儀そうに体をうごかすだけで作業ははかどらない。温順だった第一陣の囚人三十九名も、かれらに同調して看守たちに拗ねた眼を向けていた。

夜になると、囚人たちは、無言で板壁をたたく。看守が房の中をのぞきこむと音はやむが、他の房に移ってゆくと再び壁をたたく。看守たちが怒声をあげると、それに反撥するように音は一層はげしくなった。看守長は、月形の許可を得て全員に二分の一減食の罰を課した。

月形は、看守たちに厳重な警戒態勢をとるように命じていたが、九月二十八日午後、遂に開墾場で事件が発生した。

その日、囚人は二分されて、伐木と開墾された地を耕す作業にそれぞれ従事していたが、鍬で土を起していた二人の囚人が、突然鍬をかついだまま石狩川の方向に走り出した。かれらは、一人が国事犯、他は終身懲役刑の囚人であった。逃亡と察した看守たちは一斉に抜刀し、声をからして作業中の囚人に農具を捨てさせ、一個所に寄せあつめて坐らせた。他の囚人の逃走をふせぐための処置で、看守たちはサーベルを擬してかれらをとりかこんだ。

看守長を先頭に八名の看守が、囚人の後を追った。減食の罰をうけているのに、囚人たちは獄衣の裾をひるがえしてかなりの速さで走ってゆく。むろん、かれらは腰から腰に鎖でつながれていた。

かれらは、沼のかたわらをすぎると、灌木林のゆるい傾斜を駈けおりてゆく。その途中、一人が木の根につまずいたらしく倒れると、他の者も倒れた。距離がせばまった。はね起きた囚人たちは、落葉を蹴散らして走りつづける。朱色の獄衣が鮮かで、かれらを見失うことはなかった。

鎖につながれているため速度がおとろえ、川岸に達した時には、若い看守の一人が追いついた。

囚人は、足をとめると鍬をかまえた。走り寄った看守たちが囚人を取りかこみ、看守長が鍬を捨てるよう叫んだ。が、囚人たちは荒い息をつきながら鍬をかざしている。

「斬れ」

看守長の命令で、看守たちは囚人に斬りかかった。

その勢いに終身懲役囚の者は恐怖におそわれたらしくうずくまってしまったが、国事犯の囚人は鍬をふるって看守に抵抗する。殺気立った中年の看守のサーベルが男の耳を斬りおとし、若い看守が腿にサーベルを突き立てた。

男が腰をおとすと、看守たちは二人の囚人にサーベルをたたきつけた。血が飛び散り、看守の服も赤くなった。かれらは顔を上気させ、サーベルをふるいつづけた。囚人たちは、鎖につながれたまま仰向けに倒れた。国事犯の者はすぐに息絶えたが、終身懲役囚の男は低い泣声をあげてうめいていた。そのうちに手足をはげしく痙攣させはじめ、やがてそれもやんだ。

二個の遺体は、押丁によって獄舎前にはこばれ、獄医の検視をうけた。首をはね、囚人たちに見せしめのためさらすべきだという意見を口にする看守長もいたが、梟首《きょうしゅ》は明治十二年一月付で廃されているので、遺体に蓆をかけて放置することになった。

三日目頃から遺体は腐臭を発するようになり、蟻がむらがった。月形は、かれらが斬殺されてから十二日後の十月十日、埋葬することを命じた。棺は丸太にむすびつけられ、囚人たちにかつがれて熊笹のしげる地に埋められた。

二人の脱走囚が斬殺されたことは、囚人たちに衝撃をあたえたようであった。かれらは、獄舎の中で声をあげたり板壁をたたくようなことをしなくなった。月形は、かれらの感情を鎮静させるため減食の罰を解き、労役囚の定量である米、麦混合の飯の量を七合に復させた。

囚人たちは、黙々と作業に従事しはじめた。

逃走囚の遺体が埋葬されてから五日後、また丸木舟に乗って百名ほどの囚人が押送されてきた。かれらも東京集治監から送られてきた者たちで、獄舎には計三百七十二名の囚人が収禁されることになった。

看守の人数は三十二名で、囚人十五名に看守一名の定率からいえば数は多かったが、囚人たちが重罪人で、しかも舎外の労役に従事する関係から、むしろ少いと言うべきであった。

気温はさらに低下し、霜が連日おりるようになった。そうした中で、獄舎の増築、病監、官舎、塀の四隅にもうけられる看守所、食糧庫等の建築が大倉組の人夫の手ですすめられ、囚人たちは森林の伐採と開墾作業をすすめていた。

月形典獄は、冬期の訪れをおそれていた。

黒田開拓使長官を通じて申請した囚人の手袋、足袋使用の件は、許可すらおりていない。冬期に使用が許されるのは、綿入の獄衣、股引きだけであるが、内務省から金が到着せず、購入することもできない。もしも、このまま積雪期に入ると、囚人は単衣の獄衣だけで、手も足も露出したまま極寒の冬をすごさねばならない。当然、体力のおとろえた者が数多く死亡するだろうし、かれらが死の恐怖にかられて騒擾《そうじょう》をひき起す可能性も大きい。もしも、かれらが獄舎をやぶるようなことがあれば、三十二名の看守で四百名近い囚人に対抗することはできるはずがない。囚人たちは、賊徒として捕えられた元武士の国事犯と殺人等の罪をおかした終身懲役囚で、かなりの抵抗力をしめすにちがいなかった。

獄舎内の争乱は、食糧関係の不満から起る場合が多いが、その点でも大きな不安があった。獄舎建設以後、月形村にも商人が入りこんできて集治監に物品を納入している。かれらは、米、麦もあつかっているが、集治監にはそれを買い入れる金もない。月形は、石狩に使いを出し、札幌の開拓使庁を経由して内務省に経費の支給を懇請していたが、それに対する回答もなかった。

看守長たちの囚人の動静についての報告もかれを憂慮させていた。囚人たちは、一応恭順な態度をとっているが、長い間囚人をあつかってきた看守長たちは、それが暴挙をくわだてる寸前の空気と酷似しているという。看守が言葉をかけても、囚人たちは口をつぐんでいる。意味もなくかすかに頰をゆるめて看守に視線を向けたり、作業を終えた後、返還すべき鍬を手にしたままはなさぬ者や、鍬をふるいながら忍び笑いをする者もいる。露骨に反抗的な態度をとることはないが、かれらにはなにかを起そうとする気配が強く感じられるという。

看守長たちは、その対策として、

「弱みをみせぬことです。徹底した懲罰こそ暴挙を阻止する唯一の手段です」

と、口をそろえて言った。

かれらは、その方法として、好ましくない態度をとる囚人たちに容赦ない重労働を課すべきだと主張した。それには、開墾が予定されている獄舎の南方にある十町ほどの広さの林を、短い日数で耕地とさせる作業を課したいという。

月形は、かれらの意見をいれ、翌十月十八日から作業を開始することを命じた。囚人の中から四十名の者がえらび出され、ただちに開墾作業が開始された。作業を怠ける者は、両足に鉄棒を鎖でしばりつけ、半日または一昼夜起立させておく棒鎖の罰を課した。それは、囚人にはなはだしい苦痛をあたえ、かれらは懲罰をおそれて作業にはげんだ。

月形は、監視態勢を厳正にさせるため、看守たちにもしも過失をおかした場合は罰則にもとづいて容赦なく処罰するとつたえた。もしも、労役中に囚人が逃走し、その日のうちに捕えることができなかった折には、俸給を没収した上に半年間投獄する。日常の勤務成績が特にすぐれた者でも、一ヵ月分の俸給をとりあげ、位階も一等降等する。勤務規則はきびしく、勤務中の喫煙は厳禁されていて、煙草の携行すらも処罰の対象になる。囚人を絶えず視線内に置き、囚人と言葉をかわせば減俸処分に付せられるのだ。

開墾地では、看守長以下六名の看守が監視にあたっていたが、かれらは処罰をおそれて常に抜刀していた。

寒気が、さらに増した。

その月の下旬から冷雨がつづき、十月二十七日には初雪が舞った。その日、月形典獄は、海賀看守長らと開墾地の作業状態を視察した。囚人たちは、雪をふんで作業していた。手も足も露出して赤らんでいたが、激しい労働で体からは湯気が湧いている。意外なほど早い作業の進捗で、林の三分の一ほどの樹木がすべて倒され、根も掘り起されて平坦地に化していた。

月形は、囚人たちの自分に向けられる眼の光に怨恨がこめられているのに気づいていた。体格の逞しい男が多かったが、肉は落ち、眼だけが異様に光っていた。

かれは、新たな不安におそわれた。人間であるかぎり、獄につながれ苛酷な労働を強いられている囚人たちが、平静な精神状態をたもてるはずがない。かれらは、当然月形をはじめ看守、押丁におさえがたい憤りをいだき、ひそかに報復の機をねらっているにちがいない。集治監、監獄署など囚人を収禁する機関に関係した経験のない月形は、囚人をそのように遇することは、かれらの憎悪をつのらせ、不祥事を発生させることにむすびつくのではないか、と思った。

かれは、全国の集治監、監獄署等で、破獄と、それにともなう放火、看守の殺傷等が続発していることを知っていた。殊に、北海道に新設された樺戸集治監では、囚人の環境に対する恐怖と労役の過重で、内地以上の事件の発生が予想される。しかも、冬期に入れば、防寒具と食糧の問題で、囚人たちの憤懣はおさえがたいものになるにちがいなかった。

その日、月形は、内務省に提出する上申書を書いた。内容は、樺戸集治監に収容した終身刑の囚人たちの取締りはまことに容易なものではなく、囚情もきわめて険悪で、その対策として看守多数の増員を許可して欲しいという趣旨のものであった。月形は、その上申書を看守長の一人に託し、急いで出発させた。

十一月一日、本格的な降雪にみまわれた。

囚人の起床時刻は六時五十分になり、一時間後に労働がはじめられた。囚人の大半は、建築資材の運搬にあたっていたが、四十名の囚人は、依然として開墾作業に従事していた。

雪はしばしば降るようになり、開墾地の積雪は増した。囚人たちは、雪に足を没して作業をつづけていた。足は感覚をうしない、終業後、獄舎まで歩けぬ者も多くなった。

かれらは、集治監の医師の診断をうけたが、症状の差はあっても大半が凍傷にかかっていた。雪中の開墾作業は強行されたが、参加可能の者が日を追うにつれて少なったので、十一月六日夕刻で中止された。

その作業によって、十九日間に一万八千六百四十坪の林が畠地にされていた。延人員は七百四十八名で、一人の囚人が一日平均二十五坪の地を開き、耕地にしたことがあきらかになった。

連日のように降雪がつづき、積雪は増して三尺を越えた。囚人たちの屋外での作業は中止され、草鞋、蓆、俵作りなどが獄舎内の作業場でおこなわれた。

待ちかねていた内務省からの経費金が到着したが、すでに手遅れであった。唯一の運輸路である石狩川が結氷し、舟が遡行できなくなっていた。月形は、囚人に綿入れの獄衣、股引きの購入を予定していたのだが、それをはこび入れる道がとざされてしまったのである。さらに、倉庫に貯蔵されている食糧も乏しく、越冬するにはきわめて不足であった。

月形は、石狩川の結氷期の早さに驚くとともに、その結氷で集治監が完全に孤絶してしまったことを知った。

きびしい寒気が、獄舎を押しつつんだ。舎内では火気が厳禁されていて、単衣の獄衣をつけただけの囚人たちは体をふるわせ、たがいに身を寄せて体温をかわし合う。

手足をこすり体をゆすっていたが、ほとんど全員が霜焼けやあかぎれにおかされ、皮膚がやぶれて血膿も流れ出ていた。

就寝時は、体を休める時間であるのに逆に囚人たちを苦しめた。かれらは、蓆の上に身を横たえ薄い毛布をかける。枕は、丸い材を中央部で縦割りにしたものであった。床から蓆を通して冷気が体にしみ入り、体をちぢめても毛布一枚では温かみも湧いてこない。呼気のかかる毛布の襟はぬれ、それはすぐに凍りついた。それに湿度の高い夜は毛布がしめり、朝起きると全面が薄い氷でおおわれていることもあった。

病人が続出しはじめていた。凍傷で手足がふくれて激痛をうったえる者や、高熱を発し咳をする者が多くなり、さらに消化不良をおこす者も増していた。

それらは、病監に収容されたが、そこも獄舎と変りはなかった。火気が禁じられた病室には畳もなく、病囚は床にしかれた蓆に身を横たえ、毛布をかける。医薬品も解熱剤や消化剤程度で、獄舎よりも人気がないのでむしろ寒気ははげしく、天井からつららも垂れた。

十一月下旬の朝、病監で三人の囚人が冷たくなっているのが発見された。その日、三個の棺が作られて、遺体をおさめると囚人たちにかつがれて裏門からはこび出された。囚人たちは、腰まで雪に没しながら棺を埋葬地へとはこんでゆく。風がおこって、雪が飛び散り、獄衣は白くなった。棺は、埋葬地の雪の中に埋められた。雪をおこし土を掘るのは困難なので、融雪期まで雪中におさめておくことにしたのだ。

それらの死者は肺炎と推定される者二名、腸カタルの患者一名であったが、翌日には、凍傷の重症患者が激烈な痛みに叫び声をあげながら悶死した。再び、棺は埋葬地にはこばれた。

十二月に入ると、温度計は零下十度近くを記録し、病死者が相ついだ。棺は、その都度、裏門からはこび出されていった。

月形は、或る程度予想はしていたが、その地の冬期の気象状況に呆然としていた。山野は深い雪におおわれ、川、沼、沢はかたく凍りついている。霧が絶えず立ちこめ、樹の幹や枝に附着した雪は氷状になっている。風も強く、数日にわたって吹雪くこともしばしばだった。

看守たちにも防寒具の支給が間にあわず、病気で寝こむ者も多かった。殊に夜間の勤務はたえがたく、かれらは体を温めるために足早に獄舎の通路を往き来していた。

官舎では薪がたかれ煖をとることができたが、それでも背に冷気がはりつく。看守たちは家族とともに時折り背を炉にむけて寒気をしのいでいた。朝、炉に鍋をかけて煮物をすると、必ず黒い液が鍋の中に落ちてくる。天井に垂れたつららに煤がまじり合っていて、それが火熱でとけてしたたるのだ。

月形は、死者の続出をふせがねばならぬと思ったが、適当な方法はなかった。わずかに囚人に運動をさせることによって体を温まらせる処置をとらせただけであった。囚人たちは獄房内で常に正坐に近い姿勢をとらされていたが、月形は看守に命じて一定の時間、囚人たちに手足を動かさせることを許した。


その頃、内地の集治監、監獄署では、北海道にもうけられた樺戸集治監のことが囚人たちの最大の話題になっていて、移送される恐怖感から騒擾が各地でおこっていた。北海道に送られるのは釈放される望みのない終身刑の囚人が主で、そこには過激な労役の末の死のみが待っているのを知っていたからであった。

まず、十月二十九日には、京都府知事北垣国道から府監獄署内の囚人にきわめて不穏な動きがみられるという報告が、内務卿山田顕義に提出された。それによると、「終身懲役囚及国事犯五年以上のものは北海道へ移転せしめらるるの説」が囚人間にながれ、前月の二十九日に囚人の脱獄計画のあったことが露見した。府監獄署では、終身刑の囚人百四十名、国事犯五年以上の者五人が収禁されていて、殊に終身刑の者は北海道へ移送された折には、どのような苦難を味わわされるか、恐れおののいている。もしも、それらの者が恐怖にかられて他の囚人を煽動すれば、囚人たちもそれに呼応して「一大暴挙」の発生するおそれが多分にある。しかも、獄舎は明治三年開設以来改築をかさねてきたが、依然として堅牢度に欠け、今までもしばしば獄をやぶられている。このような獄舎なので、大規模な脱獄事件が予測され、それにともなって死傷者の出るおそれもある。右のような事情なので、終身刑の囚人だけでも堅牢な獄舎をもつ東京または宮城集治監へ移送していただきたい、と懇請していた。

内務省では、係官を派遣して実情を調査させた結果、北垣知事の報告が事実であることを確認し、十八日後の十一月十六日、内務卿命令によって特に過激な終身刑の囚人二十五名を東京集治監に移送させた。

内務省では全国の集治監、監獄署に警戒するよう指令を発したが、十二月に入ると、長野県監獄署で三十余名の脱獄事件のおこったことが報告されてきた。それは、三名の囚人による署内の工場への放火にはじまり、他の囚人たちも騒ぎ出してひそかに持ちこんだ酒を飲み、三十余名の者が監房を破壊して逃亡したのである。それにつづいて、岐阜県令小崎利準からも、不祥事件の発生がつたえられた。それによると、十二月三十日午後七時三十分頃、第七監房の囚人五十七名が高い声で歌をうたいはじめ、第二、第四、第六房の囚人もそれに応じ、看守に罵声を浴びせかけ器具を破壊し、遂には獄房通路の扉を押しやぶる行動に出た。そのため、看守、警察官が駈けつけ、必死になって説得し、辛うじてかれらの破獄をふせいだという。

内務省では、事件の続発を危惧し、再び集治監、監獄署に厳重警戒を命じた。

樺戸集治監の開設は、内地の囚人、殊に終身刑の囚人に大きな衝撃をあたえたが、事実かれらを恐れさせる根拠は十分であった。その年の十二月末日までに、樺戸集治監では三百七十二名の囚人中一割に近い三十五名の囚人が病死し、脱走をくわだてた二名の囚人が斬殺されていたのである。

明治十四年が暮れ、正月元日をむかえた。

この日は、労役も休みになり、規則にしたがって囚人一名に二個の餅が雑煮にしてあたえられた。

倉庫の食糧は、減少していた。

米麦混合の一日の飯の量は、労役をおこなわぬ場合は四合であるが、規定量を支給すると二月中旬には完全に尽きてしまうことがあきらかになっていた。そのため、十二月下旬から米麦に豆を混入し、さらに一日に一食は粥をあたえるようになっていた。

一月五日、深い雪をおかして駅逓脚夫が札幌からやってきた。途中人家に泊ったり野宿したりして、八日間を費やしてたどりついたのだ。

かれがたずさえてきたのは内務省や開拓使庁からの書類で、その中に内務省へ申請していた看守の増員についての回答がまじっていた。それによると、今後樺戸集治監に続々と囚人が送りこまれるが、その折には囚人十名に対して看守一名を勤務させ、それ以外に看守長三名、看守五十名の増員を決定したと記されていた。

一月に入っても病人は絶えず、病監からは二日に一度の割で棺がひき出される。病人たちは、病監で治癒して房に帰ってくる者が少く大半が死亡するのに気づき、高熱を発したり凍傷で苦悶しながらも病監へ移されることをかたくなにこばんでいた。零下十度を越す日がつづくようになり、雪は根雪になって五尺にも達していた。

一月下旬になると、降雪の日も徐々に少くなり、雪はかたく凍結した。その上を、囚人たちは二人ずつ鎖につながれて石狩川の岸に行き、厚い氷を割って川の水を桶にくみ、天秤棒にかついで獄舎にはこぶことをくり返していた。雪面は氷盤のようになり、歩いても足が雪に没することはなくなっていた。

月形は、囚人に労役を開始させることを思いついた。

集治監を月形村に設置した目的は、重罪囚を隔離すると同時に、荒地を開拓することにある。かれも、囚人たちの労役によって原野が広大な耕地になることを夢みていた。放置されたままの地に農作物が茎をのばし葉をひろげることが、国益を増すことになるという使命感もいだいていた。

かれは、開墾の予定されている広大な林の樹木を、この期間に伐採しておくべきだと思った。伐り倒した樹木は、氷状になった雪面をひいてゆけば運搬は容易で、建築資材や燃料に利用できる。そして、融雪期後に、すぐに根起しと石の除去をおこなえば、耕地づくりも短期間で終了できるはずであった。

かれは、昨年初冬に開墾した六町歩の耕地の西方十町余の位置にある三十余町歩の広さをもつ林を開墾させることを決意した。かれは、三百余名の囚人全員をそれに投じたかったが、囚人の死者がすでに四十名を越えていることを考えると、それは無謀だと思った。食事の量は少く粗末で、雪中での伐木作業がかれらの肉体に重圧となるにちがいなかった。

かれは、海賀看守長らと協議し、交代制をとることにした。六十名程度を一班として、交代に作業させる。さらに開墾地に囚人たちを休憩させる仮小舎をつくり、そこで薪をたいて湯をわかし、その中にこごえきった囚人の手足をひたさせて凍傷をできるだけ予防させる方法をとることにした。

翌朝は快晴であったので、囚人六十名を獄舎の外に出した。かれらは、久しぶりに見る舎外の雪景に、まぶしそうに眼を細め、寒気に身をふるわせていた。

月形村で越冬していた大倉組の大工頭が、人夫十名とともに仮小舎建築のために先発した。囚人たちは二人ずつ鎖でつながれて、その後方から建築材をかつぎ、看守長に指揮された十名の看守にかこまれてかたく凍りついた雪の上をすすんだ。

現場につくと、人夫たちが仮小舎建築にとりかかり、囚人たちは、伐木作業をはじめた。

看守たちは、囚人の動きを注視していた。かれらには、囚人の逃亡はあり得ないだろうという意識がひそんでいた。もしも、囚人たちが逃亡したとしても、川も地表もすべて雪と氷におおわれ、食物を得ることはできない。それに、きびしい寒気にさらされ、逃亡が確実に凍死とむすびつくことを囚人たちも十分に知っているはずだった。それに、朱色の獄衣は、雪の中で一層際立ち、遠くからも望見できる。そうした条件を考えると、かれらが逃亡をくわだてるのは融雪期以後に思われた。

午食時になると、看守にともなわれた囚人たちの手で飯がはこばれてきた。炊き立ての飯であったが、すでに凍りついていて、囚人たちは薄氷をかみくだいて飯を食った。

その日から、降雪の日をのぞいて伐木作業はつづけられた。囚人たちのわずかな救いは、仮小舎で手足を湯にひたすことだけであった。その地はアイヌがシライオツと名づけていたので、耕地が完成した折には知来乙《ちらいおつ》農場と称することにさだめられていた。

五

集治監は氷と雪にとざされて孤立し、月形たちはわずかに雪中をやってくる駅逓脚夫のもたらす通信物で、外界と接触しているにすぎなかった。それらも、ほとんど内務省、開拓使庁からの公文書で、一般情勢をうかがい知ることはできなかった。

月形たちが集治監の業務に専念している間に、国内では西南の役以来の政治変革がおこなわれていた。しかも、それは維新以後積極的に政府が推しすすめてきた北海道開拓政策に密接な関係をもつものであった。

変革は、北海道の開拓使官有物払いさげ問題から端を発していた。それは、明治維新を成功させ政府の中枢部を占めた薩摩藩、長州藩出身者の権力闘争でもあった。

維新後、政府は富国強兵を悲願とし、資本を投下して多くの官営事業をおこした。が、西南の役後、財政状態は極度に悪化し、その危機を乗りきるために官営事業を民間に払いさげる必要を生じた。また、ようやくさかんになってきた民権運動も、官営事業が民間企業を圧迫していることを指摘し、政府もそれらの批判がたかまることをおそれて払いさげ方針を決定した。

北海道では、明治五年から実施した十年計画が達成されたとして明治十四年に開拓使の廃止が内定していたが、その年の七月、開拓大書記官安田定則、権大書記官鈴木大亮、金井信之、折田平内の四名が、開拓使所属の東京、大阪、函館、札幌、根室、敦賀の物産取扱所、官舎、倉庫、土地、牧場、農場、鑵詰場、麦酒・葡萄酒醸造場、さらに玄武丸ほか五隻の汽船の払いさげを申請した。払いさげ希望条件は、それらすべてをふくめて三十八万七千八十二円で、しかも無利息三十年賦という低額のものであった。安田らは退官し、北海社という会社を創立して、それら払いさげ物件によって事業を継続しようとしたのである。

開拓使長官黒田清隆は、それまで三菱汽船会社から副社長岩崎弥之助の名で汽船二隻の払いさげ申請を受けたこともあったが、北海道の事情に通じ利益追求のみを目的とせぬ安田ら開拓使高官に事業を継承させるべきだとして、積極的に安田らを支持した。その申請は閣議にかけられたが、約一千万円の資本を投下した施設をわずか四十万円にもみたぬ金額で、しかも無利息三十年賦返済を条件に払いさげることは不自然であるとして、公卿出身の有栖川宮左大臣、佐賀藩出身の大隈重信参議が反対したが、黒田はかたくなに意見を曲げず、裁可を得た。

その決定に対して、「東京横浜毎日新聞」「郵便報知新聞」は、七月下旬に早くもはげしい非難の論説をかかげた。北海道に事業経営を目ざす薩摩の政商五代友厚が糸をひいて薩摩藩出身の高官とともに官有物を私物化するのだと反撥し、黒田が薩摩藩出身の高官の申請を支持し、北海道の事業を薩摩藩閥で独占するのは横暴だと、攻撃した。そのうちに、政府系の立場をとっていた「東京日日新聞」もそれに加わり、薩摩藩閥に引きずられる政府を鋭く批判した。さらに薩長両藩出身者による藩閥政治をあらためるためには、大隈重信が主唱している国会開設をただちにおこなうべきだという強い意見もおこった。

それら新聞の論調は各方面に刺戟をあたえ、演説会には聴衆があふれ、世論は沸騰した。

北海道でも民間への官有物払いさげが地元の発展につながるため、開拓使高官への払いさげ決定について反対運動がおこった。殊に函館では、高官の払いさげ申請に対抗するため運輸会社をおこし、汽船、倉庫の払いさげを申請したが素気なく却下され、天皇巡幸に北海道へ随行してきた大臣、参議にも直訴したが効果がなく、払いさげ決議をした政府に対する不満がたかまった。

世情は、大きく揺れうごいた。官有物払いさげ問題は、維新以来の政府部内の矛盾を露出させると同時に、国会開設運動を激化させるきっかけをあたえた。

収拾は、右大臣岩倉具視と薩長両派の参議の中心的存在となった伊藤博文によってすすめられ、その問題について御前会議がひらかれた。その結果、官有物払いさげ決議は撤回され、黒田とはげしく対立していた参議大隈重信の罷免が決定し、さらに国会開設は明治二十三年におこなわれることが公表された。明治十四年十月中旬であった。

月形は、そうした政治的事件がおこったことを知らなかったが、知来乙で開墾作業がすすめられていた二月初旬、内務省からの連絡で、一月十五日に黒田が長官を辞任して開拓使が廃止され、参議兼農商務卿西郷従道が北海道開拓長官に任ぜられたことを知った。つづいて、二月下旬には、北海道が函館、札幌、根室の三県に分けられ、函館県は時任為基、札幌県は調所広丈、根室県は湯地定基がそれぞれ県令に就任、樺戸集治監のある石狩国は、札幌県にぞくすことも報された。

月形は、目まぐるしい行政機構の変化に驚きながらも、面識のある調所と湯地が県令にえらばれたことを喜んだ。と同時に、それら三人の県令が長官西郷従道とともにすべて薩摩藩出身者で、北海道内の事業推進は同藩出身者の手で継続されることにも気づいた。

月形は、駅逓脚夫に札幌県県令調所広丈宛の手紙を託した。石狩川の氷がとけ舟便が可能になった折には、食糧をはこびこんで欲しいという依頼状であった。食糧の貯蔵量は最悪の状態におちいっていて、労役に出る者にも粥しか支給できず、獄舎にとどまる者には、フスマでつくった餅状のものや豆を入れた塩汁しかあたえることができなくなっていた。

月形は自らも粥を常食にし、看守たちにも節食を命じた。石狩川の厚い氷のとける季節が待たれた。

伐木作業は、強引にすすめられ、夕方になると材木を雪面にひきながら囚人たちがもどってくる。それは朱色の帯のように一列になって、伸びちぢみしてゆるい傾斜をくだると、門をくぐる。囚人たちは荒い息をつき、点呼がすむと、足をひきずりながら獄舎に入っていった。

埋葬地の雪も凍結し、雪に穴を掘ることはできなくなっていた。死者をおさめた棺は、そのまま雪面にならべられた。それらの棺もやがて雪にうもれた。

月形は、時折り獄舎内を巡視し、作業現場にも足を向けた。かれは、その都度囚人がひどく痩せてきているのに気づいていた。顔色は土気色で、頬骨や眼窩が浮き出ている。鋭さをおびていた眼の光も弱々しくなっていて、落着きを失ったようにこちらをうかがったり、放心したように雪原に眼を向けたりしていた。かれらの顔は、入獄した頃とは別人のようにすっかり変貌していた。

その頃、北海道の行政機構の変革は急速にすすめられているらしく、開拓使庁所有の施設その他が各省に所属されるという連絡があった。集治監は内務省直轄で変化はないが、函館をはじめ各地の監獄署は内地と同じように県に属することがつたえられた。

それにつづいて、内務省から重要な通達があった。それは樺戸集治監にかぎられることだが、囚人が軽い罪をおかした折には典獄が判定し処罰する自由を許し、重罪の場合のみ函館重罪裁判所に送るようにというのである。これは典獄に異例の権限をあたえたことになるが、一年の半ばを氷雪にとざされた樺戸集治監の事情を考慮してとられた処置にちがいなかった。

その月の末日、北海道に新設される集治監の典獄に内定している渡辺惟精が測量師とともにやってきた。渡辺の話によると、集治監建設地は岩見沢附近に決定し、雪中で測地作業をおこなっているという。

月形は、渡辺の精力的な動きを知り、可能な範囲内で積極的に協力することを約した。

渡辺は、獄舎、病監、炭焼竈《がま》などを見、在監人の状態をたずねた。月形は、

「収禁中の囚人二百八十五、現在まで病死八十八、斬殺二」

と、答えた。

渡辺は、無言でうなずいた。

かれは、一泊後、雪の中を去っていった。

四月に入ると、気温がゆるみはじめた。

雪に水分がふくまれ、歩くと足が埋れる。股引きも足袋もつけぬ囚人たちの雪中の歩行は凍傷をうながすので、伐木作業は中止され、草鞋づくり等の舎内作業だけになった。

かれらは、ひっそりと春の訪れを待った。

春の気配は、日増しに濃くなった。雪におおわれた原野や山肌が陽光にかがやき、雪面から水蒸気が立ちのぼりはじめた。雪がとけ、細いおびただしい水の筋となって低地へと流れてゆく。川をとざしていた氷もゆるみ、やがてそれらがかすかに動きはじめた。

四月中旬の或る日の午後、月形たちは、流れの音がかすかにしているのを耳にした。月形は、書記をともなって石狩川の岸に出てみた。川の中央部の氷がとけていて、水がしぶきをあげて走っている。川岸に近い氷にもおびただしい亀裂が走っていた。

雨が、降った。

融雪はすすみ、集治監の周辺は水の流れに化した。石狩川と須倍都川の流れの音がさらにたかまり、川面に氷と雪塊がひしめき合いながら流れてゆく。獄舎や官署の屋根から雪が音を立てて落ち、樹林にも雪が落下してしきりに雪煙があがっていた。

四月下旬に入ると、地表があらわれはじめた。明るい陽光を浴びて附近一帯に水蒸気がゆらいでいた。露出した土には、早くも雑草の芽がのぞいていた。空気に、草萌えの香がかすかにただよいはじめていた。

典獄をはじめ集治監に勤務している監員たちは、北海道の春の訪れを興味深そうにながめていた。それは、瞬間的な訪れに思え、大地が身をゆすらせて春をうけいれているように感じられた。

集治監の周辺は、泥濘に化した。その中を、石狩川に水を汲む囚人たちが、獄衣の背まで泥をはねあげさせて往き来していた。

晴れた日がつづいたが、四月二十六日午前十時すぎ、水汲みの囚人を監視していた看守の一人が、官署に走りこんできた。囚人の逃亡事故がおこったのだ。

その日も、朝から水汲み作業がおこなわれていたが、石狩川岸に到着して水汲みをさせている時、不意に一人の囚人が走り出し、川に飛びこんだ。いつの間にか他の囚人とつながれていた鎖をはずしていた。看守たちは、抜刀して他の囚人を一個所に集め、二人の看守が岸ぞいに走った。囚人は、向う岸へむかって泳いだが、途中で水面下に没したという。

官署にいた看守長が、看守たちとともに泥濘の上を石狩川の川岸に急いだ。

その報告をきいた月形典獄は、逃亡した囚人が春の訪れを待っていたのだ、と思った。囚人は、雪がとけ露出した地表から山菜その他を得られる季節の到来を待っていたにちがいなかった。おそらくその囚人は泳ぎに自信があって、氷のとけた川を泳ぎ渡って逃げのびようと機会をねらっていたのだろうと推定された。

舎外での労役を主目的とした樺戸集治監では、それだけ囚人たちの逃亡する率も高いはずだった。異例の死亡率と量も少い粗悪な食物に恐怖と不満をいだいている囚人たちの多くが、融雪期をむかえて逃亡をくわだてるのも当然かも知れぬ、と思った。

「必ず探し出して、捕縛せよ。囚人たちに、絶対に逃げおおせぬことを知らせるのだ」

月形は、看守長に強い語調で言った。

看守長は姿勢をただし、敬礼するとあわただしく署外に出て行った。

水汲み作業は中止され、獄舎づめの看守と押丁以外はすべて逃亡囚の捜索に散った。逃亡したのは、四十九歳の終身懲役囚であった。

逃亡囚は水中にもぐって看守の眼からのがれ対岸に渡ったかと思われたが、その日の夕刻、下流方向の岸近くに寄せられている遺体が発見された。融雪で増水した石狩川の流れは速く、逃亡囚は押し流され、溺死したにちがいなかった。

看守たちは、他の囚人たちへの見せしめのために遺体の両足首に一貫匁の鉄丸をむすびつけ、囚人たちの眼にさらした。

翌日の午後、遺体は棺におさめられ、埋葬地にはこばれた。

地表が完全にあらわれ、作業が活潑におこなわれはじめた。

待望の食糧が、激流をさかのぼってきた丸木舟で続々と船着場につき、囚人たちの手で貯蔵庫にはこびこまれた。二棟目の獄舎の仕上げもすすみ、囚人の一部は埋葬地に放置されていた棺を土に埋める作業をつづけ、他の囚人たちは、積雪期に伐木をすませた開墾地の土起しに従事した。労役にしたがう者には一日七合の飯の支給がおこなわれるようになった。

石狩川の川口には、樺戸集治監の出張所が完成し、そこを根拠地に丸木舟がひんぱんに往復するようになり、四月三十日から五月二日にかけて、三百四十七名の終身懲役囚と国事犯が多数の看守、押丁とともに到着した。それらは、東京、宮城両集治監から押送されてきた囚人たちで、前年の十二月に増員許可を得た看守長三名、看守五十名も到着した。また、看守たちに剣術を練磨させるため、新築された撃剣場の剣道師範として、元新撰組の副長助勤であった真刀無念流の永倉新八も赴任してきた。

看守長の一人は、月形典獄宛の内務省からの通達をたずさえていた。それは、月形に月形村一帯の警察権を委託する趣旨の通達で、それによってかれは、軽罪をおかした者の裁判権と警察権を掌握することになったのである。

樺戸集治監の囚人は六百三十名近くにふくれあがり、看守の数も百二十名に達した。その他医師、書記、押丁、雑役夫らをふくむと勤務者は二百名を越えていた。また、集治監建設を請負っている大倉組の大工、人夫らも百名近く常駐し、かれらを対象に商品を売る仮店も増し、囚人をふくめると千名近くの者たちが居住する地になった。

月形典獄は、囚人九十名以上を病死させたが厳寒と食糧不足に悩んだ積雪期をのりこえたことに安堵し、集治監設置の目的である囚人による開拓事業に専念する決意をかためた。

集治監として最も警戒すべきことは、囚人の脱獄であった。殊に終身刑の囚人たちは将来釈放されることも望めぬ身であるので死を覚悟で脱獄の機会をねらっているはずであった。囚人の中には、五寸釘寅吉をはじめ脱獄経験者もかなりまじっていて、想像をこえた方法で獄をやぶる者が出ることが十分に予想された。

看守の増員によって監視態勢は強化されたが、脱獄を予防するために獄舎内での囚人の懲罰を監獄則にしたがって厳正に実施する必要があると判断された。

月形は、大倉組に懲罰に使用する建物の建築を急がせた。

まず、闇室がつくられ、屏禁室もうけられた。闇室は半坪の広さの密室で一人が坐れるだけの空間しかない。闇室の罰をうけた者には寝具もあたえられず、体を曲げて床に寝る以外にない。窓もないので空気は汚濁し、呼吸困難におちいる。主食は常食の二分の一または三分の一に減らされ、副食物もあたえられない。わずかに塩を入れた湯が木椀で二度支給されるだけで、その懲罰は囚人にはげしい肉体的、精神的消耗を強いるので七昼夜が限度とされていた。

屏禁室は、他の囚人と隔離させる独居房であった。闇室の罰よりも軽度であったが、減食を課せられるのが常で、七昼夜以内とさだめられていた。

また、月形は、看守たちに職務規律を忠実に守るよう訓告し、規律に反した折には容赦なく懲戒処分にすることをつたえた。集治監では監獄則にもとづいて典獄の月形が月俸百二十円、副典獄五十五円、看守長が平均十五円、看守は平均七円であった。看守の給与は辛うじて生活できる程度の額で、かれらは妻子とともに粗末な官舎で起居していた。かれらにくわえられる懲罰は減俸が主で、それはかれらの生活をおびやかすものであった。

月形の厳罰方針で、看守らの処罰がつづいた。或る者は、労役中の囚人から瞬間的ではあるが視線をはずし、他の者は呼子笛を忘れ、欠伸《あくび》をかみ殺していたなどの理由で、月俸の二分の一または一ヵ月の減俸を言いわたされた。殊に、二日酔いで青白い顔をして朝の集合時にやってきた看守は、一ヵ月の減俸の上に非番の日の休息が半年間不許可になった。看守たちは、緊張した表情で囚人監視につとめていた。

須倍都太農場と知来乙《ちらいおつ》農場の開墾は、急速に進んでいた。月形村一帯に緑の色がひろがり、さまざまな花が咲きはじめた。約二十町歩の耕地に、農事に熱心な海賀看守長の取り寄せた陸稲、大豆、小豆、粟、麻、玉蜀黍、豌豆、ごぼう、かぶ、キャベツ、茄子、ねぎ、瓜等や雑菜およそ二十五種の種がまかれた。

三百四十七名の囚人が集治監に到着してから一週間後、獄舎の外に二百名の囚人が整列させられた。かれらは、護送時と同じように両足首から帯に鎖がとりつけられ、さらに二人ずつ鎖でつながれていた。

「遠隔地で労役にしたがう」

看守長は、囚人たちに言った。

朱色の獄衣の列が動き出し、門を出ると石狩川の船着場にむかった。そこには多数の丸木舟が待っていて、看守たちの鋭い声で、囚人たちは舟に乗った。月形は、看守長たちと岸に立って、その情景を見守っていた。川の水量は多く、流れは激しい。囚人たちを乗せた丸木舟が次々に船着場をはなれはじめた。月形は揺れながら流れをくだってゆく舟の群を見つめていた。

その日から五日後に百四十名、さらに六日後に百六十名の囚人が石狩川をくだっていった。獄衣の色が両岸に鬱蒼と生いしげる樹木の緑と対比されて鮮かであった。かれらの行先は、胆振《いぶり》国虻田《あぶた》郡であった。

四月下旬、西郷従道開拓長官名で、囚人五百名を虻田郡方面に出張させるようにという指令がとどいた。蝗害対策のためであった。

蝗害は、明治十三年八月に突然のように発生した。十勝国河西、中川二郡に蝗《いなご》の大群がどこからともなく飛来したのである。数はおびただしく、空は蝗の群でおおわれ陽光がさえぎられた。蝗は、ひしめき合うように耕地をおおい、作物を食いあさった。葉も茎も絶えると、蝗は雑草にむらがり、たちまち原野は赤土に変じた。人々は、呆然として旺盛な食欲をしめす蝗の群を見つめるだけであった。

その後、蝗の群は風にのって日高国に入り、さらに西進して勇払《ゆうふつ》郡に達し、二群にわかれて一群は胆振国虻田郡方面にむかい、他の一群は札幌方面にすすんだ。蝗の群は農作物の根まで食いあさり、樹葉をおそい、それも尽きると、草ぶき、草がこいの入植者の小舎にむらがって柱と梁だけにした。鋭い口吻で植物をかみ切る音が充満し、風がおこるとそれに乗って次の地へ移動してゆく。蝗の飛ぶ速度は早く、蝗害調査をした開拓使勧業課員は、「山ヲコエ水ヲワタリ、ソノ速サ一分時六町バカリ。コレヲ以テ算スレバ一ケ年ニシテ数百里外ニ達スベシ」と報告した。被害は甚大で、致命的な打撃をうけた村落では、土地を放棄する者が続出した。

翌十四年五月中旬、またも蝗の大群が発生、被害は四ヵ国十七郡におよび、史上かつてない大災害に太政大臣三条実美は開拓使に徹底駆除を命じ、開拓使は年予算五万円を支出して、とらえた蝗を一升十五銭で買い上げたりした。

駆除方法は札幌農学校の外人教師の意見もとり入れ、各地に通達された。蝗におそわれた村落では、全員が出て紅白の旗をふりまわし、鐘、拍子木を打ちならし、石油や魚油に火をつけて焼き殺す。夜間に羽を休める蝗をとらえ、牧場では馬を放って踏みつぶさせたりした。しかし、その方法は効果も少く、蝗の群はさらに増してその年も胆振国虻田郡をはじめ各地に大量発生した。開拓使庁では、前年と同じように約五万円の予算を計上したが、節約をはかるため樺戸集治監に五百名の囚人の出役を命じ、蝗駆除にあたらせることになったのだ。

月形は、その出役が囚人たちに大きな苦痛をあたえることを知っていた。まず、虻田郡への往復は至難で、囚人だけではなく、監視の任にあたる看守たちをも悩ませるにちがいなかった。囚人たちは、丸木舟で石狩川をくだり、陸路を札幌にむかう。そこから定山渓《じょうざんけい》をへて洞爺湖をまわり虻田におもむく。殊に定山渓から洞爺湖までは路らしい路もなく、峰を越え谷をわたり野宿をかさねて進まねばならない。逃走防止のために鎖でつながれた囚人たちが、虻田にたどりつくことは奇蹟に近い難業であるにちがいなかった。

月形は、開拓長官西郷従道に命令通り五百名の囚人を出発させたことを文書で報告した。

かれは、残された百数十名の囚人の半ばに開墾作業をつづけさせ、他の囚人たちに新たな作業を課した。それは、集治監に最も近い地にあたる当別《とうべつ》村への道路開通工事であった。

月形村の運輸路は石狩川のみで、丸木舟ではこぶ荷の量は限定され、陸路をたどるコースを得ることが望ましかった。かれが前々年にはじめて須倍都太《すべつぶと》を集治監建設予定地とさだめた時、当別村への道を通じさせる必要を感じ、海賀直常に当別村へ通じる路線を踏査させている。つまり、それは初めからのかれの念願であったのだ。

当別村へは五里余で、そこまで道が通じれば石狩へも行くことができる。樺戸集治監としては、根拠地である石狩との連絡を密にするためにも当別への道路開通は絶対に必要な条件であった。

しかし、道が通じることは、脱獄者に恰好な逃走路をあたえることにもなる。道路開通の作業に従事した囚人たちは、地勢を熟知し、脱走の手がかりをつかむにちがいなかった。そうしたことを考慮した月形は、集治監から南西一里半ほどの位置にある篠津川のほとりまでを囚人の手で開通させ、篠津川から当別までは大倉組に請負わせることにした。

月形・当別間には多くの谷があり、巨木も生いしげっていて道を通じさせることは困難だったが、海賀看守長の踏査を参考に直線的に道をひらくことにさだめ、囚人たちに作業を開始させた。

かれらは、樹木を倒し、岩石を起して前進した。看守たちは、かれらの逃走を警戒して常時抜刀し、かれらを督励した。囚人たちは、夕方、疲れ切った表情でもどってきた。蝮《まむし》の多く棲息する地帯で、かまれた者も多かった。看守はその都度かまれた部分をサーベルで切り、他の囚人に血をすわせる。囚人はそのまま放置され、夕方になって他の囚人に背負われ病監に収容される。手おくれになる者もいて、かれらは、呻きながら死んでいった。

七月初旬、医師立花晋が樺戸集治監御用掛の辞令を手に赴任してきた。

かれは、月形から死亡者数の記録を渡され表情をくもらせた。第一陣の囚人が集治監建設地に送りこまれて以来七百二十二名の囚人が収容されたが、わずか一年二ヵ月に百一名の死亡者が出ていることを知ったのだ。

かれは、病監におもむき、その粗末な造りに呆れていた。それは仮小舎に近いもので、病者を収容する部屋も床に蓆が敷いてあるだけで、畳もない。手術道具や医薬品も乏しく、囚人が治療らしいものを受けていないことが知れた。

病監に保管されている記録をみると、冬期の死者が過半数で、理由を前任の医師にただした立花は、冬期に燃料をたくこともない監内で、病囚が蓆一枚と毛布一枚をあたえられただけだという悪条件のために容態が悪化し、つぎつぎに死亡していったことを知った。最も多い病気は呼吸器系統と凍傷に代表される血行障害で、それは囚人たちが寒気におかされたことをしめしていた。それにつづいて多いのは腸カタルであった。囚人にあたえられる食料は劣悪で、副食物は野菜にかぎられ、魚、肉の類は一切あたえられていない。それに、井戸を掘っても水が出ないので川の水が飲料にされているが、水質が悪く消化器に故障を生じさせる因になっている。栄養価のきわめて低い食物しかあたえられず、その上重労働を強いられているため囚人たちの肉体が衰弱し、それが病気を起させる原因になっていることはあきらかだった。

立花は、病監を本建築にし、食料の改良、良質の飲用水の確保を月形に申し出た。が、月形は、そのいずれも果すことは不可能だと答えた。あたえられた予算はかぎられ、それらの改善にあてる金はないという。ただし、立花の意見をいれて可能な範囲内で病監その他の改善に協力すると約した。

その頃、内務省からの連絡で、樺戸集治監から約五里の位置にある石狩国空知《そらち》郡市《いち》来知《きしり》村に集治監が開庁され、空知集治監と命名されたことがつたえられた。典獄は、新設に尽力した渡辺惟精であった。

空気に、秋の気配が感じられるようになった。

開墾地は五十町歩近くに拡大し、そのうち二十余町歩は畠地になり、農作物が順調に生育した。また当別への道も、幅一間で十三町ほどが通じた。

その間、開墾地で二人、つづいて二人、さらに四名の囚人が逃走、道路作業地でも二人の囚人が山林中に走りこんだ。が、衰弱したかれらは、一人をのぞいてたちまち捕えられ、それぞれ闇室に押しこめられて減食七日の罰をうけた後、五百匁から一貫匁の鉄丸を足首にくくりつけられた。その中の二人は、減食による衰弱で、房に帰された後、死亡した。

行方の知れなくなった囚人は、半月にわたる捜索の末、石狩川の上流方向にある山中の沢のほとりで餓死しているのが発見された。傍には、かじったらしい樹皮が散らばっていた。

遠い峰々に紅葉の色がみられるようになった頃、多数の丸木舟に乗って蝗駆除に出役していった囚人たちが石狩川をのぼってきた。

月形は、官署の前で船着場から集治監にむかって歩いてくる囚人たちを出迎えた。かれらの姿は、異様であった。朱色の獄衣はよごれ、髪も髭ものび、顔や手足は垢と土で黒ずんでいる。背をのばして歩いている者はなく、足をはこぶのも大儀らしく、しばしば足をとめては息をととのえ、ゆるい傾斜をのぼってくる。他の囚人に肩を支えてもらっている者も多かった。かれらの痩せこけた顔は土気色をし、眼を閉じている者もいた。

かれらは、看守の鋭い声にうながされて月形の前をすぎ、獄舎の方向に歩いていった。

月形は、無言で官署にもどった。

しばらくすると囚人たちを獄房に入れたらしく、指揮をとった看守長が典獄室に入ってきた。かれは、無事に出役を終えたことを報告した。

月形は、出役の経過についてたずねた。

予想通り虻田までの旅は、谷を渡り峰を越え生いしげった熊笹を押しわけて進む苦難にみちたもので、落伍者を他の囚人に背負わせて辛うじて目的地にたどりついた。

蝗の襲来は絶え間なく、囚人たちは箒をふりまわして追いはらい、日没後も蝗捕りにつとめた。最も困惑したのは食糧で、耕地を全滅させられた村々には、五百名の囚人にあたえる食糧などはなく、囚人たちは飢えに苦しんだ。やむなく看守長は、海岸から魚類や海草を取り寄せてあたえたりしたが、運搬途中に腐敗するものが多く、囚人たちは腹痛をおこし、倒れる者が続出した。

蝗駆除は三ヵ月におよび、降雨がつづいたためかその数も激減したので、開拓使庁の係官の許可を得て帰途についたという。

「人員の消耗は？」

月形は、たずねた。

「病死十六、病囚約二百。逃亡をくわだてた者が五名おりましたが、全員捕縛しました」

看守長は、答えた。

……紅葉が、峰々から樺戸集治監周辺にひろがりはじめていた。

六

明治十五年九月二十六日午前四時、樺戸集治監の構内に鋭い笛の音がおこった。空には、星が散っている。樺戸集治監と朱書された七個の提灯の前に、三十名の看守が整列した。

再び笛の音が肌寒い空気をふるわせ、看守たちは番号をとなえる。ついで、剣、捕縄、呼子笛、手帖、制帽の装具の点検がおこなわれ、副看守長が異常なしと看守長に報告した。

看守長は、看守たちを見まわすと、

「十名ずつ三隊にわかれ、それぞれ副看守長が指揮をとる。一隊は、石狩川上流方向、一隊は下流方向及び須倍都《すべつ》川上流一帯、一隊は当別《とうべつ》村方面にむかう。三名の脱走囚は、それぞれに凶徒である。抵抗した折には、斬殺せよ」

と、命じた。

炊室の煙突から煙がただよい出ていて、炊室夫たちが握飯と漬物をいれた弁当をはこび出し、看守たちに配った。看守たちは、それを黒い風呂敷につつみ腰にくくりつけた。

　空が青みをおび、夜が明けてきた。

　看守たちは、三つの集団にわかれ、列を組んで門の外に走り出て行った。

　脱走は、前日の夕刻に起った。

　服役時限規則にしたがって、午後四時二十分に作業を終えた囚人の一団が、看守の監視をうけながら獄舎にむかった。かれらは樹林の端を進み、池のふちに出た。西日を浴びた水面に、魚がしきりに水音をあげてはねていた。

　最後尾を歩いていた三人の囚人が、受持看守の視線が池に向けられているのを見つめながら後退すると、ひそかに走り出した。看守が、ふり返った。かれは、朱色の獄衣を着た三人の男が樹林の中に走りこむのに気づいた。

「逃走、逃走」

　看守は、叫んだ。

　列がみだれ、看守たちは抜刀して囚人たちを一個所に寄せ集め、取りかこんだ。その間に、副看守長ほか三名の看守が、サーベルを手に樹林へ走った。が、内部はすでに薄暗く、脱走囚の姿を見出すことはできなかった。

　池に視線を向けていた看守は、即日月俸を没収されて罷免され、附近にいた看守二名と指揮にあたっていた副看守長も、監視を怠ったかどで三月間月俸三分の一の減俸処分に付せられた。

捜索は、夜明けとともに開始されることになった。

それまでは、石狩川の上・下流の二方向への探索で十分であったが、西南方に位置する当別村に通じる五里余の仮道がすでに開鑿され、その方面へも一隊を派す必要が生じていた。それは、道の概念とは程遠いもので、密生した樹木で陽光がさえぎられ、敷きこんだ割板ははげしい湿気で腐朽し、しかも泥炭湿地帯であるので路面は軟弱だった。その上、途中には険しい峰や谷がつらなり大崩、小崩と称される地崩れの多い地もあって、人の往来は困難だった。駄馬による物資の輸送など望めぬ道であったが、月形村から外部に通じる唯一の陸路であることに変りはなく、脱走者の逃走路の一つとして警戒されていた。

看守たちは、門を出ると三方向に散っていった。空が明るみ、正門の両脇に立てられた高張提灯の灯も消された。

当別村方面に向った一隊は、紅葉のひろがる樹林に入ると仮道に足をふみ入れた。かれらは、足ばやに道をたどった。

その年、看守の中で減俸をうけた者は延べ百名近くに達し、十一名が職務放棄、勤務外の泥酔、履歴書の不正記載等で懲戒免職をうけている。旧藩士の子弟の看守志願者は多く、欠員が生じればすぐに補充され、看守たちは常に免職処分におびえていなければならなかった。脱走囚の逃走を許せば、当然、免職の罰をうけ、たちまち生活の不安にさらされる。かれらの顔には、緊張の色が濃く浮び出ていた。

副看守長以下看守たちは、周囲に視線を走らせながらぬかるんだ道を急いだ。足をすべらせて倒れる者も多く、黒色の制服は泥にまみれた。腰から背にかけて、一様に泥のはねがあがっていた。山蛭が落ち、首筋や手の甲にはりつく。大きな蚊が群をなして追ってきて、顔や首筋にはりついた。

三時間後、かれらは篠津川の岸にたどりついた。集治監から一里二十五町の位置であった。

丸木橋をふんで川を渡ったかれらは、湿った路面に草鞋の跡を見出したが、それが脱走囚のものか否かは不明であった。

かれらは、険阻な山路をたどり、途中、沢のほとりで昼食をとって小憩後、再び道を急いだ。

当別村まで一里ほどの位置に達した時、先頭をすすむ副看守長が不意に足をとめた。道の前方に人の姿がみえ、かれらもこちらをうかがっているようだった。

副看守長が、誰何《すいか》した。

「当別村の者です」

男の声が、きこえた。鉢巻をしめ日本刀や鎌を手にした五人の男が、姿をあらわした。

かれらは、村から樺戸集治監に使者として派せられた者だ、と告げた。その日、獄衣を着た三人の男が村内の川島鉄五郎宅に押し入り、食物、鎌、庖丁をうばって大麻畠の中に姿を没したという。

村では男たちが集められて警戒にあたっているが、その後、樹林の繁みの中に獄衣の色が隠顕するのを眼にした情報もあって、戸長の命令で樺戸集治監に救援をもとめるため仮道を急いできた、と言った。

副看守長はかれらを案内に立て、半ば走りながら村内に入った。

当別村の家屋は、草囲いの家の多い開拓村には珍しくほとんどが板張りで、道の両側に密接してならんでいる。脱走囚人をおそれて、家々の戸はすべて閉ざされ、老人、女、子供の姿はない。所々に、日本刀、鍬、鎌を手にした男たちが屯し、中には槍を持つ者もいた。当別村は、仙台藩岩出山支藩の藩主伊達邦直が家老吾妻謙らとともに旧家臣とその家族をともなって入植した地であり、家伝の刀槍を保存している者が多かった。

看守たちは、戸長の吾妻謙宅に入った。吾妻の説明によると、その後、村人たちから囚人を眼にしたという情報はなく、村民の恐怖も幾分うすらいでいるという。

当別村から石狩まで三里二十六町、恵別《えべつ》まで三里二十町の道がそれぞれ通じていて、それらはいずれも通行の困難な悪路だが逃走路としては十分に使用できる。すでに囚人たちは、そのいずれかの道をたどって去ったかとも思われたが、押し入った川島宅では少量の食物しか入手していないので、さらに村内のいずれかの家をおそい逃亡に必要な食糧と獄衣の代りに身につける衣服をうばうのではないか、とも推定された。

日が、没した。男たちは、数人ずつ寄りかたまって提灯を手に村内を巡回し警戒にあたっていたが、午後八時すぎ、斎藤勇宅に獄衣を着た男たちが忍び入るのを目撃したという急報があった。副看守長をはじめ看守たちは抜剣し、戸長宅を走り出ると斎藤方に急ぎ、村人たちと包囲した。

看守たちは不意に家に踏みこみ、粟飯を頬張っていた三人の囚人に刀を擬した。その動きに囚人たちは粟飯を投げ出して平伏し、看守たちの手で縛りあげられた。

その夜、かれらは戸長の土間にころがされたまま過し、翌朝、看守たちに引き立てられて月形村への道をたどった。途中、蚊の大群におそわれ、月形村にたどりついた頃には顔や手足が大きく脹れあがっていた。

かれらは、脱走の罰として闇室にとじこめられ、減食七日の罰をうけ、体重によって二人が七百匁、一人が一貫匁の鉄丸を足首にくりつけられた。囚人を逮捕した看守たちに対しては、功労賞として副看守長に八円、看守十名にそれぞれ三円が下賜された。

その後も脱走事故はつづき、看守たちはかれらを追い、わずかでも抵抗の姿勢をしめした囚人は容赦なく斬り殺した。

逃走方向はさまざまで、石狩川を泳いで渡ろうとする者、下流方向に向う者、険阻な峰を越え、石狩湾に面した西方の厚田村に向う者などもいた。

当別村にも九月二十二日に加藤庄三郎という囚人が、古谷与五平宅に押し入り家人をおどして食物をうばい、さらに出刃庖丁を手に梁川文蔵宅をおそって物品を強奪したが、探索の看守たちによって斬り殺され、遺体は集治監にはこばれた。

無抵抗で捕縛された者たちにも、それまでより苛酷な懲罰がくわえられた。耳に穴をあけ、そこに鎖を通して足に縛りつける。そして、闇室に投じ、さらに搾衣罰もくわえた。それは、皮と麻で作られた衣服を着せバンドで締めて水を浴びせかける懲罰法で、衣服が乾燥するにつれてちぢみ、囚人に激烈な苦痛をあたえて失神させるのだ。

十月十二日、初霜がおりた。落葉はやみ、石狩川の川面には枯葉が流れた。

冬の訪れによって脱走は激減したが、十月下旬、囚人の一人が獄内に農作業の鎌の刃を巧妙に持込んでいるのが発見された。それを使用すれば、看守を殺傷することは可能であり、集団脱走にもむすびついたかも知れなかった。囚人の中には弁論に長じた国事犯もまじっていて、かれらの煽動で囚人が騒擾をひきおこし脱走に成功すれば、典獄以下看守、書記、村民らに危害をあたえるおそれもあった。

月形典獄は、刃物を獄内に持ちこんだ囚人を斬首させた。と同時に、そのような凶器の房内持こみを予防するため建築作業の経験をもつ囚人たちを駆使して、緊急に身体捜検室を建設させた。それは、神奈川県横浜監獄で設置され好評を得たもので、各地の監獄署でも採用されはじめていた検査施設であった。

外役を終えてもどってきた囚人たちを獄舎の外に各房別に整列させ、一人ずつ捜検室に入れる。獄衣と朱色の褌をはずさせて全裸にし、二本の立っている柱を両手でつかませ、足を大きくひらいて横木にのせさせる。看守の指示にしたがって、囚人は足裏を見せ、口を思いきり大きくひらく。それを看守たちが前後から入念に検査し、棒を肛門にさしこんでひらき、異物が挿入されているか否かをたしかめる。その間に、脱いだ衣服、履物等を他の看守が点検し、検査を終った囚人に渡して獄房へ送りこむ。

それは煩雑な手続きであったが、事故の防止にはいちじるしい効果があると判断され、検査の能率化をはかるため捜検室を増築した。

十一月五日、初雪が舞った。

その日、朱色の新しい股引と綿入れの獄衣が囚人たちに支給された。夏季の衣服ですごさねばならなかった前年の冬に比較すればはるかに恵まれた扱いだったが、依然として足袋は獄則として貸与が許されなかった。

降雪がつづくようになり、脱走者は絶えた。積雪が増し、石狩川は厚い氷でとざされ、唯一の陸路である当別村への仮道も雪と氷で杜絶した。

そうした中で、囚人の森林伐採作業は連日推しすすめられていた。十二月中旬に入ると積雪は四尺を越え、囚人たちは素足に草鞋ばきで腰まで雪に没しながら樹木に鉞《まさかり》の刃をたたきつけ、木材に綱をむすびつけて雪面を曳いてはこぶ。かれらの唯一の慰めは、休憩時刻に伐採場所にもうけられた仮小舎で大きな鉄鍋に沸かされた湯に手足をひたすことだけであった。しかし、かれらの足は激しい寒気におかされて赤く脹れあがり、皮膚がやぶれて化膿した。足先から腐蝕がはじまり、筋肉の壊死が足の付け根の方向に進み死亡する者が続出した。

前年の冬に比して在監者の数は増し、一房あたりの収禁数は五名になっていた。かれらは、寒気をしのぐため体を密接し合ってすごしていた。

寝具は、前年と異って冬期用のものが貸しあたえられていた。敷布団用としては藁をつめた褥が支給され、毛布も二枚に増していた。が、それでも寒気をふせぐには不十分で、かれらは自らの体温と呼気の温度をのがさぬように毛布を頭からかぶって身をちぢめる。それでも冷気がしのびこみ、長い間眠りにつくことができなかった。獄舎内の湿度は高く、朝になると床や板壁に薄く氷が張った。時には天井からつららが垂れ、日が昇ってもとけぬことがしばしばだった。

寒気をふせぐため囚人たちは互いに寝具を密着させて夜を過していたが、それが囚人同士の性行為をうながした。

或る夜、巡視の看守が、獄舎の廊下の淡い灯にうかび上っている毛布の異状なふくらみに気づき、それがゆれ動いているのに不審感をいだいた。かれは、当直の副看守長に報告、不意に房の扉をひらいて踏みこむと毛布をひきはがした。そこには、下腹部を露出した老囚と若い囚人の体があった。若い囚人は、寒気をしのぐため老いた囚人と同じ褥の上に抱き合って身を横たえていたが、老いた囚人の誘いに抗しきれず性行為に及んだことがあきらかになった。

かれらは、棒鎖の罰をうけた後、闇室で三分の一減食の処分をうけ、それぞれ別棟の獄舎に移され、作業する場所も分けられた。

冬期は、囚人たちに苦痛をあたえたが、看守たちには囚人の逃亡が絶える好ましい時期でもあった。

看守たちは、七戸ずつ棟つづきになった七戸《しちこ》官舎と称される小舎同然の家に住んでいた。大半が多くの子持ちで生活は苦しかったが、内務省属の官員としての身分に満足し、ひたすら昇進を夢みて勤務にはげんでいた。

その年の逃亡囚は三十四名、病死、斬殺をふくめて死者は百八名で、年末の在監者は五百七十七名であった。

七

年が明け、元日の朝、囚人たちに二個ずつの餅が雑煮としてあたえられた。

月形村には、函館とともに北海道内に二個所しかない一等郵便局がもうけられ、逓送脚夫が雪をおかして札幌との間を往復していたが、一月上旬、札幌からの書簡を集治監にもたらした。それは内務省からの通達で、二月に東京集治監から囚人六百名を樺戸、空知両集治監に三百名ずつ押送するという内容であった。

月形典獄をはじめ看守長たちは、その通達を意外に思った。降雪と同時に、月形村と外部との交通は完全に断たれ、わずかに逓送脚夫のみが連絡にあたっているにすぎない。かれらは若い健脚の者たちばかりで、十分な防寒具を身につけ、犬を連れて行動する。雪の中での野宿をかさね郵便物を逓送しなければならぬかれらには、常に死の危険がつきまとい、凍傷にかかって手足の切断手術をうけた者もいたし、凍死した者もいた。

そのような氷雪の中を、六百名の囚人が樺戸、空知両集治監に到達することは至難であった。かれらには防寒具もなく足袋すら支給されず、凍傷におかされるにちがいなかった。

月形は、雪中の囚人押送は北海道の冬季のきびしさを知らぬ本省の無謀な行為だと思った。

「果してたどりつけましょうか」

看守長の一人が、月形に視線を据えた。

「万一、無事に到着できたといたしましたら、在監の囚徒たちに冬季の逃走も不可能ではないという考えを植えつけるかもしれません」

他の看守長が、気づかわしげに言った。

月形は、口をつぐんでいた。結果はどのようになるか判断もつかないが、すでに本省で決定したことであり、典獄としてそれに忠実にしたがう以外にないと思った。

かれは、看守長たちに三百名の囚人の受け入れ態勢をととのえることを命じ、翌日から準備をはじめさせた。貯蔵庫から寝具、獄衣、食器、便器等がはこび出され、空房に配分された。そうした動きに、在監の囚人たちは、多数の囚人が到着することを察したが、その時期は当然融雪期以後だと推察しているようだった。

二月下旬、かれらはやってきた。

氷結した石狩川沿いにのぼってきたかれらは、足もほとんど動かぬらしく小刻みに雪の中を集治監の大門に近づいてゆく。朱色の獄衣も編笠も、雪におおわれていた。

白い列は門を入り、獄舎にみちびかれた。かれらは言葉を発することもなく、房の中でうつろな眼を弱々しくしばたたいているだけであった。

看守長の命令で、雑役の囚人が味噌汁と麦飯を入れた桶をはこび、椀に入れて配った。味噌汁を口にした囚人の一人が、

「極楽」

と、息をつくようにつぶやいた。

その一語は、在監の囚人たちの間にひろがった。獄舎を極楽と表現した囚人の言葉に、在監者たちは雪中の旅の苦難を想像し、あらためて冬季の逃走が不可能であることを知ったようであった。

押送されてきた囚人の大半は重症の凍傷にかかっていて、病監に収容しきれず、獄舎の中でも治療をうけた。壊死した個所から悪臭が放たれ、かれらは呻吟した。獄医は手術をくり返し、足をつけ根から絶ち、軽症の者は指、耳を切り落した。

融雪期が訪れ、石狩川の川面をとざしていた氷もとけた。

囚人たちは、地面のあらわれた農場におもむき鍬をふるった。耕地はすでに二十町

歩に達し、伐木した地域は三十余町歩にもなっていた。

気温が上昇するにつれて、逃走事故が続発するようになった。逃走囚は、さまざまな方向に走り、看守たちはサーベルをふりかざして追った。

当別村へは六月二十三日に鶴井富蔵という囚人が逃げ、七番地裏にかくれたが、看守の一隊がそれを追い、鶴井が抵抗の姿勢をしめしたので斬殺した。

翌月十二日には武田寅吉が脱走、当別村対雁《ついしかり》通りにある伊藤広吉宅に押し入って家人をおどし、物品をぬすんで逃げた。看守たちは村内を探索し、その夜、安倍広平方附近にひそんでいた武田を発見し、はげしい殴打をくわえて捕縛した。

九月に入ると、大橋久造が当別村下川通りの遠藤丹治宅にしのび入り、食糧その他をぬすみ、篠津川に沿って下流方向に逃げた。そして、石狩川との合流点にある当別《とうべつ》太《ぶと》で鮭をぬすみ、丸木舟をうばって石狩川を渡り姿をかくした。看守たちは当別太まで追ったが、大橋を捕えることはできなかった。さらにその月、吉村為吉が逃走し、当別村に入り、熊谷善右衛門宅にしのびこみ物品をぬすんだ。かれは村から去り、消息を断った。

それまで逃走を試みた囚人は、複雑に曲折する石狩川と須倍都川に方向感覚を失い、さらに池、沼、沢の点在する密林に行手をはばまれて、例外なく捕えられたり、斬殺されたりしたが、二名の囚人が逃走に成功したのである。

その原因は当別村に仮道が通じたことによるもので、道をたどって行けば迷うことなく月形村をはなれ当別村へたどりつくことができる。当別村には家族が耕地に出て無人になる家が多く、食糧をうばい、獄衣を一般の衣服にとりかえることもできる。いわば、当別村は逃走の中継地として恰好の地であった。それに、村では大麻の栽培がさかんで、丈の高い大麻のひろがる畠地に入りこめば容易に姿をかくすことができる。畠から畠に走れば、追跡者をふりきることも可能だった。

当別村の者たちは、逃走囚の影におびえていた。囚人は、殺人その他の重罪をおかした者たちばかりで、村に逃げ込んでくると物品をぬすみ村人をおびやかす。その度に、集治監から看守たちが追ってくるが、かれらの到着以前に殺傷事故や婦女暴行の起るおそれもあった。

当別村戸長吾妻謙は月形村を訪れ、月形典獄に村人の動揺をつたえ、善処して欲しいと強く訴えた。

月形も、当別村への仮道を利用する囚人の逃走に苦慮していたので、内務省の諒解を得て当別村に看守六名を常駐させる方法をとった。看守は当別村の村民とし、人選を吾妻戸長に委任した。その結果、武道の心得のある千葉隆之助、遠藤恭蔵、村上兵三郎、井上寅蔵、柳原寅吉、荒木弥六の六名がえらばれ、月形典獄はかれらに正式の辞令をあたえ、制服、制帽、剣等を貸与した。また、吾妻戸長を中心に村の男たちによる自衛組織も作られた。

月形村でも、集治監の指示で消火活動以外に脱走囚に対する自衛のための消防組が編成されていた。組員は壮健な男子で、集治監の指令によって行動することにさだめられていた。

月形村は、人口六百六十名の集落になっていた。集治監では、囚人の整地した監有地を定住希望の村民に千坪につき上等地一円五十銭、中等地一円、下等地五十銭で貸しあたえ、民家百二十七戸が建てられていた。村の最大の難問であった物資や人の輸送も、その年、樺戸集治監の建設を請負った大倉組の大倉汽船が石狩川に「樺戸丸」(二十七トン)を就航させ、月形村、恵別間の運航にあたっていた。舟着き場も囚人の手で整備され、監獄波止場と称されていた。また、村の治安維持のため札幌警察署月形分署が設置され、署員が常駐していた。児童の教育にあたる教育所も旧官舎内にもうけられ、集治監の監員が余暇を利用して授業をおこなうなど、月形村は集落としての形態をととのえていた。

その年も続々と囚人が押送されてきたが、積雪期前の最後の押送陣の中に、熊坂長庵という神奈川県生れの絵師がまじっていた。

かれは、明治十年二月、内国通用の弐円紙幣の偽造を思い立ち、紙その他の入手につとめ絵筆で紙幣を偽造した。そして、翌十一年一月にそれを使用したが、精妙な出来ばえであったので発覚しなかった。長庵は、それに味をしめ紙幣を偽造して使用し、その金を遊蕩についやし、芸者を連れて旅に出たりした。

やがて、東京警視本署は市中に偽造紙幣が出まわっていることに気づくようになり、捜索の結果、大阪の豪商である藤田組代表者藤田伝三郎を容疑者として検挙、身柄を東京警視本署に護送した。係官は藤田をきびしく追及し、家宅捜索も徹底的におこなったが、藤田は犯行を否認し、証拠となるべきものも発見されなかったので放免した。

紙幣の精巧さは専門の係官を驚嘆させるほどで、一般の者たちは偽造であることに気づかず使用するので届出も少く、捜査は難航した。

警視本署では、捜査の焦点を遊里にむけ、派手な遊びをする者の身辺を調査した。その結果、無名の絵師でありながら多額の金を遊興についやしている長庵への疑惑が深まり、神田の待合で芸者と同衾中のかれを逮捕した。家宅捜索の末、天井裏その他から偽造紙幣、画具、洋紙等多数の証拠物件が押収され、長庵も犯行を自供した。

長庵が偽造した紙幣は、全国で八百十五枚が発見されたが、かれの裁判が進行中も第一国立銀行から八十一枚、京橋区役所から三枚、その他栃木県下をはじめ数十個所から長庵の手になる偽造紙幣の届出がつづき、偽造技術の巧みさと制作枚数の多さが世の大きな話題になった。

かれの判決は明治十五年十二月八日、神奈川重罪裁判所でおこなわれ、西潟訥裁判長から無期徒刑の申し渡しがあった。

その法廷で、長庵の弁護人は、

「刑法の適用について不服はありませんが、被告の偽造した紙幣は本紙幣と見まがうばかりの見事な仕上りであり、その非凡な手際に免じて、なにとぞ罪一等を減ぜられんことを希望するものであります」

と、述べた。

裁判長は、被告が画才にめぐまれていることは十分にみとめられ、その才を惜しむが、刑量を軽減することはできないと、その願いを却下した。

長庵は、無期徒刑に不服で上告したが、明治十六年十月棄却となり、ただちに樺戸集治監に押送されてきたのである。

十月二十四日、例年より早く初雪をみ、集治監の周辺は氷と雪にとざされた。その年、囚人たちの手で開墾された耕地は八十四町二反八畝、作物は稲、小麦、大豆、小豆、粟、野菜類で、夏の蝗害と早い降雪で収穫は芳しくなかった。

年末までの逃走者は三十二名で、二名をのぞいて全員を捕え、抵抗した者二名を斬殺した。在監者は千八十三名に達していた。空知集治監でも囚人の脱走事故が頻発し、在監者五百四十八名中五十名が逃走、七名が抵抗したので斬殺されていた。

内地の東京、宮城、三池の三集治監、各府県監獄署の囚情は依然として険悪で、脱獄事件が多発し、その年も脱走者は千七百九十七名に達していた。

顕著な例としては、三月に岡山監獄署で無期徒刑囚の放火による集団脱走事件がおこり、二百名が逃走、多くの者が斬殺された。また六月には三池集治監で六名が採炭労役からの帰途、鎖を切断して看守に重傷を負わせて逃走、三名が捕縛され二名は重傷、一名は姿を消した。ついで、同集治監で十七名が、房内にひそかに持込んだ鋸で厠《かわや》の格子をひき切って脱監。二名がとらえられ二名が斬殺されたが、他の者は逃走した。さらに、同じ月に、徳島監獄署でも傘製造作業所の失火に乗じて数十名の者が脱獄、九月には同署で女囚四名が褌をむすび合わせて梁にかけ、屋根裏にのぼって破獄するなど、逃走事故が各地でみられた。

このような情況に対して、内務省は、首都での囚人脱走事故による治安の乱れをふせぐため、陸軍省の協力を得て東京集治監の柵門外に憲兵分屯所を設置し、憲兵を常駐させた。

内地の集治監、監獄署に収容されている囚人の脱走原因は、主として北海道の樺戸、空知両集治監に押送される恐怖によるものであった。酷寒の地である北海道で苛酷な強制労働を課せられれば生命の維持がおぼつかないことを知っている囚人たちが、北海道へ押送される以前に破獄をこころみるのである。そうした事情にあるだけに樺戸、空知両集治監に送られてきた重罪人たちは一様に自暴自棄的で、絶えず逃走の機会をねらっているかれらの取締りは至難であった。

北海道の集治監では、内地と異って労役が広大な地での山林伐採と開墾で、囚人は外役場《がいえきば》に広く散っている。看守は監視につとめ、逃走する囚人を抜刀して追うが、逃げられる場合も多かった。

月形潔は、空知集治監典獄渡辺惟精と囚人取締り方法について協議し、囚人の逃走を予防する方法として看守に銃を携行させるべきだという結論を得た。銃が支給されれば、囚人たちの逃走意欲は失せ、威嚇射撃によって逃走囚を立ちすくませ捕えることも可能であるはずだった。月形と渡辺は、連署して願書を内務省に提出した。

内務省では前例のないことなので慎重に検討し、北海道の外役事情を考慮してその請願を受けいれ、内務卿から太政官に申請した。

これに対し、太政官から四月十七日付で、

「伺之趣北海道両集治監に限り聞届候事」

という回答を得た。銃は、陸軍省より借用の軍銃があてられることになった。

五月中旬、氷のとけた石狩川を三十挺の軍銃と弾薬筐《ばこ》を積んだ「樺戸丸」が、憲兵護衛のもとに遡行してきた。それらは監獄波止場に陸揚げされ、新設された武器庫におさめられた。

月形典獄は、囚人の逃走防止を徹底させるために馬匹を購入して、乗馬に巧みな看守を選抜して騎馬隊を編成、原野での囚人作業の監視にあたらせることになった。月形は、視力のすぐれた三十人の看守に銃を配布し、獄舎の近くで銃撃訓練をおこなわせた。それは、在監者への示威を目的としたものでもあり、時には騎馬隊の看守たちに外役場附近を走らせ、馬上から発砲させることもこころみさせた。

銃を携行した看守が配されて以後、逃走者数は減少したが、六月二十五日に集治監創設以来初めての集団脱獄事件が発生した。主謀者は士族出身の無期徒刑囚脇田高茂で、一ヵ月前から同囚の鹿島豊吉ら六名の者と破獄計画を練り、実行に移したのである。

脇田は、逃走路として追手が必ず放たれる当別村への道を避け、険阻な山越えをして西方約五里の厚田村におもむく道をえらぶべきだと主張した。その地で人家に押し入って獄衣を着かえ、食糧その他逃亡に必要な物品をととのえる。その後、漁船をうばい、官憲の予測とは逆に陸岸沿いに北上して宗谷海峡を越え樺太へ上陸する。樺太には、日本の官憲の目もおよばず、その地ですごした後、便を得て内地へもどるというのだ。

鹿島たちは、脇田の綿密な計画に成功の可能性がきわめて高いと判断し、同じ行動をとることを誓った。

さらに、脇田は逃亡時に、非情な扱いをする受持看守を殺害することもくわだて、決行日を六月二十五日にさだめた。

その日、かれらは早朝から樹木の伐採作業に出役したが、受持看守が他の温和な看守と交代していることに気づいた。が、計画の変更は不吉であるとして、予定通り脱走を決行することにした。

脇田は、銃を携行する巡回看守が樹林の中を遠ざかるのを見さだめ、鹿島に合図を送った。

鹿島は、大きな樹木の根につまずき、悲鳴をあげて倒れた。看守が近寄り、

「どうした」

と、声をかけ、鹿島の傍に身をかがめた。その瞬間、脇田らは看守におそいかかり、猿轡《さるぐつわ》をかませ縛り上げてサーベルをうばい、樹林の奥に走った。

他の看守たちが脇田らの脱走に気づき、ただちに囚人の作業を中止させ、庁舎に集団脱走を通報した。集治監では早鐘を打ち、月形村の消防組が自警態勢についた。家々の戸は閉ざされ、女、子供の外出は禁じられた。

月形典獄は、脱走囚の逮捕を看守長たちに厳命した。逃走予防策として内務省に銃器携行願いを出したかれは、七人の脱走囚を捕えることができなければ重大責任を負わされることになる。願書には、附近の「民家に凶害を蒙ら」すことをふせぐために も銃器が必要だと書き記したが、看守を縛り逃走した囚人たちが一般人に危害をあたえるおそれは十分にあった。

外役場の囚人たちを獄舎にもどすと、数十名の看守による捜索隊が編成された。むろん、銃を所持する看守全員も動員された。逃走方面としては、仮道の通じている当別方面が最も可能性があり、主力がその方向に放たれた。

かれらは、休息もとらず仮道を急ぎ、午後三時頃には早くも当別村に入った。

村内は騒然とし、村に常駐している千葉隆之助以下六名の看守も集治監看守長の指揮下に入り、村の男たちも日本刀、槍などを手に警戒にあたった。殊に、大麻の栽培されている耕地一帯には銃を携行した看守たちが巡回し、日没後には所々に火がたかれ、提灯を手にした者たちが要所要所に配置された。しかし、朱色の獄衣を身につけた者の姿を見出すことはできず、捜索隊に焦慮の色が濃くなった。

囚人たちが厚田村方面に逃げたのではないか、と憶測する者もいた。樺戸集治監から西方の峰々を越え、谷を渡って海岸線へ出たのではないかと言う。樵道もなく人間の通れぬ地域であるが、囚人たちが意表をついて厚田方面に向ったとも想像された。

かれらの推測通り、脇田ら七名の囚人は、密生した樹林の中を荊で傷つきながらすすみ、岩肌を這いあがり、渓流を泳ぎ渡って西へと向った。日が没し、かれらは、蚊の群に悩まされながら闇の中を手探りですすんだ。

やがて、かれらは、前方に淡い灯が散っているのを眼にした。潮の香もただよい流れてきて、厚田村にたどりついたことを知った。

かれらは、海岸に出ると岩陰に身をひそめた。脇田は、計画通り樺太で逃亡生活を送る資金を入手するため村内の物持ちの家に押し入る、と他の者に言った。厚田村は、北海道西海岸の鰊漁場として栄え、鰊粕、胴鰊、笹目、白子などが弁才船等で内地市場へ送られ、村には商家もあり、多額の蓄財をしている者も多かった。

　脇田らは、海岸沿いの道を夜廻りの男が近づいてくるのに気づいた。かれらは、男が傍を通りすぎるのを待って、後方からおそいかかり、路上に組み伏せると、

「村内で一番の物持ちはだれだ」

と、問うた。

　夜廻りの男は、綿屋の佐藤と高利貸の豊沢を思いうかべたが、人情家である佐藤のことは口にせず、豊沢の名を告げた。脇田は、夜廻りの男をしばり上げ、サーベルでおどして豊沢宅に案内させた。

　豊沢方にしのびこんだかれらは、豊沢と妻のいる部屋に押し入った。

　脇田が、サーベルの刃先を豊沢につきつけ、

「樺戸を破獄してきた。金を出せ」

と、おどした。

　厚田村には漁夫以外に内地から出稼ぎにくる雇夫が多く、賭博の金に窮した者たちが半ば強要するように質草を手に豊沢の家へやってくる。そのような者と接してきた豊沢は、脇田の脅迫にもおびえず、台所に走りこむと出刃庖丁をつかんで出てきた。

　脇田は、立腹してサーベルで豊沢の手首を斬り落し、他の者が呻き声をあげている豊沢を押えつけ、夜廻りの男とともに大黒柱にしばりつけた。

部屋の隅で身じろぎもせず坐っている豊沢の妻女を、脇田らは腕をつかんでひき起し、蔵に案内させた。かれらは、蔵の中の金銭をうばい、渡航に必要な道具をととのえ、獄衣をぬいで質草の衣類を身につけた。

かれらは、豊沢の妻を押し倒すと衣服をはいだ。脇田が、まずその体にのしかかり、ついで鹿島が、さらに他の五人の囚人たちが次々に妻女をおかした。

脇田は、夜の闇にまぎれて舟をうばい沖へのがれる計画を立てていたが、輪姦しているうちに夜の明ける気配がきざしはじめていた。

かれは、横たわっている妻女を麻縄で絞め殺し、家に火を放った。そして、家を走り出て浜へ急いだが、火災発生を告げる早鐘に走ってくる村人たちの姿に気づき、裏の碁石山に逃げこんだ。山中に身をひそめ、夜を待とうとしたのである。

村人たちは、豊沢方へ駈けつけて消火につとめ、その間に豊沢と夜廻りの男を救出し、裸身で絞殺されている妻女を発見した。豊沢の出血はひどくすでに意識を失っていて、間もなく絶命した。

夜廻りの男の口から、七名の囚人の犯行によるものであることが判明し、村は混乱におちいった。戸長宮崎義完を中心に、男たちが村の警護にあたる一方、看守が常駐している当別村に人が急派された。

午後になると、看守長が看守二十数名をともなって到着、附近の捜索に入った。

有力な情報が、もたらされた。それは、壁の下地に編む女竹を採取する人夫からのもので、かれは事件の発生も知らず山中に入って仕事を終え帰村する途中、碁石山の谷間に数名の者が身をひそめているのを眼にしたという。

看守長は、看守と屈強な村の男十数名とともに碁石山に入り、狭い谷を包囲した。

看守長が高みから、

「神妙にお縄を頂戴しろ」

と、叫んだ。

囚人たちは驚いて立ち上り、村の方向に駈けくだった。その方面にいた村人たちは逃げたが、追手にくわわっていた亼の商号をもつ猟の巧みな鍛冶屋が発砲、弾丸が脇田高茂の胸に命中した。

それにひるんだ囚人を看守たちが追いつめ、六尺棒の先に鎌をくくりつけて抵抗する鹿島豊吉と吉野正吉を射殺した。他の四人の囚人は、看守と村人たちにとりかこまれて殴打をうけ、しばりあげられた。かれらは、翌日、当別村をへて樺戸集治監に引き立てられていった。

厚田村で捕縛された四人の囚人の取調べによって、主謀者脇田高茂が非情な扱いをする受持看守を殺害する計画を立てていたこともあきらかになり、看守たちは、あらためて囚人たちの自分たちに対する憎悪のはげしさを知った。報告をうけた月形典獄は看守全員を集合させ、囚人たちから危害をあたえられることのないよう常時警戒することを命じた。

集団脱走事件は、集治監の監員に衝撃をあたえていたが、事件直後石狩川に川蒸気船による定期運航がはじめられたことで、かれらの表情も明るんだ。明治十四年九月、樺戸集治監の開庁式に臨席した内務省監獄局長石井邦猷は、石狩川を二日間丸木舟に乗って月形村にたどりついたが、囚人護送、職員の往来、物資の輸送になやむ集治監の実情を知り、蒸気船二隻の配置を内務卿に願い出ていた。その申請は受理され、船の建造を石川島造船所に依頼、その年に完成したのである。

月形典獄は、幸島謙太郎看守長ら三名を石川島に派遣し、新造船二隻を引取らせて月形に回航させた。それは吃水の浅い川船で、神威丸、安心丸と命名され、月形、石狩間を往復するようになった。

八

晴天の日に樺戸集治監の近くの山にのぼって東方を望むと、鬱蒼とした森林のひろがる彼方に炊煙が数条立ちのぼっているのがみえた。それは、樺戸集治監についで北海道に設置されていた空知集治監であった。

空知集治監では、明治十五年七月開設以来樺戸集治監と同じように囚人に耕地をひらかせて自給自足をはかるとともに、採炭の労役をも課すようになっていた。

空知集治監の設置は、囚人による採炭事業を主目的としたものであった。北海道開拓の重要な事業の一つは鉱山の開発で、殊に石炭の採取は大きな関心を集めていた。政府が最も注目していたのは、幌内炭山であった。その炭層を最初に発見したのは石狩の米村吉太郎で、明治元年、小樽本願寺出張所の建築用木材を伐採の目的で幌内附近の山中に入った折、露出した黒色の石を眼にした。かれは、それがどのような鉱物かわからず、翌年、再び山中に入って石塊を持ち帰り、紺野松五郎という猟師に見せた。紺野は、わずかながらも鉱物に知識をもっていたのでそれが石炭であることを知り、明治四年、自ら幌内の山中に入って石炭数個を採取し、開拓使庁に提出した。

翌年五月、札幌の早川長十郎が対雁《ついしかり》の立花亥之丞兄弟らとともに幌内におもむき、同じように石炭を拾って開拓使出仕榎本武揚に提出し、分析の結果、日本で最も良質といわれる肥前の高島炭鉱産のものに劣らぬ鉱質であることがあきらかになった。その後、お雇い外人ライマンの度重なる実地調査によって有望な炭山であることが確認され、開拓使出仕大鳥圭介、開拓使長官黒田清隆、大判官松本十郎らの巡視につづき、伊藤博文、山県有朋も視察した。松本は、現地の印象について、

「……北海道開拓ノ資本一《いっ》ニ爰《ここ》ニアルベシ。……盛哉《さかんなるかな》 盛哉実ニ皇国第一ノ宝ト謂《い》フベシ」

と、書き記した。また、ライマンは、埋蔵量一億トン、その区域は約二百十万坪におよぶと報告した。

これによって、開拓大書記官山内堤雪が開鉱責任者となり、政府から百三万円の予算を得て、明治十二年十二月に坑道の開鑿を開始し、翌年一月から採炭に着手した。

石炭輸送方法については、北海道の将来を考慮にいれ思いきった処置がとられた。幌内炭山から恵別《えべつ》、札幌をへて小樽に至る鉄道を敷設し、石炭を小樽港から出荷しようというのである。鉄道工事は、明治十三年一月、手宮《てみや》（小樽）側から起工され、まず手宮、札幌間三十六キロメートル余が開通、十五年十一月には手宮、幌内炭山間が

全通した。これは日本最長の鉄道で、機関車第一号「義経」、第二号「弁慶」が使用された。

幌内炭山は開拓使によって経営され、工部省をへて北海道事業監理局にうけつがれた。幌内炭山の採炭に大きな期待を寄せた政府は、費用が低廉でしかも多量の石炭を採掘できる囚人の労役を利用すべきだと考え、幌内炭山のある市来知《いちきしり》村に空知集治監を設置したのである。

政府は、さらに経営を事業監理局から空知集治監に移し、採炭事業の推進をはかった。そのため集治監では、幌内炭山に外役所仮獄舎を官からの借入金で建設し、明治十六年七月から囚人を石炭採掘に従事させた。

坑内はきわめて狭く、腰をかがめて歩かねばならぬ場所が多かった。さらに横坑に入ると坑道はさらにせばまり、囚人たちは這ってすすみ、身を横たえて石炭をかきくだく。灯火は魚油をたたえた油皿から突き出た灯心の灯で、その光をたよりに黒い粉塵の立ちこめる中で囚人たちはツルハシをふるい、採掘された石炭をのせた箱を坑口へと曳き出した。

囚人たちの朱色の獄衣は黒色に変じ、汗にぬれた顔から足先まで炭塵におおわれた。就業時間は昼夜二交代の十二時間労働で、看守たちの鋭い怒声を浴びながらかかれらは採掘と運搬に従事していた。開墾作業と異って、雪の訪れも坑内作業には少しも支障にならず、かれらは、坑道内でツルハシをふるいつづけた。

それまで炭山で作業に従事していた一般坑夫の採炭量と囚人使役による作業結果は大きな差があり、明治十五年の採炭量三千六百七十七トンが囚人の就役した十六年には、わずか半年足らずで前年の五倍近い一万七千三百一トンの石炭を採掘していた。その成果は、政府の期待を十分にみたすものであったが、囚人たちには苛酷な犠牲を強いた。その年の七月に出役して以来、火傷四、落盤、落炭による外傷三十三、運搬による外傷三十一計六十八名の重軽傷者を出し、その数は採炭作業に従事した囚人の二割七分強であった。

坑内作業は囚人たちの肉体にはげしい消耗をあたえ、年末までに五十一名が死亡し、共同墓地に埋められた。また、悪環境に堪えきれず五十名の囚人が外役中に次々に脱走、七名が斬殺された。

そうした中で、翌十七年末には在監者数は九百三十三名に達し、それにつれて坑道も奥深く掘進され、横坑は網の目のように入り組んでうがたれた。

採炭作業は休みなくつづけられ、その年には前年の二倍近い三万一千六百八十四トンの石炭が掘り出され、貨車で続々と小樽港にはこばれた。作業中ガス爆発などにより百五十七名の囚人が重軽傷を負い、五十七名が死亡した。その他、五十七名の脱走者中六名が斬殺され、死者は計六十三名と記録された。

樺戸集治監の開監当時に収容された四十名の囚人は、病死によって半数以下に減っていた。生存者の中には、三重県生れの五寸釘の寅吉こと西川寅吉もいた。在監者たちは、かれが放火未遂、強盗、強姦など八犯の罪をおかして無期徒刑に処せられ、服役後三重、秋田両監獄で計三回脱獄し、静岡で捕えられた折に五寸釘を踏みぬいたまま三里も逃げた話も知っていた。かれらは、樺戸集治監で最も古顔のかれに、へりくだった態度で接していた。

受持の看守長は、看守たちに三回の脱獄歴をもつ寅吉を特に厳重に監視することを命じていた。が、寅吉は、他の囚人が逃走をはかっても関心がないように傍観するだけで、脱獄の気配もみせなかった。

年が暮れ、明治十八年が明けた。

その年の冬は例年以上に寒気がきびしく、零下十数度の日がつづき、二月十八日には零下二十二・八度を記録した。

まだ雪がとけぬ三月四日、囚人の一団が粉雪の舞う中を監獄波止場の近くにならぶ倉庫の屋根の雪おろしをしていた。空気はゆるみはじめていたが降雪が連日のようにつづき、囚人たちは、しばしば官有建物の雪おろし作業に従事していた。

倉庫の屋根が地肌をあらわし、かれらが次の倉庫に移動中、一人の小柄な囚人が列からはなれ、籠渡しの櫓に走った。石狩川には渡舟があって対岸と往来できたが、冬の結氷期と春の融雪期には舟を出すこともできず、集治監では対岸までケーブル線を張り、それにつるした竹製の籠に人が乗ってケーブル線をたぐりながら往復する。むろん、その時期以外には、籠はとりはずされていた。

呼子笛が吹かれ、看守たちはサーベルをぬいて囚人を追った。囚人が、ケーブル線にとりついた。かれは、驚くほどの早さでケーブル線をつかみ、川の対岸に達して飛びおり、雪におおわれた樹林の中に姿を消した。

作業が中止されて、人員点呼がおこなわれた。逃走者は西川寅吉であった。看守も囚人たちも、その素早い動きに、寅吉が尋常ではない男であることを知った。

川面の氷は薄く氷上を歩くことは危険であったが、上流方向から銃を携行した看守数名が対岸に渡り、附近一帯を捜索した。が、足跡は降雪に消えていて、行方をつきとめることができなかった。

翌日、再び探索隊が対岸に渡り、下流方向にむかった。野宿をして夜をすごしたかれらは、夜明けとともに川岸沿いに移動したが、途中雪面に人の足跡を発見、それを追ってゆくうちに獄衣の色が樹幹の間にみえ、包囲態勢をとってひそかに接近した。寅吉は雪を手で掘り、あらわれた土の中から植物の根をとって嚙んでいた。

銃を擬した看守が近づくのに気づいた寅吉は、顔色も変えず両手首をかさねて前に差し出し、縛につくことをしめした。

看守たちは、ケーブル線を伝って逃げた寅吉に、あらためてかれが全国的に知られた破獄囚であることを感じた。集治監では、かれに闇室、三分の一減食七日間の罰を課し、再び逃走のできぬように両足に一貫匁の鉄丸を鎖でくくりつけた。

石狩川をかたくとざしていた氷がとけ、あらわれた地表に緑がひろがった。

その頃、月形典獄は内務省へひそかに辞任願いを提出していた。

かれは、明治十三年四月に集治監の適地調査のため初めて樺戸の地に足をふみ入れて以来、妻子とともにその地ですごしてきた。獄舎建設、囚人の労役による農地の拡張につとめる一方、囚人の病死、脱獄の予防にも力をつくしてきた。が、九州出身のかれには酷寒の地での生活は不適で、前年の秋から体の不調になやむようになっていた。殊に零下二十度以下の日がつづいたその冬の寒気は、かれの呼吸器をおかし、執務もできぬ状態になっていた。そうした肉体的理由で、かれは辞任を決意したのである。

やがて、本省から願いをいれる旨の書類がとどき、同時に後任として大警部囚獄署長の安村治孝に辞令が発せられたこともつたえられた。

五月下旬、安村治孝が集治監に新典獄として赴任、月形は、事務引継ぎをおこなった。

六月上旬、かれは、家族とともに月形村を去った。その日、監獄波止場とその周辺には、安村典獄以下看守長らと村民多数がむらがった。月形とその家族を乗せた蒸気船が汽笛を鳴らして波止場をはなれると、看守長たちは敬礼し、村民たちは無言で頭を何度もさげた。月形は舷側に立って答礼し、妻子は手を振った。蒸気船は、黒煙を吐きながら石狩川をくだっていった。

新典獄の安村治孝は、三等大警部として西南の役に参加した経歴をもっていた。かれは、権少警視江口高雄のひきいる第四号警視隊の小隊長として戦闘に従事し、負傷した。その後、市ケ谷監獄署に勤務し、内務畑で頭角をあらわしたのである。

かれは、新しい職場に情熱をいだいているらしく言動は精気にみちていた。連日のように馬を駆って囚人のはたらく農場を巡視し、集治監に近い円山にのぼって附近の地勢を望見したりした。かれは、乗馬が得意であった。

夏に入って、囚人は糠蚊や虻に苦しめられるようになった。蝮にかまれて呻吟する者もいた。

八月下旬、樺戸集治監に政府高官の訪れがあった。司法大輔岩村通俊一行で、屯田兵本部長陸軍少将永山武四郎、農商務大書記官長谷部辰連、札幌県大書記官佐藤秀顕らをともなっていた。かれらは、安村典獄の出迎えをうけ、前年に建てられていた旅亭階楽亭に投宿した。

かれら一行の目的は、石狩川を上川地区までさかのぼり、その地を調査することであった。

岩村は土佐藩の出身で、明治四年開拓判官に就任、札幌市街の建設に積極的にとりくみ、その形態をととのえた。その後、上司である薩摩藩出身の開拓次官黒田清隆と意見が衝突し、罷免させられた。その後、佐賀県権令に就任し、ついで萩の乱の審判で乱に加わった前参議・兵部大輔前原一誠ら二千余人を一週間で断罪し、その即決は人々を驚かせた。

かれは、会計検査委員長、沖縄県令をへて司法大輔に任ぜられたが、札幌建設を果したかれの関心はもっぱら北海道に向けられ、北海道開拓の成果が日本の発展を左右するという信念をいだいていた。そうしたかれの情熱を知っていた政府は上川地区視察を命じ、かれは札幌をへて石狩川を遡航、途中、月形村に立ち寄ったのである。

岩村は、集治監を視察、二百戸以上の人家がつらなる村落と、周辺にひろがる広大な農場を感慨深げにながめていた。やがて、岩村司法大輔一行は、丸木舟に乗って上流方向に去った。

岩村一行の上川地区視察に並行して、太政官大書記官金子堅太郎一行も、政府派遣の視察使として函館、札幌、根室の三県の巡視をおこなっていた。

かれの視察目的は、三県に分割された北海道の行政組織が果して好ましい成果をあげているか否かを実地に調査することであった。

明治十五年、開拓使が廃され三県が設置されたが、その折り官営の開拓殖産事業は関係各省翼下に入り、三県の行政機関は内務省の所属になった。三県による分治はきめこまかい行政を目的としていたが、指令系統の不統一による混乱が次第にみられるようになり、事務も繁雑化して役人の増員が目立ちはじめた。それは、開拓途上にある北海道行政の避けがたい宿命ともいえたが、三県の県費の膨張は増税にむすびつき、内地で税金の最も高い滋賀県の住民一人平均三円五十八銭を上廻る四円六十三銭の県税が課せられ、住民の税に対する不満は大きかった。

道内では、このような行政組織に対する批判がたかまっていたが、それを反映して政府部内にも三県分治制を廃すべきだという声が支配的になった。それに、開拓長官西郷従道をはじめ三県の県令がすべて薩摩藩出身者で占められていることへの反撥も強く、長州藩出身の参議伊藤博文が薩摩藩閥による北海道行政組織に楔《くさび》をうちこむため、福岡藩出身の金子堅太郎に視察を命じたのである。金子は、明治四年に渡米し、ハーバード大学で法律学を学んで帰国した少壮官吏であった。

岩村通俊と金子堅太郎は、視察後それぞれ政府に復命書を提出した。

岩村は、北海道中央部に位置する上川地区に都市を建設し、道内の行政機関を集中することが好ましいと述べ、開拓事業の官営は非能率的であるので、民間の大資本を導入し、それに経営をゆだねるべきだと主張した。三県制について、岩村はそれを廃し、北海道開拓を統轄する殖民局の創設を建言したが、金子堅太郎も復命書できびしく三県制を批判し、岩村と同じように殖民局を設置することを強く提唱した。

さらに金子は、北海道開拓に囚人を積極的に使用し、しかもその作業は北海道発展の基礎となる道路開鑿に集中すべきだと建言した。

その理由として、金子は復命書に左のように記した。

北海道の道路開鑿は、密林の伐木、険阻な山嶺の掘削、湿地帯の排水等をともなうきわめて困難な工事で、一般の道路工夫には不可能に近いものであり、もしそれを強行する場合には多額の賃金を支払わなければならない。それは国家財政に大きな負担になるので一般工夫の使用は断念し、開墾・農耕の作業に従事している集治監の徒囚たちを、道路開鑿に転用させるべきだと述べ、囚徒を使役する必要性について左のように論述した。

「(囚徒)ハモトヨリ暴戻《ぼうれい》ノ悪徒ナレバ、ソノ苦役ニタヘズ斃死スルモ、(一般ノ)工夫ガ妻子ヲノコシテ骨ヲ山野ニウヅムルノ惨情トコトナリ、マタ今日ノゴトク重罪犯人多クシテイタヅラニ国庫支出ノ監獄費ヲ増加スルノ際ナレバ、囚徒ヲシテコレラ必要ノ工事ニ服セシメ、モシコレニタヘズ斃レ死シテ、ソノ人員ヲ減少スルハ監獄費支出ノ困難ヲ告グル今日ニオイテ、万止ムヲ得ザル政略ナリ。

マタ(一般ノ)工夫ヲ使役スルトソノ賃金ノ比較ヲアグレバ北海道ニオイテ(一般ノ)工夫ハ概シテ一日ノ賃金四十銭ヨリクダラズ、囚徒ハワヅカニ一日金十八銭ヲウルモノナリ、シカラバスナハチ囚徒ヲ使役スルトキハ、コノ開鑿費用中工夫ノ賃金ニオイテ過半数以上ノ減額ヲ見ルナラン。コレ実ニ一挙両全ノ策トイフベキナリ。

現時ノゴトク十年以上ノ大罪人ヲ北海道ノ辺境ニ移シ、房室飯食衣服等、一々コレヲ内地ヨリ輸入シテ非常ノ金ヲツヒヤシ、ソノ使役ノ方法ニイタツテハ軽犯罪ニコトナラズ、コレヲ優待シテ悔悟ノ日ヲ待チコレヲ土着セシメントスルモノハ、重罪人ヲ懲戒スルノ効ナキノミナラズ、マタ政府ノ得策ニアラザルナリ。ヨロシクコレラ囚徒ヲ駆ツテ（一般）工夫ノ堪ユルアタハザル困難ノ衝ニアタラシムベキモノトス」

江戸時代の刑罰は世界でも有数な残酷刑であったが、日本には罪人に重労働を課す刑はみられない。それに比して欧米では古くから囚人に労役を課すことが常識化していたが、それは囚人を獄舎にとじこめておくだけではなく国益を利するのに利用すべきだという合理的な考え方にもとづいたものであった。金子は、欧米の刑罰制度を学び、囚人の労役活用を基礎とした囚人対策に共鳴し、北海道開拓にその方法を採用すべきだと判断したのである。

金子は、復命書で囚人が「（一般）工夫ノ堪ユルアタハザル」苦役によって死亡すれば、それだけ国費の軽減になると述べているが、それは全国の集治監、監獄署に囚人が収容しきれぬほどあふれている事情をふまえたもので、内地の集治監、監獄署の収容数の減少をも意図していた。さらに金子は、樺戸集治監開設以来、寒気と強制労働によって在監人の二割以上に及ぶ三百名近い囚人が病死し、死への恐怖から脱走者が続出していることを知っていたが、その労役も軽犯罪者に課すものと同様の軽度なものと断じ、重罪人の懲役にはなんの効果もない、と、集治監の囚人対策を批判していた。

岩村通俊、金子堅太郎から提出された両復命書は、それぞれ内務卿山県有朋に受理された。

山県は、金子が北海道視察に出発して間もなく各県令に対して監獄の基本的な意味について訓示を発していた。その中で山県は、「監獄ノ目的ハ懲戒ニアリ」と述べ、囚人を更生させるよう精神的な指導をすることも必要だが、それよりも「懲戒駆役堪ヘ難キノ労苦ヲ与ヘ、罪囚ヲシテ囚獄ノ畏ルベキヲ知リ、再ビ罪ヲ犯スノ悪念ヲ断タシムルモノ、是レ監獄本分ノ主義ナリトス」と書き記していた。

このような考え方をもっていた山県にとって、金子の囚人対策は好ましく、それを基礎に政府部内で北海道開拓問題について協議がかさねられた。参議伊藤博文は北海道行政組織を改革すべきだという岩村、金子の意見を強く支持し、太政大臣三条実美らも同調して復命書を全面的に採用することを決議した。

政府は、天皇の裁可を得、翌明治十九年一月二十六日、三県一局制を廃し、北海道庁長官をおいて道政を統率することにさだめた。

すでに一ヵ月前に、伊藤参議は西欧の政治組織を参考に維新以来の太政官制を廃し、近代的な内閣制度を樹立させることに成功していた。そして、自ら初代の内閣総理大臣に就任し、宮内大臣をも兼任した。また、太政大臣であった公卿出身の三条実美は、天皇への助言を担当する内大臣の座についた。

新設された初代北海道庁長官の人選は、重要な課題であった。長官の資格としては、北海道開拓に多くの国費が投じられる関係から財政通であることが必要であり、さらに藩閥に無縁で北海道事情に精通していることがもとめられた。その結果、岩村通俊をのぞいて他に適任者はないということに意見が一致し、岩村が長官に推挙された。それは、北海道開拓に内地の民間大資本を導入すべきだという岩村の主張を、全面的に受け入れたこともしめしていた。

そうした背景の中で、北海道に樺戸、空知についで釧路集治監が明治十八年十一月十日に開設されていた。設置されたのは釧路国川上郡熊牛《くまうし》村字標茶《しべちゃ》で、その敷地の中央部には釧路川が流れ、樹木も密生し、川による運輸の便にもめぐまれていた。

初代典獄には内務省奏任御用掛大井上輝前《おおいのうえてるさき》が就任、空知集治監、東京、宮城両仮留監から計百九十二名の囚人が移送された。

釧路集治監設置の目的は、囚人を近くにある跡佐登《あとさぬぷり》硫黄山での採掘に従事させることと、東部北海道の道路開鑿を担当させることであった。

跡佐登硫黄山は、明治五年釧路場所元請負人の佐野孫右衛門が、草木の生えぬ山に白煙が随所に立ちのぼっているのに関心をいだいてから、広く知られるようになった鉱山であった。かれは、手代の吉田善助に調査を命じ規模の大きい硫黄山であることを確認し、明治九年に試掘の許可を得て採掘をはじめた。

その後、明治十八年に函館に銀行をもつ山田朔郎が、権利をゆずりうけ経営をつづけていた。採掘は、むろん一般の人夫の手でおこなわれていたが、釧路集治監設置とともに囚人の就役が内定したのである。

九

明治十九年に入ると、北海道行政の統一による事業推進は、めざましい動きをしめしはじめた。

長官岩村通俊は、三月一日に北海道庁の開庁式をあげ、翌月には、早くも樺戸集治監典獄安村治孝に、囚人の使役によって空知集治監の設定されている市来知村から上川地方にある忠別太《ちゅうべつぷと》（旭川）まで、道路を開鑿するよう命じた。岩村は、忠別太が北海道の中央部に位置し、将来北海道の要地にすべきだと考えていたが、忠別太に達するまでは石狩川を丸木舟でさかのぼる以外にない現状なので、北海道開発の第一事業として忠別太までの陸路をひらかねばならぬと判断していたのである。

安村典獄は、道庁属の高畑利宣らとともに樺戸集治監を発し、五月五日には神居古《かむいこ》潭《たん》に達した。そこで川岸にあがり忠別太まで徒歩ですすんだが、荊や蔓にさまたげられて難航した。かれらは、野宿した後ようやく忠別太にたどりつき、帰路についた。

安村は、高畑らと協議し、囚人たちを予定路線の中央にある空知川の川岸に送りこみ、二隊にわけて一隊を忠別太方向に、他の一隊を市来知村方向に向けてそれぞれ工事を推しすすめることに決定した。

ただちに囚人四百名がえらばれ、看守長、看守ら多数の警護のもとに、丸木舟で月形村から上流方向に出発した。かれらの逃走を防止するため、腰から両足首に鎖をむすびつけ、さらに二人ずつ腰と腰を鎖で連結させ、銃を携行した看守を同行させた。

その年の四月二十九日に、紙幣贋造のかどで無期徒刑囚として収監されていた熊坂長庵が病死していた。

絵師である長庵は看守や囚人たちから特異な眼でながめられ、集治監ではかれに絵筆をあたえ、画を描くことを許していた。明治十八年、集治監では、月形村に建坪八十五坪五合の北漸寺仮御堂を囚人の大工、土工によって完成していたが、長庵は、その御堂に観音像の絵を寄進していた。捕われる以前思うままに女色にふけったかれの描きあげた観音像には、妖しい色香がただよい出ていた。容貌は個性的で、小造りな目鼻立ちの中に媚びをふくんだ眼が光り、薄衣に透ける体はほとんど裸身に近く乳房の隆起もみえる。かれは、拘禁された獄房の中で、過去に接した好ましい女体を理想的な域までたかめ、それを絵筆に託したにちがいなかった。

病弱であったかれの肉体は、冬のきびしい寒気と労役にたえきれず、収監されてから二年余で病死したのである。かれの遺体は、囚人たちの手で裏門からはこび出され、四華花を手にした看守に付添われて共同墓地に埋められた。

空知川の川岸にむかった囚人たちは、二百名ずつに分けられ、五月十九日、忠別太、市来知両方向にむかって工事を開始した。かれらは押送時と同じように両足に鎖をつけ、二人ずつ連鎖にされていた。

その日、樺戸集治監で再び西川寅吉が脱走した。

寅吉は、前年の三月、逃走の罰として両足首に一貫匁の鉄丸をはめられて以来、作業中も還房後もはずすことは許されていなかった。

かれは、その日、鎖が足首にくいこんで化膿し夜も眠れぬと申し立て、看守に鉄丸をはずしてもらった。作業を終え構内に入ったかれは、さりげなく獄衣をぬいで洗濯場の甕にたくわえられた水にひたすと、それを手に突然走り出した。

看守が呆気にとられていると、寅吉は一丈八尺（五・四メートル）の黒塀に獄衣を思いきり強くたたきつけ、吸着力を利用して体をのし上げ塀をのり越えて姿を消した。

看守たちが塀の外に走り出たが、日没時で寅吉の姿を発見できなかった。翌早朝から看守たちが四方に散り一週間にわたって捜索がつづけられたが、寅吉の行方は不明で、捜索が打ち切られた。

寅吉は、独得の鋭い勘で囚人対策に基本的な変化が生じていることに気づき、それから身を避けるため脱走をこころみたのかも知れなかった。かれの手配書は、道内からさらに内地へ配布されたが、かれに関する情報はなく、きわめて稀な脱獄成功者の一人になったことが確認された。

道路開鑿工事現場からは、工事の進捗状況が一日置きに報告されてきていた。その進度は、予想をはるかに上廻っていた。

安村典獄は、あらためて政府の囚人使役による北海道開拓促進政策が目ざましい結果を生むにちがいないと思った。市来知、忠別太間の道路が開通すれば、北海道の主要幹線道路となり、札幌、忠別太間の連絡もきわめて容易になる。囚人の工賃は一日九銭以上十五銭以下で、囚人の手に渡されるのは九厘から一銭五厘にすぎない。一般工夫には一日四十銭以上の工賃をはらわねばならぬことから考えると、国の支出は極度に軽減される。

それに、囚人と一般工夫の労働力には際立った差があった。金子堅太郎は、北海道の集治監の囚人労役は、軽犯罪者に課すものに等しい軽度なものであると批判し、かれらを懲戒するためには一般の工夫の「堪ユルアタハザル困難」な重労働を課すべきだと復命している。囚人は「暴戻ノ悪徒」であり、「苦役ニタヘズ斃死スル」ことは、人員の減少になり国の支出を抑えることにつながるとも言った。

「暴戻ノ悪徒」という言葉を、安村は反芻した。かれは、看守長たちに金子の復命書の内容をしめし、今後の集治監の使命についても訓示していた。

筆頭看守長海賀直常は、

「開墾・農耕の業を廃し、道路開鑿に力をいれるということでしょうか」

と、質問した。

「農耕は所期の目的を達し、今後は集治監の自給自足の範囲内にとどめ、耕地は民間人に払いさげてゆく。囚徒は、道路開鑿その他に投入される」

安村は、答えた。

かれは、新設された釧路集治監に一月十六日付で標茶から十一里へだたった跡佐登硫黄山に外役所設置の認可がおり、仮監獄の建設がすすめられている報をうけていた。また、跡佐登硫黄山の経営が銀行家山田朔郎の手から安田善次郎に譲渡が内定していることも知った。

岩村長官は、財界人の渋沢栄一、岩崎弥太郎、安田善次郎、大倉喜八郎らに北海道開拓のための資本投下をもとめていたが、跡佐登硫黄山への安田の進出も、岩村の開拓政策に応じたもので、むろん釧路集治監の囚人の使役を前提にしていた。

安村典獄は、新しい開拓政策が急に具体性をおび、空知集治監が幌内炭山の採炭、釧路集治監が跡佐登硫黄山の採掘、樺戸集治監が道路開鑿をそれぞれ主な事業とする性格に色分けされていることを感じた。それらの作業は、いずれも一般の人夫には堪えきれぬ作業で、それ故にこそ囚人の労働力を必要とするのだと思った。

そうした政府の政策に応じるように、内地から押送されてくる囚人の数は増していた。かれらは、海路を護送され、石狩から川蒸気船にのせられて送りこまれてくる。途中原生林のつづく川をさかのぼってきたかれらは、そこに人家の集落と大規模な獄舎の列を眼にして一様に驚きの色を顔にうかべていた。

押送してきた看守たちは、囚人たちの態度が北海道に送られる恐怖からきわめて険悪で、護送は困難をきわめたと口をそろえて言った。集治監側では、銃を携行した看守を整列させてかれらを威圧し、看守長は、

「本集治監では、逃走をこころみる囚徒は、容赦なく射殺または斬殺する」

と、甲高い声で言った。そして、かれらを一人ずつ捜検室へ突き入れた。

六月下旬、樺戸集治監に、北海道へむかう護送船の船内で囚人の騒擾事件がおこったという報がつたえられた。囚人は兵庫仮留監から釧路集治監に送られた二百名で、「相模丸」で兵庫港から横浜港へむかった。

かれらの押しこめられた船艙の内部には熱気と臭気がみち、囚人たちの苛立ちは増し、北海道に送られる恐怖もつのってかれらは半ば錯乱状態におちいった。船が横浜に寄港した折り、逃走計画を立てた者もいたが、港の警戒が厳重で実行には移されなかった。

船が横浜を出帆後、一部の者が船を乗っとり南方諸島方面に逃げようと企て、火事だと騒ぎ立てた。看守が鍵をかけてあった戸をひらくと、他の囚人たちは煽動者に同調して競い合うように甲板へ通じる階段に殺到した。看守は抜剣し、怒声をあげて制圧しようとしたが、かれらは食器や便器を投げつけ階段を強引に上ろうとする。

護送指揮の看守長は危険がせまったと判断し、銃携行の看守たちに発砲を命じて主謀者二名を射殺し、船員がポンプで熱湯を囚人たちに浴びせかけ、辛うじて鎮圧した。

看守たちは、煽動者をしばり上げ、首に鉄環をはめ足に鉄丸をくりつけて釧路港に上陸させた。

暴動後、内務省からは樺戸、空知、釧路三集治監に対して囚人の戒護を一層厳にし、逃走囚人の減少に努力するよう通達があった。

七月上旬、道路開鑿に出役した囚人のうち空知川、忠別太間を担当した二百人の囚人が、丸木舟をつらねて監獄波止場にもどってきた。その一隊は、五月十九日、空知川の川岸から道を開きながら忠別太へと押しすすんだ。そして、六月二十三日に忠別太へたどりつき、丸木舟で石狩川をくだってきたのである。

看守長は、

「逃走者なし」

と、張りのある声で安村典獄に報告した。囚人は、作業中も就寝中も連鎖されたまで、看守たちは銃をかまえ、かれらを日夜きびしく監視したという。

庁舎の外に出て囚人を迎えた安村典獄は、かれらの顔が別人のように変貌しているのを知った。集治監では、夏季に五日に一回の水浴、その他の季節には十日に一回の入浴が許されているが、入浴もせず労役に従事したかれらの顔と体は垢と土におおわれ、その上、瘦せこけて骨がうき出ている。傷をうけ、その部分が化膿している者も多く、かれらは黒ずんだ獄衣をまとって獄舎の方向に動いていった。

「暴戻《ぼうれい》の徒というよりも亡霊の徒だ」

看守長の一人が、かれらを見送りながらつぶやいた。

第二隊の二百人は、八月上旬にもどってきた。かれらは空知川の川岸から市来知までの道路工事を八月三日に完成し、そこから幌内太《ほろないぶと》まで歩き、石狩川を丸木舟でのぼってきたのである。

かれらの姿は、第一隊よりも無残であった。獄衣は、荊の中をすすむ間に裂かれたらしく、布切れが体から垂れているようにみえる。中には布を帯状に体に巻きつけているだけの者もいて、布地に朱の色は残っていなかった。ほとんど裸身に近いかれらの体は傷つき、化膿した部分に蠅が執拗にたかる。伸びた髪の下に、うつろな眼が光っていた。

常時鎖でつながれたままであったので逃走者はなかったが、一人の囚人が発狂していた。それは若い無期徒刑囚で、下腹部から露出した陰部をつかんで薄笑いをつづけていた。

病監に勤務する立花晋御用掛以下三人の獄医が、衰弱のはげしい者に薬をあたえた。が、腸カタルで死亡する者が多く、紅葉が周囲にひろがりはじめた頃までに二十七名が死亡していた。

かれらは、大本山永平寺から派せられた北漸寺住職の教誨僧鴻春倪から、戒名を得て埋葬された。戒名は、禅宗の例にならって釈順意、釈願成など三文字であった。

初雪は例年よりおそく、十一月十八日に舞った。

集治監では、その日から綿入れの獄衣、股引を配布し、蓆のかわりに褥をあたえ毛布一枚をくわえた。が、依然として足袋は支給されず、火気も厳禁されていた。獄房には、凍傷による壊疽《えそ》で手、足、指、耳を手術で切断した者が一割以上もいて、舎内作業に従事していた。

かれらの中には、その年の春押送されてきた自由民権運動の関係者たちもいた。かれらは、秩父騒動と称された暴動で捕えられた者たちであった。

明治政府は、維新革命の成功の原動力となった薩摩、長州両藩の出身者を中心に政策を推しすすめ、独立国家としての基礎をきずいたが、藩閥政治の弊も露呈されるようになっていた。それに対して国民の意志を政治にそのまま反映すべきだという自由民権思想が生れ、国民投票による議員の選出と国会開設の運動も起っていた。

明治十四年、北海道の開拓使廃止にともなって長官黒田清隆による官有物払いさげ問題が糾弾され、薩摩藩出身者の藩閥政治への批判もたかまり、伊藤博文、大隈重信の提唱によって明治二十三年に国会を開設するという詔勅が発せられた。

その直後、板垣退助が自由党を結成、それにつづいて立憲政党その他の政党が生れた。

自由民権運動に対する政府とそれを支持する者たちの反撥ははげしく、板垣が刺客におそわれ重傷を負ったりしたが、自由党内には、党が政府と連携をたもっていることは好ましくないとして、分派行動をおこす者が増した。かれらは、農作物の価格の暴落と過重な租税に呻吟していた農民たちとむすびつき、各地で集団的な請願をおこなうようになった。

民間の政治運動は、国家建設に大きな障害になるという理由から、政府は強い弾圧をくわえ、政策を強行した。それに激怒した急進グループは、顕官の暗殺、政府顚覆をくわだてるようになり、各地で暴動が発生したが、秩父騒動もその一つであった。

大蔵卿松方正義は、農村から吸収した税金で膨脹していた不換紙幣の整理を短期間でなしとげ通貨の信用度を確保し、物価の安定につとめた。しかし、その財政政策は、農作物の価格の暴落をうながし、その苦況からのがれるために高利貸から金を借り返済に窮して破産する農家が、全国で十万戸にもおよんだ。農民たちは、借金党・困民党を組織し債権者に団体交渉をしたが、郡役所、裁判所、警察署は法にもとる不穏な行動として、かれらに重圧をくわえた。

秩父では養蚕農家が多く、生糸の暴落で農家は貧にあえぎ、非情な高利貸も多かったことから自然に強力な困民党が組織され、同地の自由党員と提携して活潑な行動を開始した。かれらは、政府への請願が逆に弾圧をまねくことに苛立ち、蜂起以外に道はないと判断し、各地の組織に同一行動をとるよう檄を飛ばした。

明治十七年十月三十一日、三千名の農民が蹶起《けっき》し、警察署、戸長役場をおそい、悪質高利貸の家々を破壊し、銃と弾薬を手に入れて秩父の谷あいを移動した。農民の数は次第にふくれあがり、郡役所、治安裁判所を占領、要地の皆野《みなの》にすすんだ。

約五千の農民たちは、荒川の川岸で政府から急派された憲兵隊と激しい戦闘をまじえ、敗退したが、かれらは各地で鎮台兵と交戦、かたくなに抵抗をやめなかった。

その後、かれらは、鎮台兵、警官隊につぎつぎに制圧され、十一月九日、三百八十余名が逮捕され二千六百名が自首して、暴動は終熄した。

翌十八年二月二十二日、浦和重罪裁判所は、困民党総理田代栄助をはじめ加藤織平、新井周三郎、高岸善吉、坂本宗作に死刑の判決をくだし、みせしめのために五月二十五日に犯罪地を管轄する熊谷支署に押送し、絞首した。その法廷で菊池貫平も死刑の判決をうけたが、かれは逃走し行方不明になっていた。

また、堀口栄次郎、宮川寅五郎、柿崎義藤も無期徒刑を言い渡され、東京集治監仮留監に収禁された後、他の囚人とともに船に乗せられて樺戸集治監に押送された。

また、自由民権運動の急進派グループによって前々年に発生した群馬事件で、陰の指導者といわれた群馬自由党の指導者宮部襄も有期徒刑十二年の刑で樺戸集治監に収禁されていた。

かれらは自由民権運動の闘士らしく、他の囚人のような卑屈な態度をとらず傲然とした態度で看守たちに接していた。看守たちの怒声にするどい視線をむけ、時には、よどみない口調で反撥したりしていた。

集治監側にとって、かれらは荷厄介な存在であった。かれらに苛酷な労役を強いれば、得意の弁舌で他の囚人を煽動し、不満を爆発させ暴動をひき起させるおそれもある。むろん、集治監側では、それを制圧し参画者に重罰をくわえて、再び騒ぎをひきおこさせぬ態勢をとることはできるが、そのような事件をひき起す空気をつくらせたくはなかった。

集治監では、かれらの言動をきびしく拘束しながらも、過重な労役をなるべく減じ、獄内の軽作業に従事させたりしていた。

新たに入監してきた秩父騒動の堀口栄次郎らは、党の総理以下が処刑され農民らも軍隊に四散させられたことに強い敗北感をいだいているらしく、温順に獄房生活を送っていた。が、粗末な食物と悪環境に肉体は衰弱し、七月二十一日に柿崎義藤が病死した。

降雪がつづくようになった十二月上旬、安村典獄は、加波山事件の関係者六名が空知集治監に護送されたことを知った。

加波山事件は、秩父騒動の前月に起きた騒擾で、明治十七年九月二十三日、「自由取義《しゅぎ》、自由之友」「圧制政府顛覆」と墨書した旗をかかげ、筑波山北方に位置する加波山山頂で挙兵の烽火《のろし》をあげ、爆裂弾を炸裂させて気勢をあげた。立てこもったのは、わずか十六名の自由党員であった。かれらは、翌日の夜、下山して警察分署をおそい、さらに栃木県庁にむかったが、途中警官隊と遭遇し、爆裂弾を炸裂させ白刃を交して抵抗した。が、短時間で警官隊に圧倒され、敗走した。

この事件は政府顛覆による革命を意図したもので、自由党員多数が捕縛され拷問をうけた。

かれらに対する処断はきびしく、富松正安、三浦文治、小針重雄、琴田岩松、保多駒吉、杉浦吉副の六名が死刑の判決をうけ、絞首された。それにつづいて、河野広躰、草野佐久馬、五十川元吉、玉水嘉一、小林篤太郎、天野市太郎の六名は無期徒刑の判決をうけ、東京集治監仮留監に収容された後、北海道に護送され空知集治監に収禁されたのである。

政府が北海道に集治監を創設したのは、維新後続発した佐賀の乱、神風連の乱、萩の乱、西南の役でとらえた者たちを収容する場を必要とし、「誤マレル反乱ノ前非ヲ悔悟セシメ」るため北辺の地に収禁させることが効果的だと判断したからであった。

その後、一般の重罪人をも送りこみ重労役を課して北海道開拓の推進力とさせたが、創設時の構想はそのまま生きていて、爆裂弾をはじめ武器を手に反政府行動をおこした分子を収禁し、「反乱ノ前非ヲ悔悟」させようとしたのである。また、かれらを囚人たちのおそれている北海道の集治監に送りこむことによって、反政府運動をひきおこそうとくわだてている者たちを威嚇し、牽制する意味もあった。

明治二十年一月四日、樺戸集治監の正門にかかげられていた大きな木札がはずされ、新たに樺戸監獄署と墨書された板がとりつけられた。集治監を管轄する北海道庁の指令で、樺戸、空知、釧路三集治監が、それぞれ監獄署と改称されたのである。長官岩村通俊の行政改革は急速にすすめられ、行政組織の統一による事務の簡素化、冗費の節減がはかられると同時に、開拓使時代の遺物でもある移民への多額の補助金を廃した。かれは、教育施設の充実をはかり、漁業者の税金を三分の一以下に減じて補助したり、民間資本への低利融資をおこなって官営事業を払いさげる等の積極策をとった。

かれは、囚人を北海道開拓の重要な労働力と考え、かれらの就役する幌内炭山にも大きな関心を寄せていた。

幌内炭山の出炭量は、囚人が入坑していなかった明治十五年の三千六百七十七トンに比して、明治十九年には五万千八十四トンと十四倍近くに急増していた。むろん、それは囚人の犠牲の上に立ったもので、その年、落盤その他による負傷者は在監人の二割を越え、七十六名の者が病死していた。

さらに岩村長官は、五月十一日郡区長を招集し、道路開鑿事業の重要性について力説した。それは、ただちに樺戸監獄署への指令となってあらわれ、それまで農耕に従事していた樺戸監獄署の囚人の労働力を、主として道路開鑿工事に集中するよう要求した。

その手初めとして、月形村から空知監獄署のある市来知村への道路工事への出役が指示された。

月形村から市来知村までの距離は五里ほどであるが、その間に横たわる地は、沼沢の多い泥炭湿地帯で、蔦類のからみついた樹林が繁茂し熊笹も密生していて、山野を歩きなれた猟師も足をふみ入れぬ地であった。

樺戸監獄署から空知監獄署へおもむくには、石狩川を舟で幌内太まで十里余もくだり、それから陸路空知監獄署にむかうという大迂回路をとらなければならない。もしも、両署間に道路が通じれば往来は容易になり、また、樺戸監獄署から札幌その他におもむくのもきわめて便利になる。月形村から札幌へ行くには、石狩川をくだるか当《とう》別《べつ》道路をたどらねばならないが、冬の凍結期をはじめ融雪期や川の氾濫する秋の霖雨期には、石狩川を利用することはできず、当別道路の往来も容易ではない。もしも、空知監獄署まで陸路をいくことができれば、そこから幌内炭山鉄道の汽車で短時間に札幌に達することができる。樺戸監獄署の最大の欠陥であった交通問題が、その道路の開通によって一挙に解決することはあきらかだった。

安村典獄は、空知監獄署典獄渡辺惟精と協議し、両監獄署の囚人によって作業を開始することになった。

樺戸側は、月形村から東方四里の位置にある峰延《みねのぶ》まで、空知側は、峰延から監獄署のある市来知村までの一里弱をそれぞれ分担することになった。峰延までの道路は、一直線とすることに決定した。

その夏は、虻、糠蚊の発生がいちじるしく、測量師たちは寒冷紗の被面衣を頭からかぶり、手伝いの囚人たちとともに石狩川の対岸にわたって測量をはじめた。

路線をさだめるために樺戸監獄署西北の円山で狼煙をあげ、峰延の達布山でも煙を立ちのぼらせる。それを目標に測量竿が立てられるが、器具を手にした測量師も竿をかついで移動する囚人たちも、腿のあたりまで水につかり、竿は土の奥深く入りこんだ。

想像をはるかに越えた軟弱な地質に、測量師たちは、道路を通すことに悲観的になっていた。樹林の間には沼が随所に水をたたえ、土の露出した場所も泥状で、道を開通させることなど不可能に思えた。

測量師たちは、作業をはじめてから一週間後、地質状況を安村典獄に訴えた。が、安村は、

「計画の変更は、一切ない。たかが四里の道だ。囚徒を使って果せぬ事業はないのだ」

と、測量師たちの逡巡を無視した。

測量師たちは意見をかわし合い、小舟に乗って測量をすすめることに定めた。その日から、水の浅くひろがる地に石狩川にもやわれていた小舟が浮べられ、測量師が乗って器具をあやつった。二人ずつ鎖でつながれた囚人たちは、水につかりながら小舟を押してゆく。達布山に狼煙があがると、円山の狼煙との線上に小舟を浮かべ、測量師の指示で囚人たちは測量竿を立て、長い杭を打ちこむ。杭は深く食いこみ、わずかに頭部を水面にのぞかせているだけであった。湿地に湧く蚊が、かれらにむらがった。小舟の上には看守が立って、囚人たちに視線をそそぎ、銃口を向けていた。

一町ほどの距離に測量杭の打ちこみが終った頃、道路敷設方法についてあらためて検討会がひらかれた。その席には、看守長海賀直常も参加していた。

それまで監獄署周辺の池・沼を埋立てた折には、土石を投げこむだけで十分であったが、泥炭湿地帯には効果が望めず、それらを投じても泥地は土石を呑みこむだけで、人馬を支える道が出来るはずはなかった。

協議をかさねた結果、一条の長い橋梁を峰延まで架けるように伐採した巨木を横に敷きならべ、杭に固縛してその上に土を盛り、さらに石狩川の砂利を敷きつめる以外に方法はないという結論に達した。

すでに紅葉の色は褪め、落葉がしきりになっていた。

「雪が来て石狩川が氷結すれば、木材の運搬は容易になる。来春の融氷期までに、木材を対岸にはこぶ作業をおこなう」

海賀は、言った。

翌日から、囚人たちは、病囚や身体に欠陥のある者をのぞいて全員が伐採作業に従事した。かれらは、逃走防止のための連鎖をほどこされ、鉞《まさかり》をふるった。

雪が舞い、石狩川が結氷しはじめた。樹林の中では、鉞の音と樹木の倒れる音がしきりに起っていた。

釧路監獄署の囚人墓地には、棺を埋めた新しい盛り土がひろがっていた。

同署では、銀行家山田朔郎の経営する跡佐登《あとさぬぷり》硫黄山に外役所の仮監獄をもうけ、明治十九年から二百五十名の囚人を収容して硫黄採掘をはじめていた。それは、岩村長官の民間資本による企業に囚人を使役すべきだという方針に合致し、金子堅太郎の北海道開発政策に関する復命書を具現化したものであった。

典獄大井上輝前は、山田と十ヵ年契約をむすび、囚人一人に一日十五銭の工賃を要求して採掘を請負った。それは、監獄署に半年間で一万千五百余円をもたらす好ましい請負い労役であった。

その年の七月、外務省参事官ドイツ人シーボルト、東京大学御雇医師スクリパーが跡佐登を視察したが、かれらは世界にも稀な量、質ともにすぐれた硫黄鉱山であると評した。周辺には五葉松がわずかにみられるだけで、山全体に硫黄が露出し、白煙が異臭とともに立ちのぼっていた。

囚人たちは、早朝から日没まで採掘に従事した。かれらは異臭にむせながら坑道を掘り、硫黄をモッコにつめて坑口からひき出していた。坑道内には硫黄の粉塵が立ちこめ、亜硫酸ガスがかれらの鼻を刺戟した。

囚人たちは、看守の監視のもとに過重な負担量をこなすためツルハシをふるい、モッコを曳いた。就役して一ヵ月もたたぬうちにかれらの眼は赤くただれ、過半数が眼の障害を訴えるようになった。が、かれらは治療をうけることもなく、連日、坑道に入っていった。

その年の暮には両眼失明者が数名出て病監に収容され、他の者たちの眼も膿でとざされていた。

年が明けて、明治二十年一月、硫黄山の経営は、山田から日本有数の銀行家安田善次郎にひきつがれた。名義人は、子の善之助であった。

山田は、同じ富山県人である安田から融資をうけていたが返済に窮し、硫黄山を安田にゆずったのである。安田は、大資本を投ずれば硫黄山の経営状態は好転すると確信し、施設の大幅な改善をはかり、精錬所の建設と釧路までの鉄道敷設の測量にも着手した。

その間にも、囚人たちは採掘をつづけていたが、六月に入った頃、囚人たちの肉体は限度を越えていた。かれらの体は青黄色く変色し、骨がすっかり浮き出ていて腹部が異様にふくれていた。眼以外に口辺もただれ、毛髪がぬける者も多かった。

かれらの眼には落着きのない光がうかび、食事時になるとむさぼるように食物を口にかき入れ、他の囚人の食物にも手をのばす。それを憤った囚人になぐられ看守に引き倒されても、無言で食物をつかもうとする。典型的な栄養失調症で、その年の六ヵ月間に三百余名の外役囚のうち百四十五名が罹病し、四十二名が死亡した。かれらは、夜間にひっそりと死に、朝になって冷くなっているのを発見されるのが常であった。

監獄署では新たに外役囚を補充して硫黄山へ出役させていたが、囚人の死者が余りにも多いことに会社側も動揺しはじめた。囚人の工賃は安く、しかも採掘量も多いことが経営上大きな魅力になっていたが、囚人の大量死は会社側にとっても無気味で、監獄署との契約を解除すべきだという声がたかまった。典獄大井上輝前も、囚人の人的消耗が甚しいことを憂えていたが、硫黄山の囚人就役状況を視察したキリスト教教誨師原胤昭の進言もあって、硫黄山への出役を全廃することを決意した。

会社側では、大井上典獄の出役廃止の申入れをうけいれて契約を破棄し、その代案として精錬所を監獄署のおかれた標茶に移し、そこで囚人を使用したいとつたえた。監獄署側では諒承し、十一月に硫黄山に置かれた外役所を閉鎖して、囚人全員を引揚げさせた。

囚人たちは、監獄署にもどってきたが、それらは失明のおそれのある眼疾者と痩せおとろえた者ばかりであった。

空知監獄署では、幌内炭山への出役がつづいていた。

採炭、運搬、販売までの経営をすべて託された監獄署は採算を得ることに必死で、それは苛酷な労働になって囚人たちに重苦しくのしかかっていた。

囚人が出役するまでに山腹から水平に四層にわたる炭層を直角につらぬく大坑道が開鑿されていたが、囚人の手で左右に沿層坑道が掘進され、その全長は六千二百尺（一八八〇メートル）にもおよんでいた。坑道は網の目のように炭層にうがたれ、奥にすすむにつれて可燃ガス爆発の危険も多くなっていた。

掘りさげられた竪坑に可燃ガスの存在が懸念されると、看守の指令で囚人の体に綱が巻きつけられ、宙吊りにしておろされる。囚人が頭をたれ動かなくなると、ガスの存在がみとめられ、新たに換気孔がうがたれる。むろん、竪坑におろされて悪性ガスを吸った囚人の大半は、意識が恢復せず、一命をとりとめた者も痴呆状態になった。

落盤と小爆発は絶えず、囚人たちは、生命の危険にさらされながらも課せられた炭量をこなすことによって加増される麦飯の魅力にひかれ、ほとんど休むこともなく働きつづけていた。かれらの内部には、労役に対するはげしい憤懣がみち、怒声をあげつづける看守に例外なく憎悪の眼をむけていた。かれらの中には、連鎖され自由を失っている身でありながら、突然看守にツルハシをふるっておそいかかり、斬殺された者もいた。また、ひそかに外部にむかって坑道をうがち脱走の機をねらっていたことが発覚し、重罰をうけた後、鉄丸を足にはめられた者もいた。

その年の末までに、炭山への出役によって二百四十一人が病死または衰弱死し、七名の者が射殺、斬殺された。

その年、東京では首相官邸でもよおされた仮装舞踏会が華やかな話題になり、サイダーが製造発売され、庶民の間には狆《ちん》の飼育がさかんであった。


樺戸監獄署の囚人たちは、はげしい降雪の中を峰延道に木材運搬をつづけていた。

石狩川の氷がとけはじめた頃、北海道行政に一つの変化が起っていた。長官岩村通俊の開拓政策を強く支持していた伊藤博文が、幕末にむすばれた屈辱的な安政条約の改正交渉に成果をあげられなかったことから引責辞職し、黒田清隆が総理大臣に就任した。黒田は、開拓次官時代開拓大判官の岩村と対立して罷免させたいきさつがあり、当然北海道庁長官の岩村に対してきびしい処置をとることが予想された。

黒田は、内閣を組織すると、二ヵ月後に早くも岩村の任を解いて元老院議官に左遷し、薩摩派の屯田兵本部長陸軍少将永山武四郎に北海道庁長官を兼任させた。

永山長官の北海道政策には根本的な変更はみられず、むしろ積極的に民間資本の導入促進と囚人の労役を強化させる方針が打ち出された。

峰延への道路敷設路には、巨木が鉄道の枕木のように一直線にならべられていた。工事担当技師の発案で敷設路の傍に運河状の溝が掘られていたが、それは排水溝の役目をはたすとともに小舟の往来をも可能にしていた。

囚人たちは木材を運河に引き入れ、綱をむすびつけて曳いてゆく。かれらの中には、鉄丸を足首にくくりつけられた者も多くまじっていた。

道庁からの指示で、囚人の労役による月形村から北海道西海岸にある増毛《ましけ》村への道路開鑿工事も開始されていた。それは、月形村から石狩川右岸を北上し、西方に転じて増毛村へ達する路線で、それが開通し峰延道もひらかれれば、増毛から札幌への路線が通じることになる。

その年、内務卿西郷従道、司法卿山田顕義が連れ立って樺戸監獄署に視察にやってきて、安村典獄に、囚人使役による道路開鑿事業の推進を強くうながした。

北海道の各監獄署には、内地から長期刑の囚人が続々と送りこまれ、樺戸監獄署の在監人も年末には千三百八十五人に達していたが、最後に押送されてきた一団の中に俗称稲妻小僧の坂本慶次郎もまじっていた。

かれは、身長六尺、体重二十五貫という大きな体をした強盗常習犯で、足が驚くほど速く一日に四十八里も逃げのびたことから稲妻小僧と称されていた。

かれは、捕えられて服役したが、刑期が満ちて出獄後、銀という女賊と同棲した。銀は体に蝮の入墨をしていることから蝮のお銀と言われ、女色を利用して男をかどわかし、金品をかすめとり、時には殺害することもあった。

慶次郎は、銀と肉体関係をつづけながら強盗、強姦をくり返し、再び警察に追われる身になった。その後、横浜の戸部町にひそかに住んでいるのを警察に探知されたが、かれは事前に察知して逃走した。そのかくれ家の床下からは、日本鍛冶宗師伊賀守藤原金道という銘のある刀剣が発見され、盗品であることが判明した。

かれは、警察の追及を巧みにかわしながら犯罪をかさねていたが、その年の二月、茨城県下で逮捕され、無期徒刑の判決をうけて樺戸監獄署に押送されてきたのである。

稲妻小僧の名は在監人たちにも知られていて、慶次郎が巨軀であることもあって、新入りの囚人のような粗略なあつかいはうけなかった。

年が明けて間もない一月下旬、西川寅吉が捕えられたという連絡が樺戸監獄署につたえられた。寅吉は、明治十九年五月に樺戸を脱獄して以来二年八ヵ月余、雨村安太郎という偽名を使い、札幌、留萌《るもい》、稚内《わっかない》などで強盗、賭博をはたらいて内地に潜入し犯罪をかさねていたが、神奈川県下で逮捕されたという。

五寸釘寅吉捕わるの報は、看守たちの口から意識的に囚人たちに流された。過去五回の脱獄歴のある寅吉が捕縛されたことに、たとえ逃走に成功しても結局は警察の追及をのがれられず、刑期延長の罰をうけるだけであることをかれらに感じとらせようとしたのである。

西川寅吉は、横浜重罪裁判所で逃走罪、強盗罪の刑をくわえられ、両足に二貫匁の鉄丸をむすびつけられて空知監獄署に押送された。

樺戸監獄署の囚人たちは、峰延への道路開通のため木材を伐出し、また他の集団は石狩川の川岸に積る雪を掘りおこして砂利をさらい、氷上を道路敷設地にはこんでいた。

月形村は、集落としての形をととのえ、戸数も六百余戸、人口も二千名を越えていた。郵便局では、一般事務以外に電信事務取扱いが開始され、警察もそれまでの札幌警察樺戸分署が樺戸警察署に昇格、安村典獄が署長を兼任していた。また、民間資本による石狩川汽船会社も三月に設立され、外輪式鉄船「上川丸」、木造船「空知丸」

が就航、恵別《えべつ》、月形間を定期的に往来し、舟運も一層便利になっていた。

秋色が濃くなり、峰延道に敷きならべられた木材は一直線にのび、土が盛られ、砂利もまかれていた。また、増毛村への道も、谷を越え山腹をけずって工事がすすめられていた。

その頃、自由党壮士として著名な奥宮健之が、平田橋事件で捕縛され樺戸監獄署に押送されてきた。

反政府運動のたかまる中で、愛知県下の自由党員も政府顚覆の兵を挙げることを計画し、論客としてその地方におもむいていた奥宮を指導者にあおいだ。挙兵に必要な資金を得るため、かれらは、日本刀を手に民家へ押入って金品をうばうことをくり返し、捕縛しようとした警察官とたたかい、平田橋で警察官を殺害した。さらにかれらは、大草村役場に白刃をふるって押しかけ、国税をうばった。警察の追及はきびしく、明治十七年十一月、かれらは一斉に検挙され、陰の指導者である奥宮の名もあらわれて、翌年正月、東京で逮捕された。

裁判は傍聴禁止のもとにひらかれ、強盗殺人をおかした大島渚、富田勘兵衛、鈴木松五郎が死刑、奥宮らは無期徒刑に処せられた。奥宮は、仮留監に収容された後、北海道送りになったのである。

その年は、前年に八名であった逃走者が三十九名に急増し、空知監獄署でも四十三名が逃走した。その現象は、囚人たちが自分たちの苛酷な労役によって北海道開拓政策が推進されることを意識し、それが確実に自分たちを死に追いやるものであることに気づいたからであった。事実、病死人の数も樺戸で前年の十九名が五十二名、空知で五十二名が七十三名、釧路で十二名が二十三名とそれぞれ増加していた。

永山武四郎の新長官就任によって行政機構の改変がみられ、監獄署と改名されていた名称が、翌明治二十三年七月に再び集治監となった。

空知集治監の幌内炭山出役をのぞいて、各集治監の囚人たちは、もっぱら道路開鑿事業に集中されていた。その事業を推しすすめるために内地からの囚人の護送はつづき、三集治監あわせて在監人は約八千名にも達し、そのうち集治監に収容しきれぬ囚人三千九百名が、道路工事や幌内炭山の現場にもうけられた仮獄舎に収容され、労役に従事していた。

樺戸集治監では、四里におよぶ峰延への泥炭地にようやく直線道路が完成し、空知集治監の囚人のひらいた市来知《いちきしり》村、峰延間の道路と連絡することができ、樺戸、空知両集治監の道が全通した。また、増毛村への道路も途中まで開鑿され、囚人たちは峰越えに海岸線にむかってツルハシをふるっていた。さらに、市来知村から忠別太《ちゆうべつぶと》（旭川）まで通じていた細い道も三間幅に拡張され、それをひきついで、空知集治監の囚人たちが忠別太から網走までの道路工事にとりくんでいた。

釧路集治監でも、これに応じて網走道路開鑿を計画し、翌明治二十四年に網走に外役所をもうけた。

幌内炭山の外役に従事していた空知分監の囚人たちは、道路開鑿にも出役せねばならぬことに新たな恐怖をいだいたようであった。かれらはその工事が多くの犠牲を強いるにちがいないと感じたらしく、逃走をくわだてる者がさらに増し、明治二十三年末までには九十一名が逃走、ほとんどが捕えられ、十名が射殺、斬殺された。

明治二十四年に入ってからも逃走事故はつづいたが、三月十四日には脱獄歴五回の西川寅吉も足に鉄丸をつけたまま逃走した。しかし、かれは四日後に森林中に潜伏中を看守に発見され、捕縛された。

かれは、闇室の罰をくわえられた後、同じように逃走をくわだてた三人の囚人とともに札幌へ押送されて、札幌重罪裁判所で裁きをうけ、それぞれ刑の加量を申し渡された。

かれらは、五月二十一日、札幌警察署の渡辺外太郎、小玉清泰両巡査にともなわれて札幌から月形村の警察署へ護送された。囚人たちは二人ずつ足と腰に鎖をむすびつけられ、さらに両手に縄がわたされていた。

汽車で幌内炭山で下車し、陸路月形村へむかった。すでに日が没していたが、巡査は提灯を所持せず、星明りをたよりに月形村への道をたどった。

寅吉は、俵木関太郎と縄でつながれていたが、巧みに両手首から縄をはずすと関太郎をひそかにうながし、突然巡査に体当りをして逃げ出した。巡査は抜刀して追ったが、二人の姿は闇の中に消えてしまった。

北海道の警察署では、ただちに各方面に探索の手をのばし、民家の近くを彷徨していた俵木関太郎を捕えたが、寅吉を見出すことはできなかった。俵木の話によると、逃走後、二人は、鎖をはずし別れたという。

寅吉は、七回の脱獄に成功したわけで、かれの行方は不明だった。

それから二ヵ月後の七月二十三日、三重県渡会《わたらい》郡浜郷村で強盗事件が起った。その夜、小柄な男が浜口源七方の高窓に梯子をかけて格子を切り、板戸をひらいて他の男を呼び入れ、源七と妻リマの寝ている部屋に入って蚊帳の四隅の紐を日本刀で切り落した。

賊は、夫婦をしばり上げ、

「静かにせよ。声を立てれば斬り殺す」

とおどし、リマの足の縄をといて土蔵に案内させ、簞笥の中から十一円余をうばった。小柄な男は、

「他に蓄えがあろう。出さなければ二つ斬りにする」

と言い、白刃をリマの頰に押しあてた。しかし、リマはないと答えたので、二人はそのまま逃走した。

北海道で脱走した寅吉は三重県多気郡生れで、集治監から地元に立ちまわる気配があるという連絡をうけていた県警察署は、浜口夫婦に人相をただして小柄な男が寅吉である確率が高いと判断し、県下一帯に警戒網をはった。

翌二十四日、同じ郡内の宇治山田町の四方山甚蔵方の台所戸口から二人組の強盗が押入った。手口は同じで、甚蔵と妻シゲ、同居人梅山作太夫をしばり上げて蚊帳の中に入れ、紐を切り落した。そして、かれらを刀でおどし、五円七十銭と衣類その他十三点をうばい、立ち去った。警察署の推定通り賊の一人は寅吉で、共犯者は輩下の下尾綱吉であった。

寅吉の犯行は大胆で、翌日の夜も綱吉とともに小俣村の浄土寺に押入り、住職の妻サタの寝ている部屋の蚊帳を切り落し、住職岸本隆旭、サタ、徒弟福海祐山、借家人浦嶋トラをしばり上げ、住職から二十円三十銭、衣類等四十八点、トラから所持金六

十五銭を強奪した。

　三日後の七月二十八日には飯高郡粥見村にあらわれ、広池義兵衛方で十一円八十五銭、八月一日には伊賀郡に飛び、阿保村の金性寺に入り、六円五十銭をうばった。金性寺では柴田徳松夫婦が留守役をまかされていたが、寅吉は柴田が警察署の探偵をしていたことを知っていて、

「仕込杖を出せ」

　と脅迫し、白刃を柴田の右耳と頰部の間に押しあてて傷を負わせ、室内にあった日本刀を持ち去った。

　翌日には、一志郡大三村の専念寺で五円、次の日も一志郡大戸村の玉井文三郎方に押入ったが、家人に騒がれて逃走し、家人を刀で傷つけたり殴打するなど、次第に行動が粗暴になった。三重県警察署は捜索につとめたが、寅吉を発見することはできず、県下での犯行も絶えた。

　それから二十日後、寅吉は綱吉とともに山梨県下にあらわれ、八月二十三日に手拭で鉢巻をし抜刀して、西山梨郡住吉村萩原重賢方に押し入り、蚊帳の釣紐を切って家人をしばり上げ、四十一円と日本刀一振その他二十八点を手に去った。

　山梨県下での犯行がつづき、八月二十八日には東山梨郡諏訪村の相沢利八方に日本

刀と短銃を手に踏みこみ、三百十一円その他金貨二十四個をうばい、台所で冷飯に鶏卵四個をかけて食べ、立ち去った。二人は夜道を走り、明け方に西山梨郡里垣村の平原庄右衛門の持つ葡萄園に入り、それぞれ葡萄三房ずつを取って食べた。たまたま見廻りの番人内藤武平が両名を発見し、近づいて、

「何者だ」

と声をかけ、寅吉の肩をつかんだ。

寅吉は短銃を発射、弾丸は内藤の左足の大腿部の骨に達した。内藤の傷は重く、その年の十一月十八日に死亡した。

寅吉は、その後綱吉と別れて再び三重県下にもどり、中井為蔵という輩下をいざなって九月十八日、二十日、二十二日と三件の強盗をはたらき、現金二十五円三十三銭、物品三十二点をぬすみ、日本刀で家人に傷を負わせた。

警察の追及は一層きびしくなり、寅吉は、井上銀次郎の偽名を使って三重県下をはなれ、新潟県下に入った。そして、各地を転々としていたが、十一月二十一日に中頸《なかくび》城《き》郡内で捕縛されて新潟の監獄署に投じられ、再び空知集治監に送り返されてきた。かれは、三十七歳になっていた。

釧路集治監には、軍人、軍属、巡査などの軍事犯の囚人が多かったが、その年の七

月二日には元巡査津田三蔵が内地から押送されてきた。

五月九日、ロシア皇太子ニコライ親王は、ジョージ親王らとともに軍艦「マゾヴァ」に乗り、「モノマフ」「ナヒモフ」を従えて日本へ来遊、各地で歓迎をうけ、神戸に上陸した。一行は、神戸その他を巡覧し、列車で京都にむかい、常盤ホテルに宿をとった。

十一日朝八時、皇太子殿下一行は人力車で旅館を発し、大津の諸所を御覧になり、滋賀県庁で昼餐をとられた。

午後二時、県庁を出発した一行は、人力車をつらねて大津の町を通過した。路傍には歓迎の群衆がひしめき、警察官多数が警護にあたっていた。

人力車の列が大津の京町にさしかかった時、道の右側に姿勢をただしていた警官の一人が、突然サーベルをひき抜いて走り寄ると、山高帽をかぶった殿下の頭部に斬りかかった。刀は、帽子を通して後頭部から右の鬢にかけて切り裂き、さらに後部から前にかけて薙いだ。

殿下は車からとび降り、その後を警察官がサーベルをふりかざして追ったが、後の人力車に乗っていた従弟のギリシャ帝室のジョージ親王が竹鞭で警察官の頭をたたき、車夫の一人が警察官に体当りして押し倒した。その間に、他の車夫が警察官の落したサーベルを拾いあげて斬り伏せ、駈けつけた二人の警察官が捕縛した。

ニコライ皇太子殿下は路傍の小店で応急手当をうけ、県庁へもどって休養後、汽車で京都へもどり、常盤ホテルで治療をうけた。

政府は、この事件でロシアとの国交関係が悪化し武力行使による紛争がおこることを懸念した。明治天皇もそれを憂え、翌日臨時列車で京都にむかい、常盤ホテルにニコライ殿下を見舞った。また、国民もニコライ殿下に見舞状を送り、その数は一万通にも達して、兵庫県庁はその翻訳に忙殺された。

事件が起ってから九日後の五月二十日午後七時すぎ、京都府庁前で一人の女が剃刀《かみそり》で咽喉と胸部を切り自殺した。それは千葉県生れの畠山勇子、二十七歳で、ニコライ殿下が負傷したまま帰国することは、国民の一人として堪えがたく自殺によって陳謝する旨の遺書をはじめ、ロシア国大臣、日本政治御旦那様と表書きされたものなど十通の遺書を所持していた。

事件の五日前に総理大臣に就任した松方正義は、警護の責任者である滋賀県知事沖守国と警部長斎藤秋夫を免職させ、また内務大臣西郷従道、外務大臣青木周蔵も辞職してロシアに謝罪の意をしめした。

日本政府は、ロシアの動きを注視していたが、ロシア皇帝からは天皇をはじめ日本側の温い心遣いに対する謝電が寄せられ、日本側を安堵させた。

ニコライ皇太子を襲った警察官は、三重県伊賀国阿拝郡上野鉄砲町の津田三蔵、三十六歳であった。三蔵は、下級軍人から警察官になった謹厳な男で、読書を好み、人付き合いはほとんどなかった。

三蔵は取調べを受けた後、膳所《ぜぜ》監獄署に送りこまれた。車夫に斬りつけられた傷は、後頭部に長さ四寸、深さ二分、背部に長さ二寸、深さ七分のかなり重いもので、病監に収容され手当をうけた。

凶行の動機について、三蔵は法廷で、ロシアが千島・樺太交換条約で樺太を独占したことを憤り、ニコライ殿下の来日目的は遊覧のためではなく日本国の内情視察にあると考え、殺意をいだくに至ったと陳述した。三蔵は、貧乏士族の身でめぐまれた官職につくことができず、自由民権運動にも関心をもち、また一部の者のとなえる欧米列強に対する警戒論にも同調していた。

三蔵は裁判にかけられたが、司法大臣山田顕義は、三蔵を死刑に処すことを命じた。それに対して、大審院長児島惟謙は、刑法に外国の皇族に対する犯罪についての条項がないことを理由に強く反対し、単純な謀殺未遂罪として、五月二十七日三蔵に無期徒刑を申し渡した。

山田大臣は、自分の主張が通らなかったことに面目をうしない、大臣の職を辞した。

五月三十一日、三蔵は、兵庫仮留監に移送され、百十九名の囚人とともに神戸港から「和歌浦丸」に乗せられ、横浜に寄港後、釧路へ護送されてきたのである。

全国的な話題になった大津事件であっただけに、釧路集治監の看守たちも津田三蔵の名を熟知していて、かれを好奇の眼でむかえた。

三蔵の傷は癒えていたが、顔色は病人のように青く、食欲もない。集治監側では、労役に出すことを避け、獄舎内で軽作業に従事させていた。かれは、他の国事犯とは対照的に黙しがちで、言葉をかけても返事をしない。獄房内でも、沈鬱な表情でなにか考えこんでいるようであった。

秋の気配が感じられるようになった頃、かれの顔色は一層冴えず、九月中旬から食事も口にしなくなり、横臥するようになった。十月一日午前零時三十分、三蔵は息を引きとった。それは、断食による一種の自殺であったが、北海道庁長官は内務大臣あてに三蔵の死を電報で告げ、死因は肺炎症による病死とした。が、判決で死刑か無期刑かをめぐって司法大臣と大審院長の対立があっただけに、巷間では政府の命令にもとづいて集治監で毒殺されたという噂も流れた。

そうした国事犯の存在は国内事情をそのまま反映していたが、空知集治監の幌内炭山経営権問題は、政府の北海道開拓政策と藩閥政治の根深さをしめしたものであった。

幌内炭山は、岩村長官時代に官営の炭鉱事務所から空知集治監に一切の経営がまかされ、全国第三位の採炭量をあげるまでになっていた。

石炭は、幌内鉄道で小樽まではこばれて出荷されていたが、炭鉱事務所長の村田堤が退官後、銀行家田中平八の資金援助をうけて鉄道の経営権をにぎった。さらに、岩村が左遷されて永山武四郎が北海道庁長官に就任すると、永山は、同じ薩摩藩出身の堀基に三十五万円という破格の安い価格で、幌内炭山と幌内鉄道を払いさげた。堀の背後には田中平八の資金援助があり、高官と資本家のむすびつきによって炭山の事業はその掌中におさめられ、空知集治監は、囚人を労役に差し出すだけになった。つまり、囚人の昼夜二交代という強制労働と安価な囚人の工賃の上に、堀は、炭山を経営するようになったのである。この払いさげ問題は、明治二十四年末の第二回帝国議会で早くも採り上げられた。質問者は栃木県選出代議士田中正造で、安価な払いさげ額を官と財閥のむすびつきによるものではないか、と質問したが、議会の解散によって政府答弁は得られなかった。

永山長官は、北海道開拓の推進力となっている集治監の機構改革に再び手をつけ、その年の七月に各集治監の名称をまたも改め、樺戸集治監を北海道集治監本監とし、空知、釧路両集治監を分監に、また網走におかれた釧路集治監の外役所を八月十六日付で網走分監として独立させ、初代分監長に二十七歳の有馬四郎助を登用した。

網走分監を新設した道庁の第一の目的は、大規模な道路計画を囚人の労力で成功させるためであった。

すでに札幌から忠別太（旭川）までは、樺戸、空知両集治監の囚人たちによって幅三間以上の道が通じていた。それは、北海道の奥深く楔を入れた劃期的な道路であったが、道庁は、さらに北海道の中央部を東西に横断する道路の開通をくわだてた。それは、忠別太から大雪山をふくむ山岳地帯をつらぬき、遠くオホーツク海にのぞむ網走に達する大横断路であった。

もしも、それが開通すれば、札幌から忠別太をへて網走までの連絡が可能になり、その沿道にひろがる肥沃な地に多くの移植民が送りこまれ、北海道開拓を大きく前進させることが可能であった。しかし、途中には濃密な森林が横たわり、険阻な山岳と絶壁にふちどられた渓谷がつらなっていて、そこに一条の道をひらくことは至難だった。

しかし、道庁は、囚人によって強行開鑿することを決定し、前年の春、空知、釧路両集治監に工事の開始を命じた。空知集治監では旭川側から網走方面に、釧路集治監では網走側から旭川方面に工事をすすめることになったのである。

工事は、旭川方面からはじめられ、火薬の使用を民間会社に請負わせて留辺蘂《るべしべ》まで開通させた。

工事の焦点は、網走側からの工事を引きうけた釧路集治監の動きであったが、北海道庁は釧路集治監の外役所から分監に昇格させた網走分監に横断路の開鑿を専念させることになったのである。

道庁は、釧路分監から網走分監へ千名以上の囚人を移させ、年末までに、旭川方面から進行中の空知分監担当の道路と連絡できる道をひらくようにという激烈な通達を発した。

初代分監長有馬四郎助は、八月二十二日に網走に赴任すると、ただちに工事準備にとりかかった。分監長は監獄吏の中でも最高の位置にある奏任官で、若い有馬は、横断路開鑿の使命を託して登用してくれた永山長官の期待にそいたいと願い、異常な熱意をもって計画にとりくんだ。

年内に完成するためには工期がわずか四ヵ月しかなく、しかも十月中旬以後には雪が降り、工事はとどこおる。たとえ囚人に苛酷な労働を強いても、尋常な方法では、目標を達成することは不可能だった。

かれは、看守と囚人を組み合わせたいくつかの集団を編成し、かれらの競争心をあおらせて工事をすすめさせることが、最も効果的だと判断した。それまで六年間、釧路、空知で囚人に接してきた有馬は、獄舎内では、囚人たちの間に競い合うような共通した心理がひそんでいることを知っていた。自らのおかした罪の内容を誇張することが半ば一般化し、労役に出ても非力な者をさげすみ、自らの体力を誇示するかたむきがある。もしもかれらを細分化し、それらの集団で工事を競い合わせれば、他の集団におくれをとるまいとして最大限の力をふりしぼり、牢名主的存在の囚人は、他の囚人たちを威嚇して工事をすすませるにちがいなかった。

また、かれらを監視する看守たちも、職務成績をあげるために当然囚人たちを督励するはずであった。看守たちは、工事の進度が他の集団より早ければ昇進し、逆の場合には大幅な減俸、降等、最悪の場合は免職させられるおそれがあることを知っていた。

空知分監の囚人工事隊は天塩《てしお》、北見両国の境いまでが担当地区で、網走分監側は、その国境いから東の方面を引きうけることになっていた。空知側では、すでにその先端が国境い近くに達し、網走側では工事を急速にすすめる必要があった。

有馬は、まず一集団の構成を看守長一名、監督補助二名、看守二十四名、それに囚人二百二十人とした。そして、設計陣として本部に民間の大工三十名、食糧輸送班として駄馬をあやつるアイヌ二十名を常置させた。ついで、地図をひろげ網走から天塩、北見両国の境いまでの予定路線を三里半ずつに区切って、十三工区にわけた。そして、一工区を両端から二集団で競わせながら、中心点を目ざして道路開鑿をさせることにさだめた。

八月下旬の早朝、網走分監では、二百二十人の囚人の集団が六群にわかれて整列し、各集団ごとに看守二十七名が配された。囚人たちは、二人ずつ連鎖されていた。

やがて、朱色の集団は、看守たちに取りかこまれて西の方向に動きだした。網走に近い第一、二、三工区の両端におもむき、それぞれ工区の中心部にむかって工事をすすめるのだ。

かれらは、傾斜面を這いのぼり、原生林の中を進んだ。太い樹木がつらなり、その間にからみあった蔦が入り組んでいる。囚人たちは、大鎌をふるって蔦を断ちきりながらわずかな空間をくぐって進んでゆく。足につながれた鎖が蔦にからまって、二人同時に倒れることもある。かれらの体は荊に傷つき、朱色の獄衣は裂けた。樹林がきれると、背丈よりも高い熊笹がつづいた。内地では見られぬ大きな蚊がかれらにむらがり、執拗に刺す。痒みははげしく、かれらの皮膚は大きく脹れあがった。

工区にむかう囚人たちは、顔色をうしなっていた。進むことさえ苦痛である地に、道をひらくことなど到底不可能に思えたのだ。

看守たちは抜刀し、銃を携行した看守は銃に実弾をこめ、囚人の列に鋭い視線をむけていた。囚人たちは、遅々とした動きで進み、第一工区の工事を担当する囚人たちは、夕刻までに所定の位置にたどりついたが、第二工区の集団は途中野宿した後、ようやく翌日の日没までに配置につき、第三工区の集団は、さらに野宿をかさねなければならなかった。

工事開始地点では、早速一部の囚人たちに仮泊所の建築が指令され、他の者たちには工事道具が手渡された。

「中心点まで、一刻も早く道をひらく。向う側から工事を推しすすめてくる組は、敵と思え。敵に勝った折には飯を余計に食わす。もしも逃走をくわだてるような不心得者がいた場合は容赦なく殺し、屍も成仏などできぬように土に埋めず、捨てておく。かかれ」

看守長は、鋭い声を囚人たちに浴びせかけた。

囚人たちは、作業を開始した。

民間人の大工が三間幅の路線をしめす縄をひき、囚人たちは、路線を中心に十五間幅の地に生いしげる樹木の幹に、鉞の刃を食いこませる。樹木が音を立てて倒れると、土中に深く張った根が起され、路線から除去される。随所に岩石が露出していて、それらの掘り起しもおこなわれた。

看守たちはもどかしがって、樹木の一方に囚人たちを綱でぶらさげさせ、その重みで樹木を早目に倒すよう指示する。倒れる樹木を避けられず、下敷きになる者もいた。

手を休める囚人には、看守の手にしたサーベルの峰がたたきつけられた。看守たちの眼は血走り、口からは絶えず怒声がふき出ていた。

午後の休憩時刻になると、囚人たちは二人ずつ連鎖のまま仰向けに倒れ、肩をあえがせた。かれらの中には傷ついた者も多く、うつろな眼を空にむけていた。

霖雨が訪れるようになり、かれらは雨に打たれて作業をつづけた。看守たちの競争心をあおる叫び声に、かれらは駆り立てられるように手足を動かす。囚人の主だった者は、看守に対する迎合と前方から進んでくる囚人の集団におくれをとるまいという素朴な敵愾心から、他の囚人たちに荒々しい声を浴びせかけていた。

日が没すると、かれらは仮泊所に足をひきずりながらもどり、夕食をとった。仮泊所は、体を密着させて横になるだけの余地しかなく、雨洩りで毛布は水をふくんだ。

有馬分監長の意図は的中し、工事は驚くほどの進捗をしめした。中心点に近づくにつれ、前方で相手集団の看守の怒声がきこえ、樹木が音を立てて傾くのもみえる。それを眼にした看守たちは、サーベルを手に囚人たちの周囲を走りまわり、囚人たちは食事もとらず作業にはげんだ。

やがて、相手集団が中心点に達したらしく歓声がきこえてくると、看守たちは、囚人たちを罵りサーベルの峰でかれらをたたきまわった。

中心点に達すると、囚人と看守たちは、仮泊所を撤収して第四、五、六の工区へとむかった。

工事は、一層熱気を増していた。競争は激烈になり、それまで昼間だけおこなわれていた作業も、いつの間にか昼夜兼行になった。囚人は二交代になり、午後一時から作業についた者は深夜の午前一時まで働き、他の囚人たちと交代する。夜間には篝火《かがりび》がたかれ、看守たちは提灯を手にかれらを督励してまわった。夜半から明け方まで気温が低下したが、かれらの熱した体には冷気も感じられぬようであった。

アイヌは駄馬を使って食糧の輸送を担当していたが、工区が奥へすすむにつれて補給も不十分になった。囚人には米、麦混合の主食七合と漬物、味噌汁があたえられていたが、米が次第にとぼしくなって雑穀に代用され、味噌の支給もとどこおりがちで囚人たちの体は衰弱した。

囚人が倒れはじめるようになり、看守たちはかれらを放置して工事を進めさせた。苛酷な労働と粗末な食事に、大半の者が脚気《かっけ》にかかり足がむくんだ。しかし、前方に炎の色がちらつくのをみると、囚人たちは競争相手の一団が中心点にむかって工事を急いでいることを知り、無感覚になった手足を動かして作業にはげむ。看守たちの声はしわがれ、サーベルの刃には土や葉がへばりついていた。

紅葉が工区一帯を染め、やがて落葉がしきりになった。

第七、八、十二、十三の工区の労働は、かれらにはげしい苦痛をあたえた。その地区は、峻険な断崖、渓谷が連続している地域で、専門家の手で岩壁に爆薬がうめこまれ破砕することもおこなわれた。

降雪期がやってきて、かれらは雪中で岩をくだき、巨木を倒して進んだ。その頃から逃走者が続出するようになり、それを看守が追って斬り殺し、銃弾を打ちこむ。路線の周辺には、病死者と逃走者の遺体が点在し、降りしきる雪に埋れていった。逃走者の遺体の中には鎖を足に巻きつけ、縄で手足をしばられたままのものも多かった。

積雪の深い天塩、北見両国の境界にある凍結した滝の附近に達したのは、十二月二十七日で、旭川方面から空知分監の囚人によって開鑿された道路と合した。網走分監の囚人の手でひらかれた道路は、全長五十四里三十四町、道幅三間、最高勾配二十分の一であった。

この開鑿工事によって、札幌から旭川、北見をへて網走までの道路が開通し、沃地の多い沿道の女満別《めまんべつ》、美幌《びほろ》などに移民の入植が期待された。

囚人の犠牲は、大きかった。有馬分監長は、永山北海道庁長官に道路工事の完成を報告するとともに、起工から十一月末までの出役した囚人の状況をつたえた。それによると、病気にかかった囚人は延千九百十六名、栄養失調症による死亡者百五十六名、消化器疾患による死者二名、逃走をくわだてて殺害された者三名、重労働に堪えかねて縊死した者一名であった。また病囚は、医薬品不足で未治療者百三十三名であることも付けくわえられていた。

樺戸本監では、安村治孝が典獄を辞任、釧路分監典獄大井上輝前が後任者に任じられた。

大井上は、アメリカに留学した経歴をもっていただけに国際的な感覚もあり、明治二十一年、凶暴な囚人の護送に付きそってきたキリスト教牧師原胤昭と親交をふかめ、キリスト教による教誨が囚人対策に好ましいと信じた。原は嘉永六年江戸八丁堀の与力の家に生れ、石川島人足寄場見廻役となり、維新後官員になった。が、その後、錦絵商になり、キリスト教に帰依して明治十五年の福島事件で政府批判の演説をしたりして逮捕され、石川島監獄に投じられた。その獄内生活の体験をもとに、かれは、出獄後教誨師になった異色の人物であった。

大井上は、原に教誨師としてとどまることをすすめ、樺戸本監典獄に就任すると、原らキリスト教教誨師の助力をもとめて月形村に洋式教会を建て、囚人に対する教誨以外に村民への伝道もおこなわせた。

樺戸本監をはじめ各分監の監長は、行政、警察、裁判の権限をあたえられ、大井上も樺戸、雨竜《うりゅう》、上川三郡の郡長、樺戸警察署長をそれぞれ兼任するなどその地方最高の権限を得ていたので、かれのキリスト教普及の指示は、ひろく徹底された。樺戸には、永平寺本山から派せられた仏教教誨師鴻春倪についで鶴原道波が囚人の教誨にあたっていたが、大井上は鶴原を退任させ、原らを教誨師に任じた。

大井上は、本監内に洋式椅子をそなえた教誨堂をもうけ、また野球道具を入手して囚人に野球をさせるなど異例の教化方法を採用した。

原らの教誨は囚人の一部に好ましい影響をあたえはじめたので、大井上は各分監にもそれにしたがうことを指示し、分監でも仏教の教誨師を罷免させ、キリスト教教誨師を招いた。

また、大井上は、明治二十七年三月に看守に対する懲戒規則を改正し実行に移した。それは、従来の規則よりも詳細な罰則をもうけたもので、峻厳きわまりないものであった。

勤務中、喫煙はもとより煙草の所持をはじめ、姿勢をみだすこと、間食、椅子に坐ること、さらに勤務外に許可なく酒宴に出席し放歌することなどが、処罰の対象になった。最も重い罰は免職、ついで月俸の百分の五十一以上の減俸であったが、その内容は、

一、職務ヲ恥カシムル行為アル者
二、素行修ラザル者
三、上官ノ命令ニ抗シ又ハ粗暴ノ行為アリタル者
四、事ニ臨ミ卑怯ノ挙動アリタル者
五、故ナク抜剣シテ囚徒ヲ威嚇シタル者

などで、処罰の対象になった看守は、看守長からきびしく叱責され、看守たちの中

にはそれに辟易してひそかに家族とともに官舎を脱け出し、行方をくらます者もいた。その年、年末までに免職または辞職していった者は、樺戸本監、空知、釧路、網走、各分監で計三百七名にも達し、その大半は懲罰をうけた者たちであった。

明治二十七年八月一日、日清戦役が勃発した。

日本と清国は、朝鮮の権益をめぐって対立していたが、東学党の乱をきっかけに清国は朝鮮に出兵し、日本も、朝鮮の親日派からの要請に応じて派兵することに決定した。

政府は、清国軍が朝鮮の牙山に上陸した六月八日、広島の第五師団に動員令を発した。日本にとって明治維新以来初めての外国との戦争であり、しかも相手国が東洋一の大国であることに不安も大きかったが、戦況は優勢に進展した。

日本軍は、九月十五日に平壌を陥落させ、ついで十七日には日本艦隊が水師提督丁汝昌のひきいる軍艦十四隻、水雷艇六隻から成る主力艦隊と砲火をまじえ、「致遠」「超勇」「揚威」「経遠」「広甲」の五艦を撃沈、東洋一の強力艦といわれた「定遠」「鎮遠」の二甲鉄艦にも火災を発生させて、壊滅的な打撃をあたえた。

相つぐ捷報《しょうほう》に道民は狂喜し、戦勝気分はたかまった。道内にある二十二兵村、三十六個中隊の屯田兵約四千名も出動態勢をととのえ、臨時第七師団を編成して札幌から東京にむかった。

戦勝気運の昂揚とは逆に、北海道の経済はかなりの混乱をしめしていた。内地と北海道を連絡する商船の大半が軍用船に徴発され、船舶不足で内地から物資が送られてこず、物価は暴騰していた。

また、内地に売られていた北海道産の物資の輸送も杜絶状態になったため滞貨し、深刻な不況にさらされていた。そうした中で、石炭のみは戦争に不可欠なものとして内地に優先的に輸送されていたので、価格は急上昇し、炭鉱は活況を呈していた。殊に、北海道最大の出炭量をもつ幌内炭山会社は、低工賃の囚人の労役にささえられて高収入をあげ、その年の十一月十五日の株主総会では高率の利益配当を発表した。

幌内炭山では、落盤、爆発事故が絶えず、明治二十四年九月と翌年三月にガス爆発があって、それぞれ多くの死傷者を出していた。が、炭山会社はそのような人的損害を無視し、政府に対して出役する囚人の数を増加させて欲しいという要請をくり返していた。

空知分監では重病人、負傷者が多く、出役囚人数はすでに限界に達していたので、炭山会社の要求をいれるためには樺戸にある北海道集治監本監の囚人を使用する以外になかった。

政府は、本監の囚人を動員した場合、幌内炭山の採炭量がどの程度増加するかをさぐるため調査使を北海道に派遣したが、その随員に内務官僚の印南於菟吉が加わっていた。

印南は、金子堅太郎の囚人使役による北海道開拓論を全面的に支持し、その作業としては炭鉱内での労働が最も適していると強く主張していた。かれは、それに関する論文も発表していたが、第一の理由として、炭坑内での労働は囚人を懲戒させる上できわめて効果があり、凶悪不逞の囚人たちに「最も苦痛多き作業」である炭坑内の採掘作業を課すべきだと述べている。

また、囚人は怠惰を好み他人の生活をあてにする「寄生虫」で、かれらを更生させるには働かなければ食物を口にできぬことを教える必要があり、そのためにも坑道内に追いこみ採炭させることが最も効果があると論じていた。

印南は、北海道集治監本監におもむくと、大井上典獄に樺戸の本監囚人を幌内炭山に出役させるよう強くもとめた。

しかし、大井上は即答を避けた。空知分監の囚人が働いている幌内炭山では、落盤、爆発事故が相つぎ、おびただしい数の囚人が死亡し、負傷している。病者も多く、明治二十二年を例にとると、在監者千九百六十六名中発病者は延九千三百六十九名にも達し、二百六十五名が死亡している。

前年の夏に幌内炭山を視察した岡田朝太郎博士は、政府に提出した報告書に、地獄にもひとしい坑道で十二時間労働を強いられている連鎖の囚人たちの姿はまことに痛ましいと述べ、空知集治監の獄舎で炭山に出役し不具になった囚人たちの姿を具体的に記している。かれが視察した折り監内にいた不具者は二百六名で、手、足の欠けた者たちが五十数人の盲目者とともに整然とならんで、綿の塵をのぞく作業をつづけていた。そして、日没近くなって作業終了の鐘が鳴ると、手だけを失った者が誘導者になり、盲人たちがたがいに前を歩く者の帯をつかんで作業場を出、その後から足の欠けた者が這いながら房に帰っていったという。岡田は、炭山労役が囚人の懲戒の限界をはるかに越えた「死業」であり、労働条件の改善を強く訴えていた。

印南は、岡田の報告書も読んでいたが、その意見には反対で、囚人の炭山出役こそ北海道集治監の存在理由であり、同時に国家利益に貢献する意義深い事業であると信じていた。

しかし、大井上は、幌内炭山に本監囚人を出役させることには不賛成で、むしろ空知分監に命じて炭山から囚人を引揚げさせる必要すら感じていた。かれには、釧路集治監典獄時代に跡佐登《あとさぬぷり》硫黄山から囚人を撤収させた過去があり、キリスト教的人道主義の立場からも幌内炭山への囚人の出役は廃すべきだと思っていたのだ。

印南は、大井上の態度に憤り、帰京後その旨を政府に報告した。

大井上は、政府に対して炭山への出役による囚人の死者、発病者、負傷者数を列記して、強く出役の廃止を訴えた。識者の間にも、北海道での炭山出役への批判の声がたかまりはじめ、新聞紙上にもそれに類した記事が掲載されるようになっていた。

政府は、そうした声を無視することができなくなり、印南らの強い反対を封じて、北海道庁に対しその年の十二月二十日、空知分監の囚人による採炭の廃止を指令させた。

大井上の訴願はうけいれられた形になったが、政府のかれに対する眼は冷たくなり、かれがキリスト教を強く支持していることを好ましくないとする意見が、一部の者からもれるようになった。

明治維新後、神職、僧侶による囚人教化がおこなわれていたが、明治十四年には教誨師についての規定もうけられ、東西本願寺の僧によって全国的に教誨がおこなわれるようになっていた。明治十八年十二月、外務大臣井上馨は、条約改正を推しすすめる一方法として外国から宣教師、牧師をまねいて優遇したが、キリスト教各派も熱心に布教したので、日を追って信徒が増していた。日本一致教会（日本基督教会）

は、監獄の囚人教誨によって一層キリスト教を普及させたいと願い、原胤昭を釧路分監に送りこんだ。原は大井上の知遇を得、大井上が本監典獄に就任したことによって分監の教誨師もキリスト教牧師が採用された。つまり、全国で北海道の集治監のみが、キリスト教教誨師で独占されていたのである。

キリスト教の普及は、各地で混乱もひき起していた。

明治二十三年に教育勅語が発布されて全国の学校で奉拝されることになったが、キリスト以外に礼拝する必要がないと信じているキリスト教の信徒たちは、教育勅語に頭をさげることもせず、御真影に礼拝することもこばむ傾向が強かった。明治二十四年一月には、キリスト教信徒である第一高等中学校教授の内村鑑三が、教育勅語奉読式でただ一人頭をさげなかったため学生のはげしい抗議をうけて辞職させられ、東京本郷の壱岐坂《いきざか》教会でおこなわれたかれを弁護する講演会でも、聴衆が激昂し中断する出来事も起り、国体に反するキリスト教に対する反感がたかまっていた。

そうした中で、北海道集治監本監の典獄大井上輝前がキリスト教の洗礼をうけ、御真影を物置に入れて看守や囚人に拝ませぬようにしているという噂も中央に伝えられた。

かれに対する非難ははげしくなり、大井上典獄の不敬事件として問題化した。日清戦役中であったので、天皇中心の国論をみだす行為として人々の憤りをかったのである。

混乱は収拾のつかぬものになり、戦争終結後の明治二十八年七月、政府は大井上典獄に対して依願退職の処置をとり、後任として東京監獄の典獄石沢謹吾を就任させた。

石沢は、大井上のキリスト教牧師のみによる教誨方針をあらため、樺戸本監、空知、釧路、網走各分監に一名ずつの大谷派教誨僧を採用し、キリスト教牧師とともに囚人の教誨にあたらせた。これに対し、原胤昭をはじめ五名のキリスト教牧師は不満をいだき、声明書を発して全員辞職した。


明治二十八年四月十七日、日清両国間で講和条約が締結された。

その月の末日、樺戸本監の在監者は千五百一名で、そのうち重病患者六百六名、両眼失明者三名、片眼失明者十三名であった。分監では、重病患者数が空知八百九十七名、釧路六百七十三名、網走二百三十二名、両眼失明者が空知二十八名、釧路十五名、片眼失明者は空知四十二名、釧路四十四名、網走十四名であった。

その年、釧路分監の帯広出張所が十勝分監に昇格し、千三百人の囚人が収容された。かれらは、太平洋沿岸の大津港から帯広までの道路を開通させ、石狩国との境にある狩勝峠への道路工事にも着手していた。

炭山、硫黄山への出役が廃され道路工事の労役も少くなったので、逃走者の数は減少していたが、それでも逃走を企てる者は跡を絶たず、九月十一日には稲妻強盗の坂本慶次郎が脱走した。その日の早朝、かれは他の囚人と鎖でつながれて出役したが、濃霧が立ちこめ、一、二メートルほどの視界しかきかぬのを利用し、鎖でつながれた寺田留吉とともに逃走したのである。

集治監では四方に捜索の手をのばし、十日後に厚田郡古潭《こたん》村の山中で餓死寸前の寺田を発見し、捕縛した。かれの自供によると、連鎖のまま濃霧の中を逃げ、鎖をはずした後、慶次郎と別れたという。

その後、慶次郎は、小樽から乗船し津軽海峡を渡ろうとしたが、港に張りこんでいた看守長鬼丸丑蔵に気づき、未知の女を自分の妻のようによそおって寄りそい、鬼丸の眼をかすめて内地にのがれることに成功した。

その年、北海道に徴兵令が布かれたが、それをきらって身をかくす者が多く、かれらを捕え、懲戒のため樺戸本監に収容したりした。

十

明治三十年二月一日、本監では、早朝に病囚をのぞいた囚人全員を柵門内の広場に整列させた。

広い敷地には仮壇がもうけられ、看守長以下がならび、その後方に銃を手にした看守が、門と柵の附近に立って囚人たちに視線を据えていた。

正装の制服、制帽をつけた石沢典獄が、雪をふんで看守長とともに近づいてくると、壇にあがった。広場には、膝上まで雪に没した千五百名近くの囚人が、典獄を見つめていた。

看守長の号令で、石沢典獄に看守たちが敬礼し、囚人たちは頭を深々とさげた。朝の陽光が、わずかにさしはじめていた。

囚人たちは、ものものしい気配に不安をいだき、こわばった表情で典獄に眼をむけていた。かれらは、新たな苦役がはじまるのかも知れぬ、と思っているようだった。

典獄が囚人たちを見まわすと、白い呼気を吐きながら、

「恐れ多きことであるが、去る一月十一日午後六時、英照皇太后陛下が御崩御あらせ

られた」

と、ききとれぬような低い声で言った。

ついで、かれは声を張りあげると、

「天皇陛下におかせられては、昨一月三十一日勅令第七号をもって、大赦の令を発せられた。死刑の判決を受けた囚徒は無期徒刑、流刑に、無期徒刑、流刑の囚徒は十五年刑に、有期刑の囚徒は、刑期四分の一を減ずるというありがたき御沙汰である。以上、御聖旨を伝達する」

と、述べた。

看守長の号令で、囚人たちは典獄に頭をさげ、典獄は壇をおりて庁舎の方向に去っていった。

囚人たちは、雪中で身じろぎもせず立っていた。生涯獄舎にとじこめられ、冬のきびしい寒気と苛酷な労役に窮死する以外にないと思っていたかれらは、思いがけぬ大赦令で出獄できることに身のふるえるような喜びにひたっていた。五年以上生存者はきわめて少く、囚人たちは死をまぬがれることができたことに感動し、殊に無期刑の囚人たちは出獄の希望が生れたことに涙ぐんでいた。

「還房」

看守長の声に、かれらは獄舎にむかって歩き出した。

その日は出役も免ぜられ、かれらは房の中でひっそりとすごした。獄舎の中には、深い静寂がひろがっていた。

大赦令は、全国の囚人五万三千六百二十二名に減刑が適用され、その中で九千九百九十七名が放免されることになった。

北海道集治監では、在監者が無期刑、長期刑囚にかぎられているだけに適用者は多く、本監、分監あわせて七千余名の在監者中、樺戸本監八百三十九名、空知分監七百五十二名、釧路分監百八十名、網走分監三百七十一名、十勝分監三百三十一名計二千四百七十三名が放免の対象になった。その中には、秩父暴動の宮川寅五郎、平田橋事件の奥宮健之、久野幸太郎、塚原九諭吉、加波山事件の小林篤太郎ら七名の自由党壮士もふくまれていた。

放免者が多いため、本監では、分監と内地への送還方法について協議した。その結果、樺戸本監、空知分監の放免囚千五百九十一名は、空知分監に集合させて汽車で小樽、室蘭両港に二分して送り、釧路、網走、十勝の各分監の八百八十二名の囚人は、釧路分監に集合後釧路港へ護送し、それぞれ汽船で内地へ送ることになった。

樺戸本監では、雪どけを待って内地送還を開始した。

放免囚はいくつかの集団にわけられ、列をつくって本監の門を出てゆく。かれらは、朱色の獄衣のかわりに黒い縦縞の単衣を着、放免証書の入った白い風呂敷を手にしていた。

かれらは、橋を渡って石狩川を越え、峰延までの一直線の道路を歩いてゆく。かれらは、樺戸本監をふりかえりながら空知分監の方向へ遠ざかっていった。

明治十四年に樺戸集治監が開設されて以来、大赦令は、初めて囚人にあたえられた恩恵といってよかった。それまでの病死者は二千二百十名、自殺等の変死者百六十二名、逃走者七百五十七名中射・斬殺百五十七名、溺死、餓死十五名、捕縛四百八十一名で、未就縛百四名であった。

本監の在監者は半数以下に減少し、獄舎は森閑となった。他の分監でも事情は同じで、殊に網走分監では、残された囚人の数が定数をはるかに下まわっていた。

集治監は、北海道庁から内務省の所轄になっていたが、内務省では網走分監の廃監を決定し、囚人を本監または他の分監に移送した。そして、囚人たちの開墾した畠を民間に貸しあたえ、土地、建物を樺戸本監に所属させた。

大赦令は、残された囚人たちにも大きな心理的影響をあたえた。無期刑の者たちは、放免される希望をいだくことができ、長期刑の者たちは刑期の短縮を喜んでいた。それに、作業も開墾と農耕が主になり、道路工事もほとんどなく、かれらの表情はわずかながら明るんでいた。

そうした囚人たちの心情は、逃走事故の減少になってあらわれた。その年の夏、本監裏手の柵外で煉瓦用の土を運搬していた囚人二人が連鎖のまま逃亡、ついで九月十四日には、鎖が自然にはずれたことを利用して逃げた者がいたが、かれらはそれぞれ看守に捕えられた。釧路分監でも、五月に一人の囚人が逃走したが、やがて白老村の海岸に死体となって漂着しているのが発見され、また十勝分監でも二人の囚人が連鎖のまま逃走、民家に押し入って強盗をはたらきアイヌに捕えられるなど、計七名の逃走事件があっただけであった。

この現象は翌年にもつづき、樺戸本監で七名、空知分監で二名の逃走者があったのみで、しかも全員が逮捕された。

しかし、獄舎内では、例年のように囚人同士の殺傷事件がつづいて起っていた。

村田伝之助という有期徒刑囚は、二人の囚人とひそかに性行為をかさねていたが、それを知った同囚の小川仙吉が他の囚人たちに告げまわったことを憤り、一月二十六日、工業用小刀で仙吉の背部を刺し、重禁錮五ヵ月の罰をうけた。

釧路分監では、沢野長槌という重懲役の囚人が、塵捨場で拾った竹べらを手に反目していた橘友次の背後から襟をつかんで仰向けに引倒し、竹べらを両眼に突き刺した。それは深部にまで達して、橘は二日後に死亡し、沢野は殴打致死罪で無期徒刑に処せられた。また、重懲役植松富五郎は、木炭用の材木を運搬中、重懲役の中村皆蔵があやまって材木を富五郎の足に落したことを憤り、木材で皆蔵の頭を乱打し、死亡させた。それ以外に、二人の囚人が監房内で首を吊って自殺した。

翌明治三十二年には、北海道に集治監が開設されて以来、初めて本、分監とも逃走者が皆無だった。それは、労役が農耕を主とし、また大赦令によって囚情が平静になったためにちがいなかった。

しかし、獄舎内での事件は絶えず、看守に対して反抗した者、傷害事件を起した者など処罰者は在監者九百四十五名中三百九十二名にも達し、殊に、性行為をおこなう風潮が増し、二十五名が処罰されていた。

有期徒刑囚大橋貞之助も性行為によって処罰された一人だが、かれは同囚の古居辰次郎と親しみ、辰次郎が他の囚人とも性関係をむすんでいることを知って、辰次郎の陰部に咬みついて傷をおわせた。また重懲役囚誉田藤次郎も、性関係にあった同囚の渋谷金三郎が、中岩寅吉に褌の洗濯を頼んだことを嫉妬し、寅吉の顔をガラスの破片で傷つけた。……この二人は、いずれも傷害罪で無期徒刑の処分をうけた。

その年の一月、司法省から樺戸本監に、四年前の明治二十八年に脱走し内地に逃げた坂本慶次郎が捕えられたという連絡があった。かれは、内地に潜入後、強盗をかさね、警察はかれを追ったが、その異名の通り稲妻のような速さで逃げつづけた。かれの犯行は次第に兇悪性を増し、連日のように強盗をはたらき、その間に殺人八件、傷害二十件、婦女暴行数十件におよんだ。

その年の二月十四日夜、埼玉県北葛飾郡幸手《さって》町の木賃宿森久太郎方に、幸手警察署の荻原英太郎巡査が、旅館検査に立ち寄った。荻原巡査は、宿泊簿に眼をとおし、十四人の宿泊人と照らし合わせたが、その中の眼光のするどい印袢天を着た一人の男に注目した。男は、ふとんに身を横たえていたが半身を起すと、ひどく物柔かな口調で、

「御苦労様です」

と、挨拶した。

荻原巡査が宿帳をみると、「日本橋長谷川町一丁目十三番地　平民江川活版所職工岡田啓次郎三十四年」と書かれ、「前夜は埼玉県北埼玉郡加須《かぞ》町に泊し、帰京の途次」と記されていた。

荻原巡査は、職業その他をたずねたが、答が曖昧で、その態度にもふてぶてしさが

感じられ疑惑を深めた。荻原は質問をやめ、何気ない素振りで宿を出ると、三十間ほど平生の足取りで歩いてから警察署に走った。

かれは、同僚の武藤梅治巡査の協力をもとめ、木賃宿に引返して男に同行をもとめた。

警察署で男の所持品をしらべてみると、腹掛の中にはわずかに一銭七厘しかなく、木賃宿で三銭三厘の宿賃を二厘まけてもらって泊っていることもあきらかになった。柿沼久次郎署長は公用で出張中であったので、吉野部長が訊問にあたったが、申立てがその都度変り、さらに追及すると盗みをはたらいたことがあると申し述べたので、同署に留置した。

翌日、帰署した柿沼署長が直接取調べにあたり、北海道集治監樺戸本監から手配のあった坂本慶次郎だと直感し、写真を突きつけ、

「見おぼえがあろう」

と、言った。

男は顔色を変え、口をつぐんだ。が、柿沼のきびしい追及に抗しきれず、慶次郎であることを自白し、検事局へ護送された。

かれは、十月六日水戸裁判所で強盗、殺人、傷害、強姦、窃盗の罪で死刑を宣告さ

れ、翌明治三十三年二月十七日、鍛冶橋監獄から市ケ谷監獄支署に囚人馬車で送られ、絞首された。

　その年の七月、空知集治監の創設に努力し初代典獄となった渡辺惟精が、東京小石川で病死した。かれは、空知典獄を辞任後、幌内炭山の囚人出役の経験を買われて、三池炭山に囚人を出役させている三池集治監の典獄になり、炭山を経営する三井系の会社の囚人に対する扱いに不満をいだいて改革につとめたが、体調がすぐれず、帰京後間もなく病死したのである。

　また、樺戸集治監の初代典獄月形潔も、集治監を辞して帰郷後、四十八歳で病死していた。渡辺も月形も、酷寒の僻地での環境に肉体をむしばまれ、死期を早めたのである。

　その頃、監獄制度の改良を熱心に推しすすめていた司法大臣清浦奎吾の努力がみのって、新たに監獄則が改正された。

　その要点は、それまで囚人に課せられた労働が懲戒を目的としていたことを廃し、囚人に技術を教えこみ、精神的な教化をほどこすことであった。また、それまで監獄の運営が地方財政にたよっていたため、囚人に対する食事その他の給養が粗末であったが、獄費を国で負担することによって待遇を改善し、囚人の作業工賃も増額させせた。さらに、それまで連日囚人を出役させていたことを改め、日曜日は休日とし、午前中は教誨師の訓話をきき、午後は面会人と会ったり、手紙を書くことにあてさせ、散髪、衣類の洗濯などをおこなわせることにさだめた。

監獄則の改正によって、空知、釧路両分監は廃止され、北海道集治監樺戸本監は樺戸監獄署、十勝分監は十勝監獄署、また再開されていた網走分監も網走監獄署としてそれぞれ独立し、司法省の監督下に入った。

日清戦争後の三国干渉は、殊にロシアに対する憎悪を国民に植えつけ、さらにロシアの満州支配と旅順を根拠地とする黄海の制海権を得ようとする意図が露骨になると、対露感情は収拾のつかぬほど激しいものとなった。日本陸海軍は、日清戦争後、軍備の強化につとめていたが、世界の最大強国の一つであるロシアとの対決もやむを得ないという声もたかまり、主戦論と非戦論の対立で世論は沸騰した。

明治三十七年二月六日、日本はロシアに国交断絶を通告、連合艦隊は旅順港口に出撃、陸軍部隊は朝鮮の仁川に上陸してロシアと戦争状態に入った。

宣戦布告の発せられた翌日、商船「奈古浦丸」「全勝丸」が酒田から小樽へむかう途中、津軽海峡でロシア軍艦四隻の砲撃を浴び、「奈古浦丸」は撃沈され、「全勝丸」は函館の西南方にある福島村の港に辛うじて難をのがれた。ついで、函館要塞本部は、松前半島の突端にある白神岬にロシア艦隊が接近中という報告をうけ、戦闘配置についた。強大な武力をもつロシアに対する道民たちの恐怖は強く、福島村がロシア兵に占領され函館にも上陸必至という流言がひろまり、函館では家財をすてて山中に逃げる者が多く、小樽でも老幼婦女子が札幌方面へ避難したりした。

また、六月には、ロシア艦が白神岬附近の福山沖にあらわれ、翌月には三隻のロシア艦が、黒煙をなびかせて津軽海峡を通過するのが望見された。

内地との間を往復していた商船は、開戦と同時に軍に徴用されて減少していたが、ロシア艦の度かさなる津軽海峡の通過によって航行は危険視され、ほとんど杜絶状態になった。その影響は大きく、生活必需品は不足し、物価は暴騰した。また、北海道で生産された農・水産物も本州への輸送が絶たれて滞貨した。

第二十帝国議会で可決された戦費調達のための非常特別税法による増税が公布され、戦時公債もつのられた。内地では軍需の増大で活気も出はじめていたが、北海道では物価高、不況、増税に庶民は呻吟していた。

旭川駐屯の第七師団は、開戦直後、函館、室蘭、小樽に兵を派して警備にあたらせ、さらに八月四日には、動員令によって、その主力部隊が津軽海峡を渡って大阪へとむかった。戦況は、陸海軍ともロシア軍に対して優勢に戦線を展開し、不安にかられていた道民たちも、勝利をつたえる報に熱狂するようになっていた。

司法省は、戦争への協力態勢をととのえるため、全国の監獄署に対して囚人の労働力をすすんで軍に提供するよう指令した。

司法省は軍と協議し、各監獄署の囚人に銃、弾薬をのぞく軍需品、殊に軍服、軍靴、外套、天幕などの製造に従事させることになった。囚人の中には洋服の仕立人や製靴工もいて、それらの者が指導にあたり、労役の時間を二、三時間延長して増産につとめた。

ただ北海道の監獄署では、軍に協力する具体的な動きはみられなかった。軍需品を製造してみても、それを内地にはこぶ船舶はなく、船積みすることができても輸送費が三割以上も高騰しているため、軍の指定した買入れ価格で納品することはできなかった。そうした事情から、それまで同様に開墾、農耕、道路開鑿などの労役をつづけるだけで、わずかに内地の監獄署にならって労役の時間の延長を実施したにすぎなかった。

司法省でも、北海道の地理的条件を考えてなんの指令も出していなかったが、元網走分監長有馬四郎助は、司法大臣に北海道の囚人を戦場で使役する案を提出した。戦地では、弾薬、食糧をはじめ物資の運搬に多くの人夫や駄馬が使われていたが、最前線への輸送は特に危険で、人馬の損失はいちじるしく、運搬に事欠く現象があらわれはじめていた。それを解決する方法として有馬は、北海道の囚人を軍夫として戦地に送りこみ、最前線への軍需品の運搬に従事させるべきであると進言した。原始林をひらき険阻な山岳地帯に短期間で道路を開鑿した囚人たちのすぐれた労働力を、国難に使用せぬことは不利益だ、と強調したのである。

司法省部内では、有馬の意見を支持する者が多く、具体化させるために協議をかさねた。大赦令以来、新たに無期刑、長期刑の囚人たちが続々と北海道の監獄に送りこまれ、樺戸、網走、十勝三監獄署の囚人は四千名を越え、それを軍夫として使用することは軍の作戦上大きく貢献するはずであった。

司法省では、北海道の監獄署の意見を聴取して打ち合わせをくり返したが、結局、実行不可能であることがあきらかになった。囚人たちは一人残らず長期刑以上の者たちで、絶えず逃走の機会をねらっている。戦場ではかれらを連鎖にすることもできず、常時監視をするわけにもいかない。自然にかれらの脱走事故は続発し、収拾のつかぬ混乱におちいることが予想され、かれらを戦地に送りこむことは沙汰止みになったのである。

八月に黄海海戦の勝利がつたえられ、ついで十月には沙河大会戦の大勝が報じられ、翌年一月には旅順が開城した。看守の中には出征する者も多く、監獄馬も六頭、第七師団に徴発されていた。

五月二十七日、ロシア本国から出撃したロシア艦隊と日本艦隊が対馬沖で砲火をまじえ、それは日本艦隊の圧倒的な勝利に終り、九月に入って日露講和条約が調印され、戦火はやんだ。

戦争終結後、内地との船舶の往来も旧に復したが、北海道の経済混乱は根強く残り、冬季の温度が例年よりも低く、夏季には低温による農作物の不作で人心は沈滞していた。

戦後、樺戸監獄署では、逃走や獄舎内での殺傷事件が急増していた。それは全国的な傾向でもあって、司法省は、その原因として、囚人に対する扱いが寛大になったことと看守の規律の弛緩をあげ、厳重な警告を発した。

さらに明治四十一年に新しい刑法が施行されると、監獄での事故はさらに増した。それまでの刑法では、軽い罪をおかした者は不起訴になり、日露戦争中は殊にその傾向が強かったが、新刑法は厳罰主義を採用していた。そのため犯罪者に対する判決も刑期が長くなり、殊に累犯者には二倍にもおよぶ重い刑が科せられた。その結果、無期、長期刑囚が激増し、各監獄署では大赦令以前のように囚人が収容しきれぬほど増加し、しかもかれらは、重い刑に強い不満をいだいた服役状態の好ましくない者がほとんどであった。そうした囚情悪化を反映して、久留米、福岡、甲府、熊本の各監獄では、それぞれ囚人の大騒擾事件がおこり、熊本では看守の殺害事故も起った。

重罪人を収容する樺戸、網走、十勝監獄では、厳戒態勢がとられていたが、翌年の二月二十八日には、樺戸監獄で雪どけ以前に早くも四名の囚人が脱獄した。主謀者は柏熊常吉という長期刑囚で、同囚の者三名と共謀し、吹雪を利して監獄の裏門につめる看守をおそい、縛り上げてサーベル、制服をうばい柵門の外に逃走した。

やがて、縛られた看守が発見されて監獄の非常鐘が打ち鳴らされ、看守たちは探索に散った。

看守長狩野荻之進は、看守の熊谷甚五郎と二人で山間部にむかった。

狩野は会津藩の出身で、少年時代に白虎隊にくわわったことがあった。かれは死をまぬがれ、その後看守の職についたが、巧みな剣の使い手で、監獄にもうけられた撃剣場でかれに匹敵する者はいなかった。

かれが札幌刑務所から樺戸に転任になった直後、獄舎の外で作業中の囚人同士が天秤棒で争いをはじめた。かれは、鋭く制止したが、その一人が激昂してかれに天秤棒でおそいかかった。かれは、囚人に殺気が感じられたので、サーベルをひきぬくと一太刀で斬り伏してしまった。それ以来、かれは、鬼看守として囚人たちに恐れられていた。

雪が小止みになり、狩野と熊谷は山道をたどり、一里半ほど進んだ時、前方の林の中に、獄衣を着た三人の男と看守の制服を身につけた男が雪の中に坐っているのを眼にした。

脱走囚であることはあきらかだったが、狩野は近づくことをためらった。かれは、それまでしばしば逃走囚の捜索を指揮して囚人を逮捕し、部下とともに抵抗する囚人を斬殺したことも多かった。が、その日の捜索行では、柏熊たちを発見したくない心理があった。かれらは四人であり、しかも柏熊は力士あがりで体も大きく腕力もすぐれ、粗暴な行為をとることで知られていて、その上サーベルも所持している。強風に雪を散らしはげしく揺れる樹林の中をうかがうと、柏熊が腰にサーベルを吊し、他の三人の者はどこで入手したのかそれぞれに鉄棒を手にしていた。

狩野看守長は、かれらに逆に殺されるおそれがあると思った。傍で身をかがめて樹林の中をうかがっている熊谷看守の顔にも、血の色が失せていた。

柏熊たちは、獄舎からのがれ出るため看守をしばり上げ、その地まで逃げのびてきた。狩野らが近づけば、かれらは必死になって抵抗し、狩野らを殺害するかも知れなかった。

狩野は、看守長としてかれらを捕えねばならぬ立場にあった。かれは熊谷に、

「恐しい相手だ。もしも、おれがひるんで逃げようとした場合には、遠慮なくおれを斬り殺せ。また、お前が逃げる気をおこした時にはお前を斬る。臆せず、二人で力を合わせて捕えよう」

と、低い声で言った。

熊谷は、うなずいた。

狩野は、サーベルを引き抜き、樹林の中に足をふみ入れた。樹幹のかげに身をひそませながら囚人たちの坐っている場所に近づいてゆくと、急にサーベルをふりかざして走り出した。囚人たちは、その気配に気づき立ち上った。狩野は、威嚇の叫び声をあげてかれらに走り寄り、熊谷もそれにつづいた。

囚人たちは、突然のことに驚き、剣の扱いに長けた狩野の抜刀した姿に恐怖を感じたらしく、雪の中に腰をつくと助命を乞うた。

狩野は、柏熊の首筋にサーベルの刃先を突きつけ、熊谷に全員をしばり上げることを命じた。熊谷は囚人たちをしばり、監獄に引き立てた。

狩野看守長と熊谷看守は長屋典獄から褒賞金を得たが、他の看守たちは、柏熊たちが無抵抗で捕縛されたことをいぶかしんだ。

看守たちは、絶えず囚人たちを威嚇し、無意識にサーベルに少しでもふれたりする者があると狭い獄房に突き入れて竹刀で乱打し、土下座させて何度も詫びさせる。また、放尿の目的などで無断で作業所から少しでもはなれる者がいると、逃走の意志があったとして耳に孔をあけ、そこに通した鎖を足首につなぐ罰まであたえた。そうした処置は、看守たちの囚人に対する恐怖から発したものであった。かれらは、囚人の眼の光におびえていた。囚人たちは卑屈な態度で看守たちに従順にしたがっているが、看守たちはかれらの眼に絶えず殺気がただよっているのに気づいていた。

裏門づめの看守からサーベルをうばった柏熊が、鉄棒をたずさえた三人の囚人とともに逃走しながら、狩野と熊谷に他愛なく捕えられたことは信じがたいことであった。それは、自らの死を覚悟した狩野と熊谷のはげしい気魄にひるんだとしか思えなかった。

長屋典獄は、柏熊ら四人の囚人の逃走事件の直後、全看守長を集め、あらためて囚人監視を厳にするよう命じた。

新刑法の布告後、樺戸監獄の囚人たちがはげしい苛立ちをしめしていることは、かれら同士の争いにも端的にあらわれていた。作業中に鍬などをふるい合う行為は増し、性行為による傷害事件も多発していた。

旧刑法では殺人犯でも無期刑が限度とされていたが、それは囚人の労役を活用するための便法でもあった。つまり、かれらに課せられる過重な労役は、一種の「緩慢な死刑」でもあった。新刑法は、それらの死につながる労役の苛酷さを緩和させたが、凶悪犯には死刑を科し、それにつれて犯罪の刑量は極度に重くなっていた。それは、囚人の労役をいたずらに囚人懲戒と国家利益の貢献に利用しないという、近代刑法の精神にもとづいていた。

しかし、囚人たちは、労役の過重さから解放されても、長期間獄舎生活に堪えなければならぬ苦痛を味わわされることになった。かれらの間には自棄的な空気が濃く、それが自然に脱走の機会をねらうことにもつながっていた。

雪が融け、石狩川に氷塊をまじえた水が流れはじめた。その季節には川が氾濫して沿岸一帯が洪水に見まわれるが、高地に立てられた樺戸監獄とその周辺にひろがる官舎や民家は、被害をまぬがれていた。

草木の芽が一斉に萌え出た頃、囚人の逃走事故が頻発するようになった。

逃走をしらせる監獄の鐘が鳴ると、月形村の家々は戸をかたくとざし、鷲口や日本刀をたずさえた消防組の男たちが看守の指揮で要所要所をかため、探索隊にも加わる。かれらは山中にも入ったが、囚人に対する恐怖からかれらと出遭うことを避ける傾向が強く、故意に囚人の逃げそうもない方向に足をむけたり、途中で引返してきたりしていた。

五月二十九日午後四時三十分、樺戸監獄の鐘が作業終了を告げた。それは、監獄から遠くはなれた囚人の農耕地までつたわった。

作業場では囚人たちが整列し、看守から獄囚番号の点検をうけ、鎖の音をさせて続々と監獄に引返してくる。かれらが正門の外に達すると、護衛看守は、

「小便」

と、甲高い声をかける。

囚人たちは、連鎖のまま放尿し、再び列を組むと構内に入っていった。かれらは、獄舎の外で整列し、再び獄囚番号の点検をうけ、器械庫にシャベル、鍬、モッコをおさめる。そして、列を組んで捜検室に入り、連鎖をとかれた。

監獄の南方にある農耕地で作業をしていた囚人の一団が帰ってきて、農耕具の返還も終え、整列して捜検室にすすんだ。列の先頭が室内に入っていった時、不意に部屋

の中から二人の囚人が走り出てくると、構内を走り北側の高塀にとりついて身軽に越え、姿を消した。

　看守たちは、他の囚人たちの脱走をふせぐため抜刀してかれらを包囲し、声をからして獄舎の中に追い立てた。

　かれらが獄舎の中に入ると、看守の一人が庁舎に走り、囚人の脱走を告げた。その間にも外役からもどってくる囚人の群が門を次々に入ってきたので、かれらの動揺をおそれ脱監を告げる早鐘を鳴らすことはしなかった。

　囚人の収監が終了すると、ただちに逃走囚の調査をはじめ、有期徒刑十七年の矢野善斎、十五年の雨宮浜十の両名であることが判明した。

　村内では、鳴りひびく早鐘に戸外にいた者たちは家に走りこんで戸締りをし、男たちは鉢巻をしめて猟銃や日本刀を手にして詰所に集った。その間に、監獄からは看守たちが四方に散り、騎馬隊も放たれた。

　情報が庁舎につぎつぎに寄せられた。初めにもたらされたのは子供連れの村の婦人からで、野菜摘みからの帰途監獄の裏手附近に来た時、一人の囚人が塀の上に姿をあらわし、他の囚人を手で引きあげ、塀からとびおりて大きな納屋に駈けこみ、裏口から出て走り去ったという。

ついで、非番の伊藤看守長が兎にあたえる草を鎌で刈っている時、獄衣を着た二人の男が走ってゆくのを眼にし、脱走者であることに気づき鎌を手に追った。が、囚人は樹林の中に姿を消し、見失ってしまった。

それ以後、二人の消息は絶えたが、日没直前に思いがけぬ報告が騎馬看守から庁舎にもたらされた。月形村から浦臼《うらうす》村に通じる道の傍に、花山友吉看守の遺体が発見されたという。

看守長にひきいられた一隊が、監獄馬車に乗って現場に急ぎ、溝に仰向けになっている花山看守の遺体を馬車に乗せて、庁舎にはこびこんだ。

遺体の状態は無残で、脱走囚におそわれ惨殺されたことはあきらかだった。格闘の跡は歴然としていて、衣服は土にまみれ、頭髪をつかまれたらしく毛も毛根からぬけていた。

後頭部には鈍器で強打された痕があり、それによって花山看守が昏倒したと想像されたが、致命傷は顔面にくわえられたすさまじい打撃であった。

近くにころがっていた大きな石塊に血が附着していたので、それが凶器と断定されたが、顔が強く乱打されたらしく鼻の骨はくだけ歯はほとんど折れ、顔は血と土の塊りのように変形していた。さらに、両眼と咽喉にイタヤの枝が深々と打ちこまれていた。加害者は、死亡した花山看守の体に馬乗りになり、枝を楔のように打ちこんだにちがいなかった。

看守たちは、両眼に突き立てられたイタヤの枝に、脱走囚の自分たちに対する憎悪のはげしさを感じた。

監獄医が入ってきて検視し、両眼と咽喉からイタヤの枝をひきぬいた。眼球はつぶれ、うがたれた孔に血糊が盛り上っていた。

その日、花山看守は非番で、浦臼村の自宅に帰る途中、サーベルをもたぬ私服のまま逃走囚を追い、殺害されたものと推定された。かれは、剣道初段であった。

花山看守の妻ヨシ、父武市が駈けつけ、典獄長屋又輔、第一課長書記村上兵三郎が弔問し、通夜がいとなまれた。長屋は、殉職看守への弔祭料として、二百三十四円が贈られることをヨシにつたえた。花山看守は、四十二歳であった。

長屋典獄は、看守百四十七名を二隊にわけ、徹底捜索を命じた。警察署は監獄と分離されて岩見沢警察署月形分署とされていたが、分署長青沼武義も署員、消防組員を動員し、村内の警戒にあたった。

花山看守の遺体が発見された地域の捜索をつづけていた一隊は、犯行のおこなわれた翌三十日の正午過ぎに、山中で食い散らした筍を発見し、脱監囚が飢えをしのいだものと断定した。が、その地の奥は六尺余の熊笹が密生していて、足跡を見出すことはできなかった。

地形上、奥地に入れば、密林を彷徨し餓死のほかはなく、二人の囚人が、方向を転じて厚軽臼内《あつかるうすない》をへて札比内《さつぴない》方面にむかったとも推測された。

樺戸監獄では、その方面に騎馬を飛ばさせて警戒させ、警察官、消防組員が山道をかためたが、囚人たちの姿を発見することはできなかった。

事件があってから三日後の六月一日午後四時、囚人の手で建築された北漸寺で、花山看守の葬儀がいとなまれた。長屋典獄以下八十六名の書記、看守らが参列、村長をはじめ村民多数が焼香し、その中には、看守長を辞し月形村土功組合長として農耕に従事している海賀直常の姿もあった。

看守たちは、消息を断った二人の脱走囚が、前年の十一月に東京の小菅監獄から押送され附近の地勢の知識にとぼしいことから、密林に迷いこみ餓死したか羆におそわれて食い殺されたか、いずれかにちがいないと推測した。

看守長たちも同様の意見であったが、遺骸を発見するまでは捜索を打ちきらぬことを看守たちに告げ、巡回をつづけさせた。

看守たちの推測は的中せず、翌々日の夕刻、二人の脱走囚が、監獄からわずか四町しかはなれぬ村内の北農場に姿をあらわした。発見者は十六歳の少年で、掛畑亀蔵所有の牛小舎の裏手に積まれた材木のかげに、疲れきった表情で坐っている二人の男を眼にしたのである。

少年の通報で、巡回中の看守、消防組員が牛小舎に走ったが、脱走囚の姿はなかった。かれらは附近を探しまわったが足跡らしいものはなく、裏手の農場川に水の濁りを見出し、上流方向に逃げたにちがいないと推定した。看守たちは、川の浅瀬を上流方向にむかった。五十間ほどすすんだ時、対岸の崖下に笹の葉で頭をかくしうずくまっている二人の男を発見した。泥によごれていたが、着衣は朱色であった。

岩山鉦治看守が銃口を向けて引金をひき、弾丸は一人の男に命中し、他の男は立ちあがり崖にとりついた。渓流を走り渡った高野看守長がその男の踵をサーベルで斬りつけたが、男は崖の上に姿を消した。

川の中に銃弾をうけて倒れていたのは矢野善斎で、すでに息絶えていた。

日が没し、あたりに夕闇がひろがりはじめた。看守や消防組員は崖の上にあがり、附近一帯を捜索した。

消防組員の一人が、月形小学校の方向に走る朱色の獄衣を発見した。看守と消防組員たちは喚声をあげて追い、獄衣の走りこんだキビ畑を包囲した。畑に踏みこんだかれらは、溝にひそむ囚人を発見し、数人が刀をたたきつけて斬り伏せた。それは、二十五歳の雨宮浜十であった。

二個の遺体は、監獄の正門の近くにはこばれた。脱走囚を殺したという通報が捜索隊や警戒にあたっていた警察官、消防組員につたわり、かれらは、遺体の置かれた場所に集ってきた。

樺戸監獄と朱書された提灯の環の中で、監獄医が獄衣をはいで検視した。それが終ると、中年の看守がサーベルをひきぬき、遺体の眼に刃先を突き立てた。他の看守たちも一斉に抜刀し、二個の遺体を斬りはじめた。日本刀をたずさえた消防組員もそれにくわわり、所きらわず頭から足先まで斬りつける。かれらの顔は上気したように赤らみ、競い合うように刀をふるう。かれらは、無言であった。

やがて遺体は原型をうしない、斬りきざまれた。看守たちは、鱠《なます》のように斬りきざまれた肉塊を無言で見つめていた。時刻は、午後十一時近くであった。

看守長が、

「獄舎にはこび、囚徒たちに見せる。見せしめにする」

と、かすれた声で言った。

看守たちが器械庫からスコップを持ってくると、肉塊をすくった。

看守たちは、提灯をつらねて門を入ると獄舎にむかった。かれらの顔には、気負いの色がうかんでいた。獄舎の中には、深い静寂がひろがっていた。就寝は午後九時で、魚油の灯が点々とともる廊下を、当直の看守が靴音をさせて往き来しているだけであった。

獄舎の扉をあけると、看守の一人が槌をにぎり、起床を命じる鐘を乱打しはじめた。甲高い音が獄舎内にひびき、廊下の両側にならぶ房の中にざわめきが起った。鐘の音がつづき、房の太い格子の間隙に囚人の眼が光った。

鐘の音がやむと、看守長が、叫んだ。

「脱走囚を捕え、斬った。眼をひらいて良く見ておけ」

提灯が前後左右にうごき、その中を六人の看守が肉塊をのせたシャベルを手に歩いてゆく。格子の間に、男たちの顔がはりついた。かれらの眼は、灯に浮び上ったシャベルの上にそそがれた。

看守たちは、廊下から廊下へとすすみ、やがて獄舎の外に出た。遺体は米俵の中に投げこまれ、縄でかたくしばられた。

翌朝、二個の俵が囚人たちの手で大八車に積まれ、裏門から共同墓地にはこばれた。墓地は、壮大な規模になっていた。その地は、遺体の盛り土で起伏している。むろん墓標も卒塔婆もないが、遺体が埋められている個所が碁盤目のようにつらなっていた。

円福寺の僧がやってきて読経し、遺体が埋められた。僧は、雨宮浜十に釈周諦、矢野善斎に釈諦了という戒名をあたえた。

二人が脱走し花山看守を殺害した経過については、六月一日付小樽新聞に報道されたが、札幌地方裁判所の関検事正は、小樽新聞に対し、この事件に関する記事の掲載を一切差止めるという命令書を発した。脱監囚の看守殺しが、監獄側の囚人に対する残虐な扱いに起因していると判断されることを危惧したからであった。

政府にとって、自由な新聞報道は政策を推しすすめる上で大きな障害になると考えられ、発禁は当然の処置とされていた。明治元年、政府は政策批判をおこなった江湖新聞の発行を停止させたが、その後同じ理由で発禁をくり返し、自由民権、社会主義運動等がさかんになるにつれて、それは一層顕著なものになっていた。

政府は、新聞に対する拘束を新聞紙条例として立法化し報道規制をつづけてきたが、明治四十二年五月六日、それを一層強化した新聞紙法を議会に上程し通過させ、勅令によって公布していた。その主な改正条項は、政府批判の記事を掲載した新聞の編集人、執筆した記者の処罰をはじめ、刑事、民事事件の発生時に公判がおこなわれる以前にそれに関する記事の掲載を禁じ、その捜査経過について検事が記事の差止めを命じること等であった。花山看守殺しについて関検事正が記事差止め命令を発したのは改正法にもとづくもので、その日以後、小樽新聞をはじめ道内の新聞にそれに関する報道は絶えた。

事件は司法省に報告され、司法大臣は全国の監獄の典獄に、同じ類いの事件の発生を防止するようにという指示を発した。

樺戸監獄で脱監囚を鱠切りにし、在監者の眼にさらしたことは、囚人たちに大きな衝撃をあたえた。その行為は、同僚を惨殺された看守たちの報復であることはあきらかで、囚人たちは看守たちの残忍さに恐怖をいだいたが、同時に看守たちへの憎悪も増した。

そうした気配を、看守たちは、敏感に感じとっていた。花山看守に加えられた脱監囚の行為は、囚人たちの自分たちに対する憎悪の深さをしめすもので、温順をよそおっている囚人たちが、絶えず自分たちの生命を断とうと、その機会をねらっていることも知っていた。

逃走事件がつづき、その度に看守たちは追った。その間にも、内地から囚人が押送されてきていたが、かれらは新刑法による苛酷な刑量に不満をいだく者ばかりで、獄舎内の空気は一層悪化していた。

かれらの中に、根谷新太郎という四十歳の無期徒刑囚がいた。かれは窃盗犯で、追われると小柄な体を利して軽々と身をおどらせて逃げ、いつの間にか幕末に獄門の刑をうけた鼠小僧次郎吉の名をとって、明治の鼠小僧と称されていた。

かれは、警察の追及をかわしながら関東各県下で犯罪をかさね、さらに青森県下まで足をのばした。たまたま宮城県知事が青森県視察のため市内に滞在していることを耳にして旅館にしのびこみ、知事の寝ている部屋に入って公金を盗み取った。そして、廊下に出た折り女中に見つけられ、侵入口に走ったが、番頭と女中におさえこまれて警察官に引渡された。

かれは窃盗専門で、強盗、殺傷には無縁であったので刑も軽いと予想していたが、犯行回数が多いことから無期徒刑の判決をうけた。かれはその処置を憤り、収容された福島監獄から脱獄をこころみたが捕縛され、樺戸監獄に押送されてきたのである。

その折り、かれは、情婦である三十四歳の千葉みどりも樺戸に同行させ、月一回面会させて欲しいと申し出た。福島監獄では、刑期に強い不満をもつ新太郎が護送途中に逃走または護送看守の殺傷をくわだてるおそれもあると考え、特例としてそれを許した。囚人が情婦と同伴で護送されることは、大きな話題になり、福島市中ではそれを題材にした演歌がつくられ歌われたりした。

新太郎が樺戸監獄に収容されると、みどりは月形村の永桶鎌三の木賃宿に投宿し、肴という屋号をもつ小料理屋にキクという名で酌婦としてやとわれた。明治の鼠小僧の名は広く知られ、その上情婦をともなってきたということが月形村民の好奇心をそそり、キクの顔を見にいく者が多く肴の店は繁昌した。

囚人たちの労役はつづき、農耕作業以外に氾濫をくり返している石狩川の治水工事にも動員された。また、仮堂しかなかった禅宗永平寺派の北漸寺も、かれらの手で建立された。囚人の中には、大工、鍛冶、左官、鳶職、木工細工師、彫刻師、畳刺、経師、屋根葺職人等もいて、伊勢松阪出身の奥田という寺社専門の大工である囚人が棟梁にえらばれ、総建坪百二十四坪の本堂を完成したのである。

その年、北海道の人口は百五十万人を越え、耕地も五十余万町歩に達していた。が、日露戦争後の不況はつづき、米の豊作によって米価は下落し、沈滞した空気がよどんでいた。

囚人の強制労働によって、北海道開拓はいちじるしい成果をあげていた。主要幹線ともいうべき道路が道内に通じ、度かさなる修復によって整備され、人馬が往き交い、馬車が走った。

開墾された広大な耕地には米作もさかんにおこなわれるようになり、それらは、移植してきた人々に安価に払いさげられていた。

すでに樺戸監獄では、開監時に収容された囚人がほとんど死に絶え、生き残った者も明治三十年の大赦令で放免され、脱獄をくり返した西川寅吉のみが網走監獄に在監しているにすぎなかった。

七月中旬、小菅監獄から押送されてきた囚人の中に、思いがけぬ人物がいた。それは、大赦令で無期徒刑から有期刑に減刑され、明治三十九年十月に仮出獄した大沢房次郎であった。

房次郎は明治二年埼玉県に生れ、少年時代両親に死別した。妹よしは鬼神のお松と称された女賊で、弟和十郎も、窃盗の常習犯であった。房次郎は十八歳の折に窃盗で投獄され、釈放された後、徴兵検査に合格し入営した。が、軍隊生活に堪えきれず兵営を脱走し、盗みをかさねながら逃げまわった。やがて、かれは捕えられて軍法会議に附せられ、無期徒刑の判決をうけて北海道に送られた。かれは、水泳が巧みで舟を利用して逃げることが多く、海賊房次郎と称されていた。

かれは、仮出獄後内地に送還されたが、田無、八王子をはじめ主として東京周辺の商家に連夜のように押し入り、志麻精一の偽名で糸茶仲買商をよそおい、警察の眼をかわしていた。

明治四十二年八月、かれは府中で逮捕され、かれが北海道で服役したことのある海賊房次郎であることが判明し、強盗罪として十五年の刑を言い渡された。そして、小菅監獄に収容され、樺戸監獄に押送されてきたのである。

かれは頭の回転が早く、囚人たちを威圧させる胆力と体力をそなえていたので、鼠小僧の根谷新太郎とともに樺戸監獄の有名囚として、他の囚人たちから牢名主のような扱いをうけるようになった。かれは、看守の命令に服さず、しばしば闇室、屏禁の罰をうけたが平然として反抗をやめなかった。

その年も景況は不振で、塩鮭、塩鱒は前年度の持越しが数万石もあり、秋にロシアから鮭、鱒の大量輸入があったため価格が暴落し、年末近くには投売りも続出して漁民は困窮し、家をすてて他の地に流れる者も多かった。

年が明けると、北海道に幸徳伝次郎らの大逆事件の判決が下されたことがつたえられた。

前年の五月下旬、長野県警察署は、明科の製材所職工宮下太吉が天皇暗殺を目的として小ブリキ缶二十数個の爆裂弾を製造し所持していることを探知し、逮捕した。かれの供述によって、新村忠雄、古河力作、社会主義者幸徳伝次郎の内妻管野すがが共謀者としてとらえられ、陰の指導者とされた幸徳も検挙された。その後、和歌山、岡山、熊本、大阪など全国にわたって社会主義者、無政府主義者数百名が逮捕された。

取調べは秘密裡にすすめられ、その年の一月十八日、大審院の特別裁判所で判決言い渡しがあった。

その日、特別裁判所は警官百九十名、憲兵五十六名によってかためられ、傍聴券を入手できなかった者たちが裁判所の周囲にひしめいた。正午に八台の囚人馬車がつらなって裏門から入り、さらに引返して残りの被告たちをはこんだ。沿道には馬車を眼にしようとして人々がむらがり、警察官や騎馬警官が警戒にあたり、新聞は「……寒馬頻りに嘶《いなな》いて、桜田門外凄愴の気充ち渡り」と、緊迫した情景をつたえた。

幸徳ら二十六名が深編笠をかぶって出廷し被告席につくと、検事総長松室致、検事平沼騏一郎が着席し、鶴裁判長から判決が言い渡された。

幸徳伝次郎、管野すが、宮下太吉、新村忠雄、古河力作ら二十四名が死刑。その中には平田橋事件に連坐し無期徒刑囚として樺戸集治監で服役、明治三十年の大赦令で放免された奥宮健之もふくまれていた。

これによって社会主義運動はほとんど壊滅状態になったが、翌日、天皇は高木顕明ら十二名の死刑確定者を無期懲役に減刑することを指示した。

一月二十四日、幸徳、奥宮ら十一名が、東京監獄内の死刑場で午前七時三十分から午後三時三十分までに絞首され、翌日午前七時管野すがも処刑された。

大逆事件の判決は北海道の新聞にも大きく報道されたが、樺戸に服役中労働に不慣れで作業成績も芳しくなかった奥宮を知っている看守たちは、かれが処刑されたことに驚きをしめしていた。

草木の芽が一斉に萌え出た頃、樺戸に集治監がひらかれて以来初めての看守の不祥事件が起った。

鼠小僧の異名をもつ根谷新太郎は、入監直後は温順であったが、月に一回面会にくる情婦千葉みどりへの激しい情欲に苛立つようになり、看守の指示に反抗することが多くなった。かれは、転々と作業場を移され、やがて不良囚として独居監に投じられ両足に一貫匁の鉄丸をくくりつけられた。

かれは、終日房の中でただ一人外気にもふれずすごしていたが、情婦に対する思いは一層つのり、情婦に会うために破獄することを決意した。

かれは、脱監の機会をねらい、他の独房に移される時、不意に走り出して一丈八尺の高塀にとりついた。が、足にくくりつけられた鉄丸の重さで顚落し、看守に組みしかれた。かれの両足には、さらに二個ずつの鉄丸がくくりつけられ、独居房に投じられた。

その頃から情婦に対する情欲が妄想をうみ、情婦が勤めている湊の主人大木新兵衛と肉体関係をむすんでいるのではないかと疑うようになった。その妄念はかれを苛立たせ、破獄して新兵衛を殺害し、情婦をともなって逃亡しようと思った。

春の気配がきざしはじめた頃、かれは、独居監の受持看守の目黒昇に声をかけた。かれは、捕えられる直前、内地の神社の樹の根元に大金を埋めたことを目黒に話し、もしも情婦に連絡して鋸を入れることに協力してくれた折には、金の二分の一をあたえると告げた。目黒看守はその言葉を無視したが、勤務がきびしく薄給であることに辟易し転職を考えていた折であったので、新太郎の脱獄に力をそえ金を得ようと思い立った。

目黒は、非番の日に湊へおもむくと千葉みどりを外に呼び出し、新太郎の言葉をつたえた。みどりも、冬のきびしい寒さに堪えきれなくなっていたので、新太郎と内地へもどりたいと考え、鈴木鍛冶店でゼンマイ鋸を買いもとめ、面会日に監獄へおもむいた。

目黒のはからいで、新太郎はみどりから鋸をうけとり、その夜、五寸角の房の格子のひき切りにかかった。

翌朝、看守たちが所定の獄房点検をおこない、斎藤与一看守が新太郎の房に入って板壁、コンクリート床、格子をたたいて点検した。かれは、格子の音が異常であることに気づき入念にしらべ、格子の一本がひき切られているのに気づいた。ただちに、斎藤は看守長に報告、房内の徹底検査がおこなわれた。その結果、板壁の間からゼンマイ鋸、五寸釘四本、仁丹一袋、吸いかけの敷島一個がかくされているのを見出した。

新太郎ははげしい拷問をうけ、目黒看守にたのんで情婦から破獄道具と仁丹、煙草を入手したことを自供した。

ただちに目黒と千葉みどりが逮捕され、みどりは放免されたが、目黒は護送檻にのせられて札幌に重罪人として送られた。また、新太郎が破獄後湧の主人大木新兵衛を殺害する意志をいだいていたことを自供したので、新兵衛は恐怖におそわれてみどりを解雇し、みどりも月形村を去った。

破獄計画に協力した目黒看守事件は、司法省にも報告され、大きな波紋を呼んだ。

樺戸監獄では看守長が処罰され、病弱で冬の寒気に堪えられず官舎にこもることの多かった典獄五十嵐小弥太も、監督不十分の責を負って依願退職という形で辞任させられた。そして、後任として安政七年に桜田門外で井伊直弼をおそった水戸浪士の子である黒沢迪が第七代典獄として就任した。黒沢は、看守たちに服務規定を厳守するよう強く指令した。

根谷新太郎は、二回目の破獄も不成功に終ったことで気落ちしたのか、看守たちの言葉に素直に従うようになり、房の中でも正坐していることが多かった。そのため悔悟の念がいちじるしいとみとめられ、年が明けると独居監から出され鉄丸もはずされて、第三監第一房に移された。

二月九日の朝、出役のため房の扉がひらかれ、看守が囚人たちに、

「出房」

と、命じた。しかし、新太郎のみは房の中に坐ったまま出ようとしない。

高橋看守が、房に入って新太郎に出ることをうながしたが無言で坐りつづけているので、腕をつかみ引きずり出した。

廊下に出た新太郎は、突然、高橋の手をふりはらって舎房の入口にむかって走り出した。高橋看守は追い、入口近くにいた浜口看守が抜刀して走ってくる新太郎に斬りかかった。サーベルはそれて新太郎の頰をそぎ、背をつかもうとしていた高橋看守の掌も切り裂いた。浜口看守は、新太郎に何度もサーベルをふるい、新太郎は昏倒し

た。

その傷は、十一個所におよんだが致命的なものはなく、新太郎は傷が癒えると再び鉄丸二個を足にむすびつけられ、網走監獄に移送された。

かれは独居房に投じられ、情婦と性交したいとわめきつづけるかと思うと、数日間無言でいることをくり返していた。情婦の体を思いえがいているのか、自慰行為をしていることもあった。

雪がとけはじめた頃、早朝、かれが房内で縊死しているのが発見された。それは変死体として処理され、報告書には狂死と書きとめられた。


樺戸監獄では、雪どけ道をふんで連鎖の囚人たちが農場にむかうようになった。かれらの給養は依然として悪く、冷い味噌汁に麦飯と漬物だけで、罰をうけて減食されると塩汁だけがあたえられる。列の中には鉄丸をつけた者も多く、ほとんどが脚気でむくんだ足をひきずっていた。

四月上旬、宮城監獄の看守安西六八が、囚人に藁打ちの木槌で乱打され殉職したことがつたえられた。

黒沢典獄は、看守長を通じて安西の殉職を看守たちにつたえ、細心の注意をはらって職務にはげむよう訓示した。

看守は、あきらかに囚人と敵対関係にあった。看守は、服務規定で囚人に温情をほどこすことは許されず、私語をかわすことも禁じられている。囚人たちは、依然として「暴戻ノ悪徒」であり、怠惰が身にしみついた無頼の群で、看守は、作業の手を休める囚人に棍棒をふるうことが義務づけられていた。看守は、囚人たちが自分たちに憎悪をいだき、殺意すらいだいていることを知っていた。看守たちは、常に生命の危険におびえ、それを予防する方法は囚人たちへの威圧以外にないとも思っていた。

囚人の死は、つづいていた。病死、逃走囚の斬殺、射殺、房内での縊死がつづき、手、足の欠けた者、失明者も百名を越え、独居房に収容されている発狂者もいた。

かれらの唯一の希望は、特赦令が発せられることであった。十五年前の英照皇太后の逝去後に発せられた大赦令は、囚人たちの間で語りつがれていた。その大赦で千三百余名の在監者中八百三十九名が放免されたが、かれらが獄衣を黒い縦縞の単衣に着かえ、白い風呂敷包みを手に樺戸監獄の建物をふり返りながら道を去っていったことが、囚人たちの口から口に伝えられていた。

囚人たちは、一人がその話をはじめると無言で耳をかたむける。かれらの中には語りの巧みな者もいて、放免者の立ち去る情景を独得な節廻しで語ったりした。

その折りの恩赦は英照皇太后の死によるもので、囚人たちは自分たちにもそのような恵みがあたえられることを願っていた。皇族の死は、かれらを死からまぬがれさせ、獄舎生活から解放してくれる唯一の道であった。

かれらは、出役すると、看守の眼をぬすんで村の子供たちに近づき、

「天皇陛下様はご無事か？　皇族御一家様にお変りはないか」

と、低い声で口早やにたずねる。

子供たちが頭をふると、囚人たちの顔には失望の色が浮んだ。

天候は不順で、三月十八、十九日は、北海道一帯に吹雪が荒れくるい、監獄の周辺の積雪はさらに増した。

四月に入っても降雪はやまず、十二日には函館で七百三十三戸、翌十三日には小樽で百五十九戸が焼失する大火があり、さらに二十九日には夕張炭鉱でガス爆発事故がおこり二百六十七名が死亡した。また、月があけた四日には、暴風雨が襲来して岩内《いわない》沖で漁船三十一艘が遭難、死者七十一名、行方不明四十四名を出すなど、事故がつづいた。北海道庁は火災防止令を各地に発し、樺戸監獄でも北漸寺で火除けの祈禱をおこなった。三年前の明治四十二年四月に網走監獄で山火事の延焼から庁舎、獄舎等が全焼、翌年五月には樺戸監獄でも看守合宿所が焼けるなど、春の火災は多く、黒沢典

獄は火気に対する注意をうながした。

融雪期がおとずれ、地表に緑の色がひろがりはじめた。

囚人たちは連鎖されて獄舎を出ると、土をおこし種をまいた。稲田も整備され、石狩川からみちびかれた灌漑水路の水が田にひかれ、日増しに水の輝きがひろがっていった。

六月九日は日曜日で、午前中、独居監以外の獄舎に収容されている囚人たちは教誨師から法話をきき、それがすむと思い思いに獄舎ですごした。

午後一時半すぎ、監獄の鐘が、脱監事故の発生を告げて打ち鳴らされた。看守が列をくんで獄舎の門を走り出てゆき、騎馬看守も馬を走らせて四方へ散ってゆく。その間に、傷ついた佐藤健蔵看守が月形村立病院へはこばれた。

その日、佐藤看守は独居房の当直で、房を巡回中、有期十二年囚の横田米吉から声をかけられた。横田は平生から頭がのぼせると訴えていて、桶に水をくんで頭を冷やすことを許されていたが、横田は水をくみ代えたいという。

佐藤看守は許し、横田を房から出した。

横田は水甕に近づいたが、

「大きな桶に代えて下さい」

と、佐藤に言った。

その会話を耳にしていたらしく、三つ隣りの房に収禁されている有期十二年囚の御代沢金次郎が、

「私の桶は大きいから、貸してもいい」

と、言った。

佐藤看守は御代沢の房の扉をあけたが、不意に背後から横田に組みつかれ御代沢の房にひきずりこまれた。横田と御代沢は、佐藤看守の首をしめつけて失神させ、手足をしばり猿ぐつわをかませて、サーベルと獄房の鍵をうばった。

二人は、他の房の扉を素早く開錠し、太田外記、渡辺千代松、中野甚之助、岩田得太郎、三田角之助を房から出した。

横田は万引常習犯で全身に刺青をし、看守に絶えず反抗して独居、減食罰を反復していた取扱い困難囚で、御代沢は函館と樺太で二度破獄をした経歴をもち、共に独居房に投じられ、ひそかに破獄の機会をねらっていたのである。

渡辺は、弟殺しで無期徒刑を言い渡された破獄の経験者であり、太田はピストル強盗をはたらき刑事を故殺した無期囚であった。また中野は強盗罪で有期十三年の刑をうけ、樺戸に護送される船から夜の津軽海峡に飛びこんで姿をくらました過去をも

ち、三田は強盗、岩田は強盗傷害罪でそれぞれ有期十二年、有期十五年の刑で服役中であった。

太田がサーベルを手に舎房出入口で見張りに立つ間に、他の者は看守詰所の煖炉を囲むやぐらを解体して縄梯子をつくり、教誨堂の裏手にかけて塀を越え、全員が獄舎の外に逃れ出た。それを眼にした看守の通報で、獄舎の早鐘が打たれたのである。

脱監者の一人である岩田は、高塀から飛び降りた折に右足を捻挫し、他の者から取りのこされた。かれは足をひきずって獄舎裏手の円山に逃げこみ、楢の樹に這いあがって樹葉のかげに身をひそめた。が、朱色の獄衣は容易に発見され、樹から引きずりおろされた。

かれは、諦めきれぬらしく枝を手にすると看守たちに抵抗の姿勢をみせ、這うように逃げまわったが、宗智看守長がサーベルで斬り殺した。

他の六人の脱監者の捜索には、百余名の看守と警察官、消防組員多数が参加、附近の村々でも警戒にあたった。

その日、囚人の姿を見出すことはできなかったが、翌早朝、六人の脱監者が、樺戸監獄西南方の須倍都《すべつ》川岸にある常世《とこよ》農場の農家に押入ったという通報があった。

襲われたのは庄司市四郎宅で、前夜、六人の男が踏み入り、市四郎夫婦をサーベルでおどし、市四郎を柱にしばりつけた。不審な物音に気づいた隣家の菅原弥惣治と安田万蔵が、それぞれ出刃包丁を手に近づいたが、囚人たちはかれらをも捕え、さらにかれらの妻も引き立てて、弥惣治と万蔵をしばりあげた。囚人たちは、三人の女に飯を炊かせて身欠き鰊と漬物で食事をとり、家の中から白米、味噌、身欠き鰊、鍋をうばった。

御代沢たちは、三人の妻女をおかそうとしたが、太田外記に制せられ、女たちもしばり上げて立ち去ったという。

看守たちは、常世農場を中心に散った。かれらは、脱監者たちが須倍都川を渡り厚田か浜益《はまます》方向にむかったと推定した。

斎藤看守長にひきいられた一隊は、西北の山林地帯に入った。かれらは、休息もとらず進んだが、三時間後、谷間に煙がかすかに立ちのぼっているのを発見した。斎藤が望遠鏡で見つめてみると、数人の男が食事をしているのがみえた。そのような谷に足をふみ入れるのは猟師以外になく、通常猟師は一人で行動することから考えて男たちを脱監囚と断定した。

斎藤は、部下とともに山の傾斜をくだり、太い樹幹のかげに身をかくし、雑草の上を這ってすすんだ。沢のほとりに坐っている男の衣服は朱色で、人数は六名であった。

五十メートルほどの距離に近づいた時、かれらは看守の近づく姿に気づいたらしく、立ち上った。

「待て、射つぞ」

斎藤が叫んだが、かれらは、着物の裾をひるがえして樹林の中に走りこんでゆく。看守の中から、銃声が起った。

看守たちは、走った。

五人の囚人の姿は樹林の中に消えたが、一人の囚人の獄衣の色が樹幹の間に隠顕し、看守たちは、かれを追った。その囚人は横田米吉で、独居房で減食罰をくり返しうけていたため体の衰弱がはげしく、逃げる力も乏しかった。距離はちぢまり、かれは、青山一番川附近で看守たちに追いつめられた。

横田は、振返ると両手をつき、

「お縄を頂戴いたします」

と、息をあえがせて言った。

看守たちは横田をおさえこみ、顔をなぐり、頭や腹部を蹴った。日頃から不良囚として看守に反抗し、脱監時に佐藤看守をあざむいて首をしめた横田に、看守たちは憎悪をいだいていたのである。

斎藤看守長は、かれを後手にしばり上げさせ、里見三雄看守らに監獄への押送を命じ、自らは部下とともに他の囚人を追って樹林の奥に入っていった。

横田は口、鼻から血を流し、里見らに引き立てられて山の傾斜をのぼり、細い刈り分け道を監獄方向にむかった。その途中、所々に非常線が看守たちによって張られていたが、横田を眼にすると看守たちが走り寄ってきて殴る。

その度に、横田の顔からは、新たな血が流れた。

「旦那、ひと思いに殺して下さい」

横田が、殴られつづけることに堪えきれなくなったらしく里見に言った。獄舎に帰ればさらにはげしい肉体的な苦痛をあたえられ、結局は殺されるにちがいないと思ったようだった。

里見は横田を叱りつけて引き立てていったが、前方に看守たちの屯《たむろ》している姿を眼にした横田は、殴打をうけることに恐怖を感じたらしく、不意に後手にしばられたまま走り出した。

「逃げるか」

里見が、叫んだ。

横田は、足をよろめかせながら走る。かれを捕えることは容易だったが、里見は短銃の銃口をむけると発射した。横田が昏倒し、その後頭部にも弾丸が射ちこまれた。

……捜索隊は、五人の脱監囚を追ったが、その日も翌日も、かれらを発見することはできなかった。

翌十二日朝、滝川に近い空知川に一枚の獄衣が沈められているのが発見された。それは襟番号から中野甚之助のものと判明、かれが石狩川を渡り、砂川から美唄方面にむかったと推定された。そのため、美唄方面に厳重な警戒網がはられ、夜間も地元の警察官や消防組の者たちが警戒にあたった。

六月十九日午前四時、札幌へ通じる鉄道線路と国道に張りこんでいた浜田巡査部長ら四名の警察官が、菜種畠の中をひそかに歩いてくるインバネスを着た男に気づき、誰何した。男は返事をせず線路の枕木の上を走り出し、浜田部長が短銃を発射したので、男は足をとめ線路の上に手をついた。それは、中野甚之助であった。

中野の自供によると、かれは渡辺千代松と二人で夜を徹して札比内の裏山から浦臼方面に逃げ、夜明け前に石狩川を急造の筏で渡ろうとした。が、流れははげしく筏が顚覆して、渡辺は流れにのまれ、中野だけが辛うじて対岸に泳ぎついた。

中野は夜に入って滝川に潜入し、民家からインバネスをぬすみ獄衣を空知川に沈めた。そして、昼間は物かげにひそみ、夜間に歩くことをくり返して鉄道線路ぞいに札幌方向へ逃げようとしたという。

その自供にもとづいて、石狩川流域がさぐられ、新波止場附近で渡辺の獄衣が発見され、溺死したものと断定された。

つづいて二十一日早朝、木沢部落で太田外記を捕えたという通報が、樺戸監獄に入った。

太田は、樺戸の山中を彷徨し、前夜、空腹にたえきれず望来《もうらい》村の太田繁雄方にしのびこんで粟飯を食べ、厚田方向に逃げる途中、警察官、消防組の者たちに追われた。かれはサーベルを手にしていたが、門馬寅吉巡査に短銃をつきつけられ、サーベルを投げ出して縛についた。かれの体は、山中で藪蚊と虻に刺された痕が化膿し、顔はウルシにかぶれてふくれあがっていた。

また、翌日は新十津川で、御代沢金次郎が警察官と八十余名の村民に包囲されて捕えられた。御代沢は、その折り村民から日本刀の峰で頭部を打たれ、傷を負った。かれは荒縄でしばられ、荷車で滝川警察署にはこばれた。

残ったのは三田角之助、五十歳であった。

捜索隊は、かれの姿を求めて執拗に追った。太田らの自供によると、かれらは追手からのがれるため二人ずつ三手に分れて逃走することになったが、斎藤看守長のひきいる一隊におそわれて四散し、それ以後三田と会ってはいないという。

樺戸監獄では、道内はもとより内地の警察署にも三田の手配書を配布した。その後、三田らしい男が茨戸《ばらと》街道で女の魚行商人をおどし、また樽川《たるかわ》村で強盗をはたらいたという情報もあったが、それを裏づける証拠はなく、捜索は打ち切られた。


この集団脱監事件は、在監者たちに大きな影響をあたえた。

七名の脱監囚の中で、未就縛の三田角之助、溺死した渡辺千代松をのぞいて五名が捕えられたが、警察官、消防組員らに取りおさえられた太田外記、御代沢金次郎、中野甚之助は存命しているものの、看守に発見された岩田得太郎、横田米吉は、いずれも斬・射殺されている。それは、看守の脱監囚に対するはげしい憎しみをあらわすものので、在監者たちはあらためて看守たちに恐怖と怨恨をいだいた。

黒沢典獄は、七名の集団脱監を監獄署の大不祥事として重大視した。かれは、就任以来、看守たちに囚人の監視を厳にするようくり返し訓告してきただけに、受けた衝撃は強かった。

脱監は、佐藤看守が横田米吉を房の外に出し、御代沢金次郎の誘いに乗ってその房も開錠したことが原因で発生したもので、二人の囚人を房外に出すことはかたく禁じられていたことであった。黒沢典獄は、規律違反の佐藤看守の月俸を没収して罷免し、受持の看守長以下数名の看守を減俸処分に付した。

また、横田米吉に頭を冷やす水をあたえていたことも事件発生の一因で、黒沢は、そのような囚人に対するささやかな温情も一切廃すべきだと厳命した。

岩田、横田両囚の遺体の処理について、黒沢は共同墓地に埋めることを許したが、戒名は脱監者らしいものをつけることを命じ、それぞれ釈逆流、釈逆縁とされ、在監者にもつたえられた。それは、監獄側の脱監者に対する態度をしめしたものであった。

囚人に対する監視は一層きびしくなり、些細な過失をおかした者にも過重な懲罰がくわえられた。闇室、屏禁、棒鎖、搾衣、減食の罰が多くの者に科せられ、それは七名の集団脱監の責を在監者に負わせる処置でもあった。

その年は糠蚊の発生がいちじるしく、外役に従事する囚人たちの顔や手足に蚊がはりつき、耳に蚊が入って発熱したり眼球を刺されて半ば失明状態になった者もいた。

作物が耕地に豊かなみのりをみせ、暑い日がつづいた。

外役囚たちは、さりげなく村の子供などに近寄って、皇族御一家様にお変りはないか、などとたずねることをくり返していたが、七月下旬、囚人の一人が野菜摘み帰りの村の老婆から耳にした話が、獄舎内にひろがった。

老婆のもらした言葉によると、その月の二十日、「聖上御不例」という官報の発表があったという。それは、道内の新聞にも掲載されたが、それによると、

「天皇陛下ハ明治三十七年頃ヨリ糖尿病ニ罹ラセラレ、次デ三十九年一月末ヨリ慢性腎臓炎御併発、爾来御病勢多少増減アリタル処、本月十四日御腸胃症ニ罹ラセラレ、翌十五日ヨリ少々御嗜眠ノ御傾向アラセラレ、一昨十八日以来御嗜眠ハ一層増加、御食気減少、昨十九日午後ヨリ御精神少シク恍惚ノ状態ニテ御脳症アラセラレ、御尿量頓ニ甚シク減少、蛋白質著シク増加、同日夕刻ヨリ突然御発熱、御体温四十度五分ニ昇騰……」

として、天皇が重態におちいったことを告げていた。

突然の発表は人々を驚かせ、その日から二重橋外には昼夜の別なく平癒を祈る人々がつめかけ、騒音が病状に影響することをおそれて電車や自動車は徐行するようになったという記事ものせられていた。道内でも各地で天皇の平癒をねがう祈禱が神社や寺でおこなわれ、月形村でも樺戸神社、北漸寺に参詣する者がつづいているという。

囚人たちは、長い間待ちのぞんでいた日が近づいたことを知り、興奮した。かれらは、それが現実のものになることを願い、ひっそりと獄舎や村の気配をうかがっていた。

獄舎の広場では、毎朝夕、看守たちが整列して南の方向にむかって黙禱し、外役に出ると、村道を人々が正装して神社や寺にむかう姿がみられるようになり、囚人たちは老婆のもらした言葉が事実であることを知って、明るい眼を交しあっていた。

囚人たちは、その日を待った。天皇が六十一歳の高齢であることが、かれらの期待を大きくさせていた。

七月三十日、樺戸監獄に、その日の午前零時四十三分天皇が心臓麻痺を併発されて崩御遊ばされたという報が北海道庁から連絡され、黒沢典獄は、非番の看守長、書記、看守ら全員を集めてそれをつたえると同時に、村民へも伝達した。

黒沢は、監獄の正門に弔旗をかかげさせ、村民には鳴物、放歌を禁じ、喪に服すことを命じた。

その日、囚人たちは、村民や看守の表情と、さらに正門にかかげられた弔旗を眼にして天皇の死を知った。

翌日、黒沢は囚人の外役を免じ、囚人たちは静かに獄内ですごした。かれらの顔には、天皇の死によって発令されるにちがいない恩赦令を期待する表情があふれていた。

明治天皇の崩御の日、ただちに皇太子嘉仁親王が践祚《せんそ》され、元号も大正と改められた。国内では服喪の催しが各地でもよおされ、九月十三日には、明治天皇の御大喪がとりおこなわれた。その日、監獄では、典獄以下看守たちが整列して遥拝し、囚人の外役も免除された。

獄舎の内部には静穏な空気がひろがり、外役場でも囚人の動きはおだやかだった。かれらは看守たちの指示に素直にしたがい、器具の取扱いも丁重だった。

黒沢典獄は司法省への書類に、「囚情極メテ平穏」と記し、それは囚人たちの天皇の死を悼む情によるものと報告した。また、その書類の中に、夜間房内で経文を口にする囚人が数人いることも書き添えられていた。

九月二十六日、黒沢典獄は、司法省から恩赦令が発令されたという連絡をうけた。監獄側では、それを囚人たちにつたえなかったが、村民の中には恩赦令の公布を知り、外役中の囚人にひそかに教える者もいた。

囚人たちは私語を禁じられていたが、獄舎内には、かすかなざわめきがひろがった。かれらは正坐を強制されていたが、落着きなく体を動かしたり、たがいに手をのばして同囚の肩をつかんだりしていた。また、歓喜に堪えきれず頭を垂れ涙ぐむ者も多く、歯をのぞかせて笑顔を他の囚人にむける者もいた。

気温が低下し、獄舎の周辺は紅葉に染った。

囚人たちの列は、獄舎と農耕地の間を往復した。監獄の作業終了の澄んだ鐘がひびくと、連鎖の囚人たちは鎖の音をさせて村道をもどってくる。かれらの表情は明るく、列をみだす者はいなかった。

「聖上御不例」の官報が発表されて以後、逃走をくわだてる者は皆無になっていた。外役作業の成績も良好で、秋の収穫は順調だった。が、道内の農作物は芳しくなく、米価が一層騰貴して、金融業者は貸出しを抑制し、景況はきわめて悪かった。

十月に入ると初霜がおり、やがて雪が舞った。囚人たちは農作業に出ることもなく、獄舎内で木工品、革製品、竹細工、提灯、煉瓦、味噌、醤油などの製造をはじめ、裁縫、打綿、畳刺しなどの作業に従事するようになった。

かれらは、恩赦による減刑、放免の日を待った。が、連日吹雪がつづくようになってもそれらしい気配はなく、かれらの顔に焦燥の色が浮びはじめた。

かれらが最も恐れているのは、発病であった。監獄の病者に対する治療は粗略で、その年死亡した囚人の死因は一律に心臓麻痺と記録されていた。監獄側にとって囚人の死は単なる死で、死因などを詮索する必要はみとめていなかったのである。囚人たちは、少くとも恩赦令の実施されるまでは生きつづけたいと願っていた。獄衣を脱ぎ鎖をはずされた身で、獄舎の外に出たかった。

十二月に入ると、室蘭町で四百七十一戸が焼失するという大火があり、夕張炭鉱でガス爆発が発生して死者二百十六名を出し、年が明けた一月十三日にも同炭鉱で電動機から発火、坑道を閉じたため内部にいた鉱夫五十三名が惨死する事故がおこり、道内は暗い空気につつまれていた。

そうした中で、囚人たちは恩赦のおこなわれる日を待った。病死者はつづいていたが、かれらは死の直前に、恩赦の日まで生きていたいという言葉を口にするのが常であった。

一月下旬、書記が看守長らにともなわれて獄舎に入ってきた。書記は、書類を手に房内の囚人名、襟番号を呼び上げ、減刑量を口にし、放免を告げた。囚人たちは自分の氏名が呼ばれると返事をし、恩赦の内容に耳をかたむける。聴力のうしなわれた者には他の囚人がききとって、指文字でつたえた。

明治天皇の死による恩赦によって、全国で放免の決定した者は一万二千余名、減刑は約二万二千六百名で、一万七百名が未決定であった。樺戸監獄では約三百名の囚人の放免が決定し、他の無期徒刑囚は有期刑に、有期刑は刑期が四分の三に短縮された。

放免は、融雪期が過ぎると同時におこなわれた。

かれらは、黒の縦縞の単衣と白い風呂敷を支給され、放免証書をうけとった。そして、列をつくって監獄の正門を出ると、看守に付添われて道路を去っていった。

かれらの中には、身寄のない者も多かった。放免囚は身元引請人がないと出獄できぬさだめになっていて、監獄側ではかれらの処置に困惑したが、それを知った村民がかれらをそれぞれの戸籍に入籍して親請け人になり、放免の手続きをとらせた。

英照皇太后の大赦令より恩赦の規模は小さかったが、残された在監者の表情は明るく、逃走事故も絶えていた。

恩赦の恵みは、その後もつづき、翌年も融雪期が終ると数十名の放免囚が出獄していった。新たに内地から無期、有期刑囚が送りこまれていたが、囚人の状態は平静だった。

黒沢迪が典獄を辞任し、関省策が新たに赴任してきた。

その頃から、樺戸監獄の在監者数にあきらかな変化がみられるようになった。内地から押送される囚人の数が少く、回数も減りはじめたのである。恩赦のおこなわれる年まで樺戸監獄の在監者は千三百名前後であったが、放免囚が出獄していってから漸減し、大正五年には前年の二分の一の五百八十九名に減じ、さらに翌年には三百六十六名のみになった。

北海道のその地に集治監が創設されて三十六年が経過していたが、集治監を設置した意義は時代の流れとともに失われていた。明治初年の政府に武力反抗をこころみたいわゆる賊徒たちを収容する必要はなくなっていたし、無期、長期の刑を科せられる犯罪者の数も年とともに減少していた。

それに、全国各地で監獄が新設され、しかもそれらは西欧先進国の建築方式を採用したもので、囚人を収容する余地も十分にあった。すでに、囚人を大量に北海道に送りこむ理由はなく、旧式監獄である樺戸監獄の必要性は急速に失われていたのである。

獄舎に囚人はまばらになり、看守たちの転勤もつづいた。それに伴って、監獄を対象に群がっていた商人も他の地に去り、空店も多くなった。路上に人の姿も少くなり、ただ監獄で時を報せる鐘の音が村内にひびくだけであった。

大正七年に入ると、樺戸監獄を廃止する気配が濃くなり、それに気づいた月形村では、廃監を強く支持する運動が起った。

かれらの意見は、一致していた。監獄は多くの建物を所有し、広大な農地をかかえている。それらは村の大半を占めていて、村の発展を阻害している。監獄が廃されれば、それらの地は村に大きな利益をあたえるというのである。

月形村は、初代典獄月形潔らの踏査によって集治監が設置されたことによって生れ、囚人の労役によって大きな集落に発展した。囚人たちは、村の道路、河川、波止場、橋梁を整備し、水道、灌漑用水路を通じ、寺社、病院をはじめ多くの建物を建設した。そして、囚人の開墾した農地、宅地は安価に村民に払いさげられ、官営施設もととのえられた。つまり集治監の囚人の労役なしに村の存在はなかったのだが、村民たちには、監獄そのものがいまわしい無用のものになっていた。

村民の陳情がつづき、司法省でも樺戸監獄の存在意義がうしなわれたことを認め廃監の意志をかためたが、関典獄は、耕地を村民に解放し、囚人を手工業の労役に従事させる工業監獄として存続させるべきだ、と提唱した。

しかし、村では廃監をねがう意見が支配的で、また司法省も関典獄の提言をしりぞけ、大正八年一月二十日、勅令第六号によって樺戸監獄廃監を公布した。関典獄は老齢を理由に退官届を提出し、村内の円福寺、北漸寺で囚人死亡者供養をいとなんだ。

在監していた数十名の囚人は他の監獄に護送され、獄舎は無人になった。

監獄の所有地は、田地五十町二反三畝五歩、畑地二百二十三町四反六畝六歩、本監及出張所敷地十四町四反六畝八歩、官舎敷地十四町三反二畝七歩、その他四千七百九十町三反九畝十三歩、総計五千九十二町八反七畝九歩という広大なものであった。この地の処分について、村民は二派にわかれて争い、結局、村に全地域が貸与されることで落着した。

建物その他は競売されることになり、雪融けとともに全道から数十名の商人が集ってきた。建物は獄舎をはじめ大半が取りこわされ古材として他の地にはこばれ、多くの器材が競売に付された。その中には味噌、醬油の大樽もあって、それらは村道を波止場の方へ音を立ててころがされていった。

月形村に残された監獄の所有物は、村民が競売で入手した看守長官舎、典獄住宅、面会所、尋問所等と共同墓地のみであった。

樺戸監獄の関係書類は旭川監獄に移されたが、それらの書類に記録されている共同墓地に埋葬された囚人の遺体は千四十六体で、そのうち遺族に引き取られたのは二十四体に過ぎない。死因は、心臓麻痺が八十三パーセント強にあたる八百六十九体、逃走にともなう銃・斬殺、溺死、餓死及び事故死、自殺が百十三体、その他四十体と記されている。

樺戸集治監開設と同時に収容された五寸釘寅吉の異名をもつ西川寅吉は、空知監獄署でも七回目の脱獄を企て、捕えられて網走監獄署に服役していた。かれは無期が三刑、有期徒刑十五年が二刑、懲役七年、重禁錮三年十一月それぞれ一刑の罪を課せられていた。

その後、かれは別人のように穏和な人物になり、同囚を親身になって世話し、看守にも礼儀正しく接し、読書を好んだ。その傾向は年を追って強まり、行状査定は良から最良に進み、賞を受けることもしばしばで、署内屈指の模範囚になった。

大正十三年九月三日、七十二歳という高齢と悔悟の念がきわめて強いことが認められ、異例とも言うべき仮釈放がかれに伝えられ、出獄した。それは新聞にも報道されたが、たちまちかれの周囲に興行師がむらがった。そして、札幌に事務所をもつ新派連続劇を上演していた新声劇団大川一派の誘いをうけて参加した。

かれは、浪曲師のように布を垂らした机を前に、自らの一代記を述べる。その脚本は警察の保安課の許可を得たもので、犯罪予防の社会奉仕と唱われていた。

かれは、興行師から興行師に渡され、「五寸釘寅吉劇団」と称して東京の人形町喜扇亭、三ノ輪《みわ》三友亭、八丁堀住吉をはじめ九州、台湾にも巡業し、武州鴻の巣で興行

師に捨てられ、故郷の村に帰った。昭和十年、網走刑務所からの問い合わせに、村役場から、

「……現在ニ於テハ老衰シ労働不能ノ為　本籍自家ニ閑居シ温厚ナリ　而シテ本人ハ元ヨリ無産ニシテ　辛ウジテ生活ヲナス」

と、回答が寄せられ、その後、老衰による死がつたえられた。

（了）

〔参考文献〕

重松一義編著『北海道行刑史』（図譜出版刊）
寺本界雄著『樺戸監獄史話』（樺戸郡月形町役場発行）
供野外吉著『渡辺惟精』
北海道集治監第五回年報～第九回年報　開拓使文書
『日本近世行刑史稿　上・下』（財団法人矯正協会発行）
『標茶町史考』（標茶町史編纂委員会刊）
『原田村史』（原田村発行）
『当別町史』（当別町発行）
『浦臼町史』（浦臼町発行）
野崎毅記『北海道よもやま話』（北海道新聞）
『大野珍平氏手記』
その他

解説

細谷正充

一読粛然《しゅくぜん》。吉村昭の作品を簡潔に表現しようと思ったとき、頭に浮かんだ言葉だ。いうまでもなく、こんな四字熟語は存在しない。だが、実に吉村作品に相応《ふさわ》しいではないか。広範な史料の収集と、粘り強い現地取材で、歴史上の人物や事件を、とことん突き詰める。そしてそれを、硬質な筆致で描いていく。原稿に留められた歴史の重みと、それを表現する作者の真摯《しんし》な姿勢を知れば、一読、粛然とせざるを得ないのである。本書を読了した人は、それが事実であることを、深く納得してくれるであろう。

『赤い人』は、一九七七年、「文学展望」の十七・十八号に分載された長篇である。同年十一月、筑摩書房より単行本が刊行された。北海道を舞台にした作品を、数多く執筆した作者だが、これもそのひとつである。

明治十四年、朱色の獄衣を着て、両手足首を鎖で結ばれた終身懲役囚四十人が、東京集治監から、北海道の石狩川上流にある須倍都太（後の月形村）に送られた。彼らの目的は、自身の獄舎となる樺戸集治監を造り、併せて北海道開拓の労役に従事することであった。だが、北の大地の厳しさは、彼らの想像を絶する。碌《ろく》な物資もないまま、厳冬の中で働く囚人たちは、バタバタと死んでいく。また、脱走騒ぎも絶えなかった。それでも揺れ動く世相を反映して、国事犯や軍事犯が次々と送り込まれ、労働力には不自由しない。樺戸集治監に続いて建てられた、空知集治監でも、事情は同じだった。やがて国策により囚人たちは、道路の開削や炭鉱夫など、人権無視の重労働に駆り出され、死者の数を積み上げていく。近代化の道を歩む日本の影響を間接的に受けながら、囚人たちの慟哭《どうこく》を刻む樺戸集治監の歴史は、大正八年に廃止されるまで続くのであった。

吉村昭の記録文学には、感嘆を呼び起こす、ふたつのポイントがある。ひとつは、よくぞここまで調べたという感嘆だ。歴史の堆積の中に沈んだ事実を掘り起し、白日の下に晒《さら》すまで、どれほどの時間と労力がかけられているのか。作者の小説によって、初めて明らかになった事実が少なくないことからも、その凄さが実感できよう。

そしてもうひとつの感嘆が、掘り起こされた事実そのものである。本書でいえば、樺戸集治監の歴史をたどることで暴かれていく、北海道開拓の裏面史だ。明治の新政府にとって、巨大な沃野である北海道の開拓は急務であり、大勢の人々が北の大地を目指した。もちろんそこには、明るい未来への希望を託した移民者の姿もあった。だが反面、維新の賊軍となって本土に居場所がなくなった者や、利権を求める山師なども押し寄せていったのである。さらに江戸期から続くアイヌ問題もあり、北海道は時代の明暗が渦巻く、混沌の大地となっていたのだ。その暗の部分を象徴するのが、死の重労働に従事しなければならなかった、集治監の囚人たちだったのである。囚人だからといって、これほど命を軽く扱われていいのか。権力とは、ここまで非情になれるのか。作者の暴く重い事実に、感嘆せずにはいられないのである。

と、このように述べると、記録文学の〝記録〟の部分だけが優れているように思われるかもしれないが、記録を留める〝文学〟の部分も、負けず劣らず優れている。その観点から注目したいのが、作者と登場人物の距離だ。

本書の登場人物のほとんどは、囚人と看守である。作者は彼らから常に距離を置き、その実像を冷徹に見据えている。特に囚人とは一線を引いており、必要がなければ名前も出さないという徹底ぶりである。ほぼ「労働」「脱獄」「死」の、三つの事象しかない囚人の実像を描くには、それだけの距離が必要だったのであろう。また、囚人が実際に言葉を発する場面がほとんどなく、何か喋《しゃべ》っても「その日、便器の始末をした囚人の一人が、縄をとる押丁にひそかに船の行先を問うた」といったような、地の文章で書かれているのである。これも作者にとっては、対象から距離を置く方法であった。

ところが、唯一、作者が囚人に寄り添うところがある。物語の中で、初めて囚人が言葉を発する場面だ。ちょっと引用させていただこう。

白い列は門を入り、獄舎にみちびかれた。かれらは言葉を発することもなく、房の中でうつろな眼を弱々しくしばたたいているだけであった。
看守長の命令で、雑役の囚人が味噌汁と麦飯を入れた桶をはこび、椀に入れて配った。味噌汁を口にした囚人の一人が、
「極楽」
と、息をつくようにつぶやいた。

明治政府の政策により、開拓の捨て駒にされた囚人たちは、まるでロボットのよう

に働き死んでいく。だが、彼らは人間だ。俗に、おふくろの味といわれる味噌汁を口にして、「極楽」と、息をつくようにつぶやく。ただこれだけのことで作者は、彼らの人間性を、鮮やかに表現してのけたのである。

さらに、この場面に関連して留意したい著書がある。吉村昭が敬愛する八人の作家について語った『わが心の小説家たち』だ。この本の第一章で作者は、森鷗外を取り上げている。森鷗外の有名なエッセイ「歴史其儘と歴史離れ」に触れ、「つまり、『歴史其儘』というのは、正しい史料を確実に守る、下手にいじることは決してしないということです」「私はこの『歴史其儘』、森鷗外の姿勢をそのまま受け継いでいきたいと思いました」と述べている。興味深いのは、ここから先だ。鷗外の姿勢を称揚した作者は、しかし短篇の「護持院原の敵討」に対して、ある誤解からフィクションではないかという疑念を抱く。だが、作中に描かれた敵討が本当にあったことを知ると、鷗外が何を史料にしたのか知りたくなり、敵討をした本人が書き残した「山本復讐記」に行き着くのだ。そして「山本復讐記」と「護持院原の敵討」を読み比べ、鷗外が小説としての工夫として、「山本復讐記」の感傷的な文章を簡潔に改めていることを実例を挙げて指摘。さらに続けて、宇平という息子は既に挫折《ざせつ》して脱落してしまっていますから、『山本復讐記』には、「嬉し涙のその中にも、宇平の参り合わぬを嘆き」と書いてある。ところが鷗外は、りよの言葉として「宇平がこの場に居合せませんのが」と、「只一言云った」と書いている。「只」ということの文字を入れることによって、何か嘆《なげ》きといいますか、そういうような深い思いが強く出ていると私は思うのです。

森鷗外の歴史小説は、感情についても余計なものを捨てている。捨てることによって、読者に強い印象をあたえるのです。

といっているのだ。この鷗外の手法を、作者も使っている。脱獄などのドラマチックなエピソードすら、客観的に淡々と書いてきた作者は、先に引用した場面で、ただ一言「極楽」とつぶやかせることにより、囚人の万感の想いを、読者にぶつけてきたのである。事実の凄さだけではない。事実を支える小説技巧の凄さも、大いに賞賛されるべきものなのである。

また、集治監の歴史を通じて、近代日本の歴史が活写されていることも、見逃せないポイントだ。五寸釘寅吉や稲妻小僧、あるいは偽札犯の熊坂長庵のような生粋の犯罪者がいる一方、集治監には、国事犯も多かった。秩父騒動や加波山事件の参加者も、集治監に送られてくる。なかには、訪日したロシアのニコライ皇太子が襲撃され、日露を震撼させた大津事件の犯人・津田三蔵もいた。

さらに樺戸集治監の囚人が、道路の開削に携わることになった経緯に、囚人に労役を課すことが常識化している欧米の刑罰制度を手本にしようという提言があったことや、空知集治監の囚人が炭鉱労働に従事することの背景に、新時代のエネルギーとして石炭が求められていたことが明らかにされていく。まさに集治監の囚人たちは、北海道の開拓史のみならず、近代日本の歴史の一面まで体現していたのである。

樺戸集治監の囚人たちの過酷な労働によって造られた道路は、その後発展を続け、現在の国道12号線となった。一九六九年には砂川市に、犠牲となった囚人を慰霊する「旧上川道路開鑿記念碑」も建てられている。もし読者諸兄が、国道12号を車で走る機会があったら、あらためて物語の内容を嚙みしめてほしい。過去は現在へと繋がっている。そして私たちは〝赤い人〟の慟哭の上に立っている。その事実を本書は、余すところなく伝えてくれるのだ。

最後に、個人的に気になったことに触れておきたい。本書のラストは、樺戸集治監からの脱走という快挙を成し遂げた、五寸釘寅吉の晩年で終わる。〝脱獄〟に関心を寄せる作者にとって五寸釘寅吉は、とりわけ興味を惹《ひ》かれる人物であったのだろう。

また、樺戸集治監の建設にも携わった最古参であり、集治監解体後も生き続けたことを考えれば、物語の締めくくりに相応しい人物といえる。だが、それ以上に晩年の時間軸が、昭和十年になっていることが、どうにも引っかかるのだ。

というのも作者は本書を上梓した数年後、戦前戦後を通じて四度の脱獄をした佐久間清太郎を主人公にした『破獄』の連載を開始する。そして清太郎の第一回目の脱獄が、本書のラストの翌年の、昭和十一年なのだ（ちなみに『破獄』のラストは、昭和五十三年である）。こうした時代的な繋がりを見ると、『赤い人』『破獄』を併せて、明治・大正・昭和の三代の歴史を、囚人や監獄という特異な視点から、喝破しようという意図があったと思わずにはいられない。裏目読みが過ぎるかもしれないが、そんなことを考えさせるだけの確固たる創作の流れが、吉村昭にはある。ひとつひとつの物語を関連づけて、自分なりの吉村ワールドを構築するのも、吉村作品を読むときの、大きな楽しみなのである。

本書は一九八四年三月に講談社文庫として刊行されました。

|著者|吉村 昭　1927年東京生まれ。学習院大学国文科中退。'66年『星への旅』で太宰治賞を受賞する。徹底した史実調査には定評があり、『戦艦武蔵』で作家としての地位を確立。その後、菊池寛賞、吉川英治文学賞、毎日芸術賞、読売文学賞、芸術選奨文部大臣賞、日本芸術院賞、大佛次郎賞などを受賞する。日本芸術院会員。2006年79歳で他界。主な著書に『三陸海岸大津波』『関東大震災』『陸奥爆沈』『破獄』『ふぉん・しいほるとの娘』『冷い夏、熱い夏』『桜田門外ノ変』『暁の旅人』『白い航跡』などがある。

新装版《しんそうばん》　赤《あか》い人《ひと》

吉村《よしむら》　昭《あきら》

2012年4月13日第1刷発行
2025年4月7日第16刷発行

発行者――篠木和久
発行所――株式会社　講談社
東京都文京区音羽2-12-21　〒112-8001
電話　出版（03）5395-3510
　　　販売（03）5395-5817
　　　業務（03）5395-3615

Printed in Japan

講談社文庫
定価はカバーに表示してあります

KODANSHA

デザイン―菊地信義
製版――株式会社新藤慶昌堂
印刷――株式会社KPSプロダクツ
製本――株式会社国宝社

ISBN978-4-06-277259-4

講談社文庫刊行の辞

二十一世紀の到来を目睫に望みながら、われわれはいま、人類史上かつて例を見ない巨大な転換期をむかえようとしている。

世界も、日本も、激動の予兆に対する期待とおののきを内に蔵して、未知の時代に歩み入ろうとしている。このときにあたり、創業の人野間清治の「ナショナル・エデュケイター」への志を現代に甦らせようと意図して、われわれはここに古今の文芸作品はいうまでもなく、ひろく人文・社会・自然の諸科学から東西の名著を網羅する、新しい綜合文庫の発刊を決意した。

激動の転換期はまた断絶の時代である。われわれは戦後二十五年間の出版文化のありかたへの深い反省をこめて、この断絶の時代にあえて人間的な持続を求めようとする。いたずらに浮薄な商業主義のあだ花を追い求めることなく、長期にわたって良書に生命をあたえようとつとめるところにしか、今後の出版文化の真の繁栄はあり得ないと信じるからである。

同時にわれわれはこの綜合文庫の刊行を通じて、人文・社会・自然の諸科学が、結局人間の学にほかならないことを立証しようと願っている。かつて知識とは、「汝自身を知る」ことにつきていた。現代社会の瑣末な情報の氾濫のなかから、力強い知識の源泉を掘り起し、技術文明のただなかに、生きた人間の姿を復活させること。それこそわれわれの切なる希求である。

われわれは権威に盲従せず、俗流に媚びることなく、渾然一体となって日本の「草の根」をかたちづくる若く新しい世代の人々に、心をこめてこの新しい綜合文庫をおくり届けたい。それは知識の泉であるとともに感受性のふるさとであり、もっとも有機的に組織され、社会に開かれた万人のための大学をめざしている。大方の支援と協力を衷心より切望してやまない。

一九七一年七月

野間省一